ALEJANDRA ANDRADE

SERIE MOONSTRUCK 4

CALEB

Para más información, dirigirse a: alejandra@alejandra-andrade.com

Diseño de portada e interior por David Provolo
Arte de portada por Sulamit Elizondo

ISBN: (rústica): 978-607-29-6111-1
ISBN (ebook): 978-607-29-6179-1
www.alejandra-andrade.com

Sigue a la autora en Instagram y TikTok: @alejandra__andrade para conocer más sobre los próximos libros de la serie *Moonstruck*.

*Escribí este libro para mí porque lo necesitaba
para curar mis heridas literarias autoinfligidas.
Pero si sientes que necesitas más de Caleb en tu vida, entonces
este libro definitivamente también es para ti.*

Je ne t'oublierai pas

Je te laisserai dans la lumière déclinante

Puis-tu vivre jusqu'à ta mort

Je te verrai dans une autre vie

Je te verrai dans une autre vie

LORD HURON

No te olvidaré

Te dejaré en la luz que se desvanece

Puedes vivir hasta que mueras

Te veré en otra vida

Te veré en otra vida

2005

CAPÍTULO 1

La última vez

21 de marzo de 2005

HOY ES EL DÍA EN QUE MUERO. Mis ojos se abren de golpe y me doy cuenta de que mi vida va a terminar a causa de una resaca. El martilleo incesante dentro de mi cabeza se vuelve insoportable mientras un rayo de luz naranja intenso se cuela por las persianas y me pega en la cara. Agarro mi teléfono para ver la hora. Mierda. Ya voy tarde.

Si hay algo peor que despertarse con una resaca, es despertarse con una resaca en un maldito lunes.

Un momento después, logro sentarme en la cama. Mis manos masajean mi cráneo y mis sienes, pero no sirve de nada. El ketorolaco sublingual es mi única esperanza para superar esto.

Abro de un tirón el cajón de mi mesita de noche y lanzo una pastilla bajo mi lengua, sabiendo que no eliminará el dolor de cabeza del todo, pero al menos lo hará soportable para que pueda conducir de regreso a Ein Gev. Conozco el procedimiento.

Al levantarme, me doy cuenta de que Noa está acostada en mi cama. Su cuerpo desnudo está envuelto en un desorden entre las sábanas. Su largo cabello oscuro descansando sobre la almohada me recuerda cómo mis dedos lo tiraron con fuerza anoche, justo como a ella le gusta.

Su respiración es profunda y uniforme.

No debió haberse quedado. No debió haberme llamado anoche, y yo no debí haber contestado el teléfono. Esto fue un error, como todas las veces anteriores. No soy bueno para ella, y lo sabe. Noa quiere más de lo que yo puedo ofrecerle, aunque le guste pretender lo contrario. No estoy en condiciones de preocuparme por nadie en este momento.

No de manera romántica, al menos. Pretender lo contrario no solo sería estúpido, sino una gran injusticia hacia ella.

Noa necesita despertarse. Literalmente. Ella también va tarde al trabajo. Ambos necesitábamos estar en Ein Gev hace cuarenta minutos, y estamos casi a dos horas de distancia del kibutz en el que ambos somos voluntarios. Levi se enfadará, en especial si descubre que yo soy la razón por la que su sobrina llega tarde al trabajo.

Obligándome a apartar la mirada de Noa, agarro el paquete de mentolados de mi mesita de noche y enciendo uno. Camino hacia la cocina, exhalando una nube de humo hacia el techo, y contemplo mi cordura por enésima vez. Después de unas caladas, apago el cigarrillo. La nicotina no me está sentando bien.

Mierda. Necesito café, y mi máquina de espresso ha estado rota por un tiempo. Pero de alguna manera, saber que me tomaré una taza de café instantáneo en su lugar me irrita aún más. Así que lleno una olla con agua y la pongo a calentar en uno de los quemadores mientras me meto en la ducha.

Optar por una ducha helada es la única opción que tengo para despertarme por completo. También me obliga a no tomarme mi tiempo dentro porque tengo menos de cinco minutos antes de que la tetera esté lista, y necesito ese café con urgencia.

Al salir de la ducha, Noa me sorprende con su presencia desnuda en mi baño.

—Hola —dice, sus labios curvándose en una ligera sonrisa. Mis ojos, casi sin querer, se deslizan hacia sus pechos perfectos.

—Buenos días. —Aparto la mirada y me ato una toalla alrededor de la cintura—. Vamos tarde.

Salgo y me dirijo a la cocina.

—¿A quién le importa? —responde demasiado rápido. Puedo escuchar sus pasos detrás de mí crujiendo contra el suelo de madera gastado de mi apartamento tipo estudio.

—Dúchate y vístete.

Mi tono es plano, aunque con un toque de autoridad. Sin embargo, tengo cuidado de no engancharme demasiado con la terquedad de Noa. Solo la excitará si empiezo a darle órdenes.

—Acabo de despertarme. Dame un respiro.

Ignorándola, agarro dos tazas y las lleno con agua caliente. Noa se coloca detrás de mí y envuelve sus brazos alrededor de mi cintura, presionando sus pechos contra mi espalda. Mierda. Respiro hondo porque puedo sentir que me estoy excitando, y estoy a un segundo de doblarla sobre la encimera para «darle un respiro», pero apenas puedo abrir los ojos por el dolor de cabeza. Y esa no es la única razón por la que follarla, de nuevo, no es una buena idea.

Café. Me concentro en el café.

Vierto una cucharadita de café instantáneo en cada taza y los revuelvo sin pensar mientras Noa, en un acto de rebeldía, acaricia mi estómago y pecho con sus dedos. No está tramando nada bueno, puedo notarlo.

—Levi estará muy molesto —le recuerdo—. Encontrará una manera de compensar el tiempo perdido, y lo sabes. Tus propinas podrán verse afectadas.

—Valdrá la pena —dice con dulzura—. Sé cómo manejarlo.

—El café está listo.

Deslizo su taza a un lado para que la vea. Para que la agarre, la beba y se vaya a la ducha como la buena chica que sé que es, aunque le guste fingir lo contrario cuando está en mi presencia.

Llevo la taza a mis labios y tomo un pequeño sorbo, acogiendo la amargura ardiente en mi lengua. Esperando que la cafeína haga su efecto.

—No necesito café para despertarme —susurra, presionando sus labios contra mi piel—. Necesito… esto.

Sus manos se deslizan más abajo, y mi polla me traiciona. Dejo la taza en la encimera, y un gemido ronco escapa de mi garganta. Sale como una mezcla tóxica de molestia y excitación. Ella se ríe, satisfecha con mi reacción.

Me doy la vuelta y agarro las muñecas de Noa, inmovilizándola contra la nevera.

—Deja los juegos —digo, con tono exasperado, fingiendo indiferencia ante el efecto indiscutible que tiene sobre mí—. No debiste pasar la noche aquí.

—Te encanta cuando lo hago.

No es cierto, pero no se lo digo. Debería encantarme cuando pasa la noche aquí. Cualquier hombre con media neurona lo haría. Pero estoy muerto por dentro, y sé que no la merezco.

Eso tampoco se lo digo.

Ella es indomable. Aprieto mi agarre en sus muñecas, sabiendo a la perfección que no la estoy lastimando. Sé cómo le gusta que la manejen. Un suave gemido escapa de sus labios. «Ahí lo tienes». Mi mirada recorre sus grandes ojos marrones, sus labios carnosos y entreabiertos, la vena palpitante de su cuello, sus prominentes clavículas, y sus pezones endurecidos casi rozando mi piel.

«Respira».

El pecho de Noa sube y baja, y el mío también. Ella sabe qué botones presionar, cómo y cuándo hacerme enfadar. Pero yo la conozco mejor de lo que le he permitido conocerme a mí. Eso también fue un error. Haber permitido que lo que sea esto llegara tan lejos. No quiero lastimarla. De verdad que no.

Acercando a Noa hacia mí, la doblo sobre la encimera de la cocina, porque ¿a quién estamos engañando? Es lo único en lo que he estado pensando durante los últimos cinco a ocho exasperantes minutos. Y admito ser codicioso. Ese es uno de los muchos pecados por los que espero que Dios me perdone el día que muera.

Agarrando el cabello de Noa en mi puño, arqueo su cuello con sutileza para decir lo que digo cada vez antes de tenerla.

—Esta es la última vez.

CAPÍTULO 2

Clichés que bloquean el pensamiento

MI TELÉFONO SUENA dentro de mi bolsillo, pero mis manos están ocupadas sacando una red llena de tilapias del agua. Así que dejo que la llamada se vaya al buzón de voz. Vuelve a sonar.

—¿Necesitas contestar? —dice Ezra una vez que dejamos la red en la orilla.

Me encojo de hombros y me limpio el sudor de la frente con el dorso de la mano.

—Contéstalo. Ari y yo nos encargaremos de esto.

Abro el teléfono y veo que es mi madre llamando. Y creo saber por qué. No… *sé* por qué.

—¿Ma?

—¿Caleb? ¿Estás en Ein Gev?

—Sí, estoy aquí. Trabajando, de hecho. ¿Qué pasa?

—Levi me llamó antes diciéndome que llegaste tarde otra vez.

—Sé que llegué tarde, pero ya estoy aquí. Y estoy ocupado.

—Sé que has estado pasando por un mal momento después de lo que pasó. Pero Levi fue muy amable al permitirte ser voluntario mientras estás de permiso. Así que trata de respetar las reglas. Sus reglas.

—Lo sé. Lo haré.

—Tampoco está contento de que llegaras con Noa. Está preocupado.

—No hay nada de qué preocuparse.

—Es una chica dulce, hijo. Ten cuidado. Y por favor… no llegues tarde otra vez, ¿de acuerdo? Y sigue las reglas de Levi.

Suspiro y me rasco la parte de atrás de la cabeza.

—No volverá a pasar.

—Bien. ¿Nos vemos para Shabat?

—Estaré allí el viernes antes de la cena.

—Te quiero.

—Yo también te quiero, Ma.

—¿Todo bien? —pregunta Ezra con una ceja levantada mientras mantengo fija la mirada en la pantalla de mi teléfono.

—Mmm.

Guardo mi celular y ayudo a Ezra y a Ari a terminar de clasificar los peces en modo ausente. Necesito ponerme las pilas. No puedo arruinarlo. Aún quedan unos dos meses antes de que acabe mi permiso militar temporal. Después de eso, no sé si alguna vez estaré listo para volver a mi antigua vida, pero no me queda de otra.

Terminé el servicio militar obligatorio hace unos meses, pero me dijeron que me podían ofrecer un contrato permanente en el ejército. Así que ahora mismo, sigo recibiendo un sueldo, lo que significa que mantener este trabajo de voluntario es vital para complacer a mi madre y mantenerme ocupado. La pesca ha demostrado ayudar con esto último.

Una vez que terminamos, los chicos y yo descargamos los peces en la cocina, donde veo a Noa llevando con destreza unos platos en su charola hacia una mesa de comensales. Lleva unos jeans ajustados y una camiseta polo de manga corta de color azul marino con el logotipo del restaurante. Su largo cabello está recogido en una trenza francesa. Se ve hermosa sin necesidad de esforzarse.

—Caleb —dice Levi detrás de mí, sobresaltándome. Me giro y le estrecho la mano. He estado nervioso todo el día. Culpo al maldito alcohol que está saliendo de mi sistema.

No había visto a Levi desde que llegué. Estaba ocupado, y me puse a trabajar de inmediato. No es que lo estuviera evitando. Sabía que era cuestión de tiempo antes de que se acercara a mí. Pero no me importaba esperar a que mi dolor de cabeza disminuyera antes de hablar con él. Todavía arrastro esta resaca detrás de mí como un saco de piedras, y estoy seguro de que se me nota en la cara.

—¿Podemos hablar?

Le ofrezco un breve asentimiento.

Caminamos hacia la puerta trasera de la cocina y salimos para hablar.

—¿Cómo fue tu fin de semana de cumpleaños?

Quizá está tratando de romper el hielo para el regaño que viene después.

—Estuvo bien —digo sin más—. Gracias.

Me paro con las manos en un puño relajado frente a mí, dejándole saber que él está a cargo, que él es el jefe, y que estoy a su disposición. Es casi automático, un hábito.

—Apestas a alcohol —susurra entre dientes—. Y Noa está distraída, ausente. Me temo que no durmió nada anoche.

Permanezco en silencio. Es mejor dejar que Levi sea el que hable.

Noa y yo acordamos contarle una versión que consistía en que no interactuamos en todo el fin de semana. Le di un aventón después de que «me llamara esta mañana» porque «se quedó dormida». Ella dijo que culparía al insomnio. Por suerte, no bebió mucho anoche. Yo soy el que se pasó con el vodka, como de costumbre. No es de extrañar que todavía esté teniendo flashbacks del bar y de cómo caminé de regreso a casa con Noa de la mano. Esa mierda es amnesia líquida. Un segundo estás bien, y luego, Dios no lo quiera, una brisa ligera te golpea en la cara, y estás frito.

—Quiero que salgas de la casa cuatro —dice, cruzando los brazos a la altura del pecho—. Te he reubicado en la casa dos. Tamar ya está enterada. Así que llámala si tienes alguna pregunta. Ya le pedí a alguien que mueva tus cosas a la habitación seis.

Esto se trata de alejarme más de Noa. Y no es una mala idea. Yo también lo haría si estuviera en sus zapatos. Así que mantengo mis gestos al mínimo. Respeto a Levi, y sé que he roto sus reglas varias veces desde que llegué aquí hace dos meses y medio. Podría haber sido más indulgente con respecto a la tardanza, pero involucrarme con su sobrina puede que no sea de su agrado. Y en una comunidad tan unida como esta, no tardó mucho en enterarse todo el mundo, en especial porque ella se aseguró de que así fuera.

—Por supuesto —respondo—. Lo que necesites.

Levi me mira como si estuviera sorprendido de que esté aceptando su solicitud sin objeciones, casi sospechoso. Pero no me importaría la distancia añadida entre Noa y yo. Cuanto más cedo ante ella, más me necesita. Y la dinámica se está acercando a ese punto tenso en el que me doy cuenta de que no queda nada de mí de donde ella pueda sujetarse.

—Llegar tarde es un mal ejemplo para el resto de los jóvenes voluntarios —continúa Levi—. Te admiran, Caleb. Y todos sabemos lo que pasó ese día. Sabemos de todas las personas inocentes que tú y tu equipo pudieron salvar de ese horrible ataque.

«Y las que no pudimos salvar».

Las palabras de Levi me atraviesan el pecho como un cuchillo caliente sobre mantequilla. Nunca es un buen día para recordar los eventos que ocurrieron el 8 de diciembre del año pasado. Pero este momento se siente como el peor momento posible para hacerlo porque físicamente, me siento como una mierda. Y el latigazo emocional de la borrachera de este fin de semana no está proporcionando ningún apoyo para manejar la conversación. Sin embargo, Levi es un hombre inteligente, y estoy seguro de que no quiere causarme ningún dolor. Quiere que «despierte», supongo. Pero mi problema es que no puedo poner mis pensamientos en orden ni sacar la cara de Yonatan de mi mente.

Estoy tratando de bloquearlo todo y alejarlo. De olvidar las cosas que salieron mal ese día y las personas que no pude salvar.

«Una vida por una vida…»

—Lo que pasó no es culpa tuya —dice Levi como si tuviera acceso a mis pensamientos—. Dios tiene un plan.

Joder, no otra vez. Me han lanzado una miríada de clichés, que no dejan de ser una versión recalentada de lo que Levi acaba de decir, lanzados en mi cara más veces de las que quisiera. Sé que tiene buenas intenciones, pero es molesto.

«Todo pasa por una razón».

«Dios trabaja de maneras misteriosas».

O mi favorita… «Solo Dios puede juzgar», siempre que expreso enojo o impotencia hacia la situación. Que se jodan.

A veces no puedo evitar cuestionarlo todo, incluso mi fe. Pero si cargas con una pistola todo el tiempo y te rodeas de personas que también lo hacen, tarde o temprano, alguien va a recibir un disparo.

Incluso si el gobierno dice que está bien.

Lanzo una mirada en blanco hacia Levi porque ¿cómo responde uno a eso? ¿Dios tiene un plan? No me importaría si pudiéramos ser informados sobre ese plan de vez en cuando para preservar nuestra cordura. Pero ese es el propósito de los clichés para bloquear pensamientos, ¿no?

Aceptar. Descartar.

Por suerte, cambia de tema.

—Nos podrías ser de utilidad en la vigilancia del perímetro —dice Levi, suavizando aún más su voz—. Sabes que hubo un disturbio en la frontera con Siria hace unos días, y estamos tan cerca que no querríamos que algo se nos escape. Pero solo si te sientes listo y...

—Por supuesto —respondo con rapidez—. Me reportaré con Idan.

Idan es el jefe de seguridad aquí. Me sorprendió que tardaran tanto en pedirme que me uniera a su equipo. Es posible que estuvieran tratando de darme algo de espacio.

—Aún tendrías que cumplir con tus deberes de pesca, pero estoy seguro de que no será un problema para ti manejar ambas responsabilidades.

Cuando estoy a punto de responder, Noa sale furiosa de la puerta trasera de la cocina, limpiándose las lágrimas de la cara con el dorso de las manos.

—¡Noa! —grito, pero se está alejando a toda prisa, ignorándome. Levi también grita su nombre, pero tampoco recibe respuesta.

Miryam, que es de la misma edad de Noa y que también es mesera en el restaurante, sale después y va tras ella.

—¡Miryam! —grita Levi, haciéndola detenerse en seco—. ¿Qué pasó?

Miryam se acerca a nosotros con una mirada amplia y asustada.

—Uno de los comensales...

Sacude la cabeza como si estuviera tratando de concentrarse en lo que quiere decir. Luego me mira con ojos de cierva asustada y dice:

—Noa les trajo la cuenta, y cuando se dio la vuelta después de dejarla en la mesa, este hombre, él...

Se interrumpe a mitad de la oración.

—¿Qué hizo, Miryam? —insisto, sintiendo que mi cuello se

enrojece de tensión porque mis instintos saben a dónde se dirige esta conversación. Saben lo que Miryam está a punto de decir.

—Le dio una nalgada y la agarró por la cintura, pero…

Ni siquiera necesito escuchar el resto porque ya estoy volando de vuelta al restaurante. Miryam y Levi están gritando mi nombre, pero es como un ruido distante que flota detrás de mí y se desvanece.

—¿Quién fue? —entro en el área de comedor y escaneo la habitación. Otra chica, Arya, que trabaja en el restaurante como anfitriona, me informa de inmediato que el hombre en cuestión y su grupo acaban de salir y se dirigen hacia el estacionamiento.

—Describe su aspecto físico.

—No hagas nada estúpido —dice Levi en mi oído. La gente está mirando, pero no tengo tiempo para preocuparme—. Deja que yo me encargue de esto.

Bajando la voz, le pregunto a Arya de nuevo:

—Describe su aspecto físico.

—Cabello rubio arenoso, jeans, camiseta negra, gafas…

Empiezo a moverme hacia el estacionamiento antes de que termine de describir al hombre. Tengo suficiente información para localizar al objetivo. Pero Levi agarra mi brazo y dice:

—Dije que yo me encargo de esto.

Después de sacudir la mano de Levi de mi brazo con facilidad, continúo con la operación. Esta tarea tiene mi nombre escrito por todas partes. ¿Qué va a hacer Levi? ¿Pedirles con amabilidad que se retiren y no vuelvan nunca? No puedo arriesgarme a eso. No puedo arriesgarme a que los dejen ir como si nada.

El hombre y su patético séquito de dos hombres flacuchos están a punto de entrar en una pequeña furgoneta blanca con un logo naranja. Turistas. Me lanzo hacia ellos, y sin pensarlo dos veces, agarro al hombre por el cuello de la camiseta y conecto mi puño en su cara con un golpe limpio. El hombre cae de rodillas y su nariz comienza a sangrar. Los dos hombres de veintitantos años que lo acompañan, casi una cabeza más bajos que yo, están boquiabiertos, mirando a su amigo mientras se queja.

Otro se lanza sobre mí, olvidando en qué país está y cómo básicamente todos los ciudadanos mayores de dieciocho años aquí estamos entrenados en combate cuerpo a cuerpo. Lo empujo, su espalda golpeando contra la furgoneta, y es entonces cuando siento que me inmovilizan. El conductor enciende el motor, y los dos hombres se apresuran a ayudar a su amigo magullado a entrar en el vehículo.

Maldiciendo en hebreo, intento liberarme del agarre de mis captores. La puerta de la furgoneta se cierra y el conductor retrocede y se aleja a toda prisa.

Al fin, me liberan. Ezra y Ari estaban haciendo un maldito buen trabajo al detenerme.

—Caleb —dice Levi en un tono grave—. Mi oficina. Ahora.

CAPÍTULO 3

Cuarto seis

LEVI ME CASTIGÓ haciéndome trabajar con el comité de eventos especiales para la celebración de Purim del próximo jueves. También me notificó que estaría a cargo del quiosco de la playa una vez que comience la temporada de baños en unas semanas, alegando que necesitaba mejorar mis habilidades sociales. Es el trabajo más tedioso en Ein Gev. Al menos para mí. Significa que tendré que hablar con la gente. Clientes, turistas y huéspedes. Y yo no solía ser así. Espero que sea un fallo temporal en mi personalidad y que, con el tiempo, pueda volver a ser la persona que era antes del 8 de diciembre. Menos apático. Menos… enojado.

De eso se trata este permiso temporal: tomar un descanso para procesar lo que sucedió para poder volver y continuar con mis deberes en la militar. Es como si no pudiera acceder a mis emociones, y cuando las siento, no puedo controlarlas, como hace unas horas cuando golpeé a ese imbécil que manoseó a Noa.

Mis nudillos me están matando por el golpe.

¿Debería haber dejado que Levi se encargara de eso? Tal vez. ¿Me arrepiento de lo que hice? Ni un poco.

Siendo honesto, pensé que Levi me iba a despedir esta vez, pero en lugar de eso, hizo lo contrario. Ya no se me permite salir los fines de semana. Piensa que, si me quedo, me integraré más rápido con la comunidad y resolveré el problema de la impuntualidad por defecto.

Joder.

Mis padres no estarán felices, pero respetan demasiado a Levi como para objetar. Si soy honesto, una parte de mí se siente aliviada de quedarme aquí y evitar sus miradas llenas de simpatía y preguntas preocupadas sobre mi futuro. Así que mientras se me permita tomar una copa o dos los fines de semana, estaré bien. Necesito liberar algo de tensión o corro riesgo de perder la cordura. Estoy seguro de que Levi no se atrevería a prohibírmelo.

Por el bien de mi salud mental, o lo que quede de ella.

Casi todos han cenado ya. Después de ayudar con la colocación de algunas decoraciones y de llevar varias cajas a una de las salas de conferencias, hice una revisión exhaustiva del perímetro con algunos de los chicos del equipo de seguridad de Idan. Hice un par de sugerencias sobre algunos puntos débiles que podrían necesitar ajustes para asegurarnos de que todo esté bien cuando cerremos la puerta principal cada noche. Solo necesitamos discutirlas con Idan mañana en la reunión matutina.

Esperando que este larguísimo día termine pronto, me siento a cenar en el comedor comunitario. Hay pocas personas comiendo, pero me mantengo al margen. No puedo superar lo buena que es la comida aquí. No es de extrañar que tanta gente venga hasta aquí para pasar el día y comer en el restaurante. Y el menú de hoy de shawarmas de pescado y ensalada de berenjena no decepcionó. La espesa y cremosa salsa de tahini que lo acompaña me hace gemir con cada bocado.

Termino mi comida y mis mejillas se inflan mientras dejo escapar un suspiro de agotamiento por la boca.

—Caleb —dice Noa detrás de mí. Asiento el tenedor en el plato y me doy la vuelta para verla. Ella acerca una silla y se sienta. —Escuché lo que pasó antes. No tenías que hacer eso.

Al mirarla, veo que ha estado llorando. Solo hace que odie aún más que le hayan faltado al respeto de esa manera.

—En cierto modo, sí tenía que hacerlo —respondo, limpiándome la boca con una servilleta.

Ella coloca una mano en la parte posterior de mi cabeza y me acaricia el cabello. El contacto reconfortante de sus dedos se siente tan bien. Así que, como es de esperar, me aparto.

—¿Caleb? —frunce el ceño de una manera adorable, pero me resistiré esta vez.

—No estamos solos, Noa —susurro, mirando alrededor. Y no es

que Levi no sospeche de lo que sea que haya entre nosotros, pero no puedo permitir que descubra que estoy mostrando afecto en público en el comedor con su sobrina, incluso si es algo tan inocente como acariciar la parte posterior de mi cabeza. Ya he tenido suficientes problemas hoy.

Noa suspira, la comisura de sus labios se curva en una sonrisa.

—Tal vez pueda compensártelo esta noche.

Apoya el codo en la mesa y descansa la barbilla en la palma de su mano.

—No creo que sea una buena idea —contesto, levantándome para recoger mis platos—. Levi me sacó de la casa cuatro. Eso significa que nos estará vigilando más de cerca, sobre todo después de que llegamos juntos hoy.

—¿Qué?

Frunciendo el ceño, se levanta y me sigue a la cocina. Me observa lavar mi plato, vaso y utensilios, esperando una respuesta. Pero sé que me escuchó bien.

Necesito un cigarrillo, así que salgo y enciendo uno después de terminar de lavar los platos en silencio.

—¿En qué casa estás ahora? —pregunta, chasqueando la lengua y fingiendo inocencia—. Estoy segura de que podré colarme en tu habitación como siempre.

Ella da un paso más cerca y envuelve sus brazos alrededor de mi cintura. La dejo. Mi mano libre le acaricia el brazo. Una parte de mí quiere ceder. Abrazarla con todo lo que tengo, pero ese es el problema. No tengo nada.

—En la dos —digo sin rodeos, soltando una nube de humo hacia un lado y pellizcando el puente de mi nariz con los dedos. Este ha sido sin lugar a duda el día más largo de todos, y lidiar con la mierda emocional que se agita dentro de mí cuando estoy con Noa lo hace aún más agotador. Y todo es por mí. Yo soy el que debería querer averiguar cómo colarse en su habitación esta noche, no al revés.

Noa me importa. Me encanta hacerla sentir bien porque sé justo cómo hacerlo, y eso me excita. Pero no la necesito. Y he estado castigándome a mí mismo por ello durante un tiempo. Por eso he intentado ser honesto con ella en el pasado sobre mi postura con respecto a mis sentimientos.

Ella suele ignorar el rechazo con sonrisas, asentimientos y encogimientos de hombros. Es como si no quisiera creerme. Y una parte de mí piensa que estoy loco por no querer que seamos algo más y reclamarla como mía.

Ver la indiferencia ensayada de su parte se siente como un golpe en el estómago cada vez porque no quiero hacerle daño. Pero admito que disfruto demasiado del sexo como para dejarla ir. Y estoy seguro de que ella también. La diferencia entre nosotros es que ella se enamoró, cosa que no debió de haber pasado. Se supone que solo nos estamos divirtiendo, pero no puedo recordar la última vez que le sonreí a alguien de verdad. Es como tener que ser consciente de enviar la orden a mi cerebro para hacerlo. No ocurre de forma natural.

Tirando de Noa para acercarla más a mí, envuelvo mi brazo libre a su alrededor y descanso mi barbilla en la parte superior de su cabeza. Un buen hombre se alejaría y lidiaría con su mierda en privado antes de dejar que todo estalle en llamas. Pero si hay algo que he aprendido es que soy más débil de lo que pensaba, y me odio por ello.

—Habitación seis —susurro. Ella se estremece por el contacto de mis labios en su oído. Tomo otra calada de mi cigarrillo y exhalo el humo hacia arriba.

Me desprendo del abrazo con delicadeza. Aunque la hora de la cena ya terminó y la mayoría de las personas se han retirado a sus habitaciones, todavía hay algunas rondando por ahí haciendo sus quehaceres. Más que nada porque hay una celebración en un par de días, así que es mejor si mantenemos nuestra distancia.

—Estaré allí en una hora —dice ella, tirando de mi camiseta para que me incline y ella pueda alcanzarme. Luego, es su turno de susurrar en mi oído. —Ya sabes… para que podamos follar por última vez.

CAPÍTULO 4

Una oferta que puedo rechazar

NOA SE ALEJA, y la observo mientras se va, dando una larga calada a mi cigarrillo. Sacudo la cabeza, exhalo la última bocanada de humo por encima de mí y arrojo el cigarrillo al suelo, aplastándolo con la suela de mi zapato.

Necesito ducharme y ni siquiera he pisado mi nueva habitación. No que tenga curiosidad. Son todas iguales.

Mi teléfono suena después de enviarle un mensaje a Tamar para preguntarle sobre mi nueva llave. Es una llamada entrante de un código de país desconocido. No es raro que deje que estas llamadas se vayan al buzón de voz, pero me parece que el código de país +33 pertenece a Francia porque tengo un par de amigos que se mudaron allí hace unos años. Me pregunto si uno de ellos podría estar llamándome desde un número nuevo.

—¿Hola?

—¿Caleb? Soy Aaron. Aaron Hirsch.

—¡Aaron! ¡Ey, amigo! Cuánto tiempo. ¿Cómo va todo?

Las familias de Aaron y la mía se conocen desde siempre. Él es diez años mayor que yo, pero solíamos pasar mucho tiempo juntos cuando éramos más jóvenes. Luego consiguió un trabajo de alto perfil como agente de seguridad diplomática en el extranjero después de su servicio militar. Como era de esperarse, perdimos el contacto. La última vez que hablé con él, yo tenía dieciocho años y recuerdo que me dijo que se iba a mudar de Berna a la Ciudad de México.

—Todo bien, gracias. Pero escuché sobre el ataque de Hanukkah. ¿Cómo lo llevas?

—Estoy bien.

—Tu mamá no está de acuerdo.

Su tono es tajante. Aaron nunca ha sido de los que toleran la mierda en una conversación. No sé por qué está llamando, pero por cómo va esta conversación, sé que no es para ponernos al día. De cualquier manera, hablar con él siempre es fácil. No se siente como si hubieran pasado cuatro años desde la última vez que hablamos.

—¿Mi mamá te llamó?

—Golpeaste a un cliente hoy. Claro que lo hizo. Bueno, ella llamó a mi mamá, y mi mamá me llamó a mí. Y luego tu mamá me llamó. Ya sabes cómo es esto.

Las noticias viajan rápido en mi comunidad. No puedo decir que me impresione. Pero sí tengo curiosidad de saber por qué Aaron se está involucrando en esto, sobre todo porque ha estado fuera durante tantos años. Es algo embarazoso darse cuenta de que está dedicando tiempo a estas tonterías cuando estoy seguro de que está ocupado.

¿Cree mi mamá que Aaron me hará entrar en razón? Todo esto se siente como una intervención innecesaria.

Estoy bien.

—El tipo ese le agarró el trasero a Noa. No podía permitirlo.

—Es la sobrina de Levi, ¿correcto?

—Así es.

—Entiendo… Bueno, tus padres están preocupados. Y sé lo que es sentirse culpable. Sentirte como si pudieras haber hecho más para salvar a todos. Créeme.

—Dije que estoy bien, Aaron. Pero el tipo se lo merecía. En realidad, me fui suave con él.

Aaron suspira y dice:

—¿Cuándo termina tu permiso?

—En mayo.

—¿Crees que estás listo para volver al ejército? O, mejor dicho, ¿quieres volver?

—Bueno, no es que tenga muchas opciones. Me está yendo bien y podría tomar una posición permanente.

Un momento de silencio cuelga en el aire antes de que Aaron

decida hablar de nuevo.

—¿Y si te pidiera que vinieras a París?

—¿Perdón?

No puedo evitar reír por lo bajo. Dejar mi hogar no es algo que alguna vez haya considerado hacer. Mi vida está aquí. Mi familia. Mis amigos. Mi deber. Además, ¿qué quiere que haga allí?

—Escucha, mi jefe está buscando contratar a otro agente, como lo hizo conmigo… por fuera. No confía lo suficiente en el gobierno para manejar la seguridad de su hija. Está paranoico como un demonio. Y se me ocurren algunas personas a las que ofrecerles el trabajo, pero creo que tú encajarías de maravilla.

—Aaron… No lo sé. ¿París?

—La esposa de mi jefe murió hace un par de años. No puedo darte los detalles por teléfono. Pero es solo él y su hija de quince años ahora. Hay mucho protocolo a seguir y se espera que estemos disponibles las veinticuatro horas del día, pero el trabajo es manejable. También hay algunos viajes involucrados, y la paga es superior a lo que jamás ganarás allí. Además, podrás pasar el rato conmigo todo el tiempo.

Ambos reímos con eso último. Es agradable hablar con Aaron. Es como el hermano mayor que nunca tuve. Pero ¿irme a París a cuidar a una niña de quince años? Joder, no lo sé.

—¿Y mis padres estuvieron de acuerdo con esto?

—Una vez que les hablé del trabajo y del salario, no tardaron en suplicarme que te convenciera. Sienten que el cambio de escenario te hará bien. Y concuerdo con ellos.

—¿Cuándo necesitarías que comenzara?

—Bueno, de inmediato. Llegamos a París hace un par de meses y la señorita Murphy ha vuelto a la escuela. Estuvo estudiando con un tutor mientras estábamos en Noruega. Así que mi jefe ha estado cada vez más aprensivo sobre su seguridad desde que llegamos. Hay otro agente acompañándome, pero el Embajador Murphy tuvo la idea de traer a alguien en quien yo confiara para el trabajo hace unas semanas, y ha estado insistiendo en que encuentre a alguien de inmediato.

Silencio.

Mierda, no esperaba esto. No es como si pudiera darle una respuesta ahora mismo. Necesito pensarlo.

Esto lo cambia todo.

—Entonces, ¿qué tal tu francés?

—Como el culo.

—Perfecto. Hablarás inglés en el trabajo, y sé que lo dominas.

Más silencio.

—Caleb, esta es una gran oportunidad. Y por lo que puedo ver, no parece que estés muy convencido de volver al ejército. Te encantará París. Créeme.

—¿Para cuándo necesitas una respuesta?

—Para ayer.

—Vamos, Aaron, dame un puto respiro.

—Te daré el resto de la semana para pensarlo. Y antes de que preguntes, sí, tendrías que usar traje todo el día.

—Me lo imaginé. Te daré una respuesta pronto.

—Cuídate, amigo. Salúdame a Levi y a Tamar de mi parte.

—Tu también. Y, claro, lo haré. Hablamos pronto.

París. Una niña de quince años. Trajes elegantes. Maldita sea. No puedo hacerme a la idea de esto ahora mismo. Todo lo que necesito es una ducha caliente.

Mientras camino hacia la casa seis, Tamar me responde que mi habitación está abierta y que dejó la nueva llave adentro. Perfecto.

Mi nueva habitación se ve justo igual que la antigua. La única diferencia notable es la vista. Esta es mucho, mucho mejor. Puedo ver el lago, y es tan pacífico y hermoso.

Después de quitarme la ropa sudada del cuerpo, me meto en la ducha. La propuesta de Aaron es lo único en lo que puedo pensar mientras el agua hirviendo me quita la pesadez del día de encima. La idea de aceptar la oferta de trabajo está ganando terreno en mí, de incendiar mi pasado y empezar de nuevo. ¡En la ciudad de París, por el amor de Dios! Sería estúpido no aprovechar esta oportunidad. ¿Qué es lo peor que puede pasar? Si lo odio, siempre puedo renunciar y volver a casa. No es como si fuera una sentencia de muerte.

Necesito relajarme.

Mis pensamientos se desvían hacia Noa. Su rostro. Su cuerpo. ¿La extrañaría? Odiaría pensar que sí. Pero también le haría un favor al irme.

Saliendo de la ducha, no puedo evitar seguir pensando en Noa. No somos exclusivos, pero estoy seguro de que ella no está viendo a nadie más. Ni acostándose con nadie más. Yo no lo hago. Solo he estado con ella en los últimos meses desde que empecé el voluntariado aquí.

He estado tratando de no pensar demasiado en lo que pasó antes en el restaurante. Duele admitirlo, pero fueron celos desenfrenados lo que me llevó a seguir a ese hombre al estacionamiento y darle un puñetazo. Culpo a mi instinto protector. Pero también sé que tengo algunos problemas serios no resueltos con respecto al ataque de Hanukkah, y reconozco que no los he enfrentado como se debe. Pero bueno, al menos soy consciente de ello. Es solo que no sé cómo se empieza a lidiar con algo así. La pérdida. El dolor. La vergüenza. La ira.

Dijeron que el tiempo libre ayudaría. A mí también me gustaría pensarlo, pero todo lo que he hecho hasta ahora es beber y follar para calmar el dolor. Y el dolor sigue vivo, alimentándose de mis entrañas.

Perdido en mis pensamientos, limpio el espejo empañado con mi mano y me miro de nuevo en el reflejo. Mis mejillas se inflan al soltar un suspiro.

Apoyando las palmas de mis manos contra el lavabo, bajo la cabeza, y un sollozo se escapa de mi garganta. Lo permito por unos segundos, pero enseguida recupero el control y engullo el océano de sentimientos, confinándolos a un rincón lúgubre de mi pecho. No puedo ir allí. Temo no poder regresar de la oscuridad si me permito un momento de vulnerabilidad.

Es la maldita culpa la que se ha metido en mi cabeza y ha plantado los pensamientos que ahora me abofetean en la cara con fuerza. ¿Soy un cobarde por no querer volver a esa vida? ¿Por quererme ir? ¿Por querer aceptar la oferta de Aaron? Me niego a creerlo. Pero también creo que me he acostumbrado tanto a vivir en medio del estrés constante y la interminable tensión política y religiosa que acecha en nuestra región que he olvidado que existen otras formas de vivir.

Soy bueno en lo que hago. Mi mano es firme con una pistola, y reconozco los instintos combativos y de campo que poseo, incluso si me gusta convencerme de que me fallaron en diciembre. Tengo los datos, pero sigo descartándolos porque así operamos los humanos. Así que me estoy permitiendo seguir despotricando contra mi mejor juicio.

Nunca se me ocurrió que podría llevar una vida diferente. No porque pensara que no era capaz de ello, sino porque nunca pensé que alguna vez sentiría ganas de buscar otra cosa. Y sé que he estado retrasando este proceso de pensamiento porque las preguntas que necesito hacerme son difíciles, y las respuestas son aún más difíciles de encontrar.

Joder. No quiero volver al ejército.

Por primera vez, estoy siendo honesto conmigo mismo, pero más que eso, pensaba que no tenía otra opción… hasta hoy. Tampoco quiero huir de mi deber. Incluso si no elijo el ejército, quedarme aquí se siente más aceptable que irme. ¿Pero por qué? Nada va a cambiar si me quedo, y marcharme me abre a un mundo de posibilidades. Posibilidades desconocidas, sí, pero potenciales, no obstante.

Sintiéndome perdido, rompo la línea de pensamiento dándome una bofetada en la cara. Me lavo los dientes y me cambio a pantalones de chándal y una simple camiseta blanca. Y justo cuando me tiro de nuevo en la cama, se escucha un ligero golpe en mi puerta. Así que vuelvo a levantarme de un salto y me apresuro a abrirla. No queremos que nadie vea a Noa en el pasillo, así que es mejor cerrar la puerta detrás de ella lo más rápido posible después de que entre.

—Hola, tú —dice, rodeando mi cuello con sus brazos. Se pone de puntillas y huele mi cuello—. Dios, hueles tan bien.

Su cabello también está húmedo y huele a coco y flores. Envuelvo mis brazos alrededor de su cintura y la acerco más a mí.

—Tú también hueles bien.

—¿Estás bien?

Es demasiado lista. Me conoce demasiado bien, un descuido de mi parte.

—¿Qué pasa?

—Estoy bien —miento. Mi mente me arrastra en mil direcciones. Irme. Quedarme. Terminar esto. Intentarlo. Ser un hombre. Deber. París.

No me cree, puedo darme cuenta. Pero no hago nada para convencerla de lo contrario. Solo empeorará las cosas. Me delatará.

Sujetando la barbilla de Noa con mis dedos, me permito mirar sus grandes ojos llenos de esperanza durante unos segundos antes de que mis labios se encuentren con los suyos. Pretendo comenzar despacio con un beso suave para calmar mi conciencia por lo brusco que fui con ella anoche y esta mañana, para distraerla de la pesadez que mis ojos con seguridad transmiten.

La electricidad entre nosotros es innegable. No permite andar sin prisas. Es urgente y explosiva. Y Noa me besa de vuelta como si fuera la primera y última vez que pudiera hacerlo, y mi mente se desvía por un segundo ante la idea de lo último. Podría ser la última vez que la bese. Depende de mí. Pero joder, es hermosa, y sé que la estoy destrozando.

Debería tener un mejor juicio. Debería ser mejor.

La única forma de lograrlo es removiéndome de la ecuación, pero no podré hacerlo mientras vivamos a unos pasos de distancia. Ella seguirá queriendo más que solo sexo, y yo estoy emocionalmente agotado. Lo he estado desde el principio. Pero hemos estado jugando a «rollo de una noche» durante más de dos meses, y eso debe parar.

Noa me saca de mi mente bajando mis pantalones de chándal y arrodillándose frente a mí, y por mucho que me encantaría tener su boca alrededor de mi polla, la culpa me consume. Desearía poder sentir algo más. Algo que no sea solo anhelo y esta maldita lujuria incontrolable. Y poder darle lo que sus ojos suplican cada vez que se encuentran con los míos. Ella me importa, pero no puedo hacer que esto se vuelva real. No sé cómo demonios hacerlo.

La llevo de vuelta a sus pies antes de que sea demasiado tarde para detenerla, antes de que ceda a la dicha de sus labios sobre mí. Luego, le quito el suéter, beso sus hombros y bajo por su cuello. Noa cierra los ojos, jadeando. Todo lo que quiero es hacerla sentir bien, pero quiero ser gentil esta vez. Quiero que todo esto se trate de ella. Sobre lo que sé que en realidad quiere.

Ella se quita los jeans y se sienta al borde de la cama, inclinando la cabeza. Una ligera sonrisa en sus labios me invita a continuar. Mis manos la empujan hacia atrás sobre la cama, y dejo un caminito de besos por su estómago mientras le quito la tanga de encaje negro que sabe que me vuelve loco.

Después de hacer que se venga con mi boca, tomo un condón y lo enrollo en un rápido movimiento antes de hundirme lentamente en ella como lo haría un amante devoto. Es la forma más cercana en que puedo imaginar cómo sería hacer el amor porque ella se lo merece. Ella merece ambos. Tener a alguien que pueda follarla y hacerle el amor bajo demanda. Solo que esta vez no le digo que es la última vez porque esta vez sí lo es.

Noa pasó la noche en mi habitación. No solo lo permití esta vez, sino que lo alenté. Por egoísta, quería tenerla cerca de mí con la esperanza de que me hiciera cambiar de opinión sobre marcharme. Que de alguna manera me encariñara con ella durante la noche de una manera tan significativa que la respuesta a mi dilema se volviera cristalina. Habría sido más fácil tomar una decisión consciente sobre quedarme si eso hubiera sucedido.

No sucedió.

Pero no tener una razón para quedarse también es una maldita buena razón para irse. No hay nada real que me retenga. Todo está dentro de mi cabeza. O estaba, en todo caso, porque ya he tomado la decisión de irme. Le envié un mensaje a Aaron en el momento en que Noa se quedó dormida anoche para aceptar la oferta de trabajo.

Cuando Noa se despierta, mis maletas ya están hechas, mi cara está afeitada y Aaron está organizando mi viaje a París. Me voy en dos días, lo que significa que tengo que conducir de regreso a Tel Aviv para empacar el resto de mis cosas y despedirme de mi familia.

Yael va a estar devastada. Mi hermana podrá ser cuatro años mayor que yo, pero siempre he sido sobreprotector con ella. Somos cercanos, aunque vive en Amán con su esposo Isaac y su hijo Samuel de dos años, así que no nos vemos tanto como antes. Eso no significa que le va a encantar que viva aún más lejos de ella y de mis padres. Y dejarlos en Tel Aviv no es algo que me emocione, pero es bueno saber que tengo su aprobación. Además, he decidido ir con la mente abierta y probar las cosas. No me quedaré más de lo necesario si el trabajo no es adecuado para mí.

—Tu cara. Te has afeitado —dice Noa, sentándose en la cama

y abrazando la colcha. Mira alrededor con el ceño fruncido y una expresión de desconcierto al darse cuenta de que mis maletas están hechas y colocadas de manera ordenada junto a la puerta—. Caleb, ¿qué está pasando?

Camino hacia ella y me siento en la cama, agarrando sus manos entre las mías.

—Me voy. Hoy mismo.

—¿Qué? ¿Por qué?

Su cara se contorsiona. Es doloroso de ver.

—Aaron me llamó anoche. Aaron Hirsch.

Noa conoce a Aaron, pero ella siendo dos años menor que yo hace que la diferencia de edad entre ellos sea aún más significativa. Y luego Aaron se fue, así que nunca hubo una oportunidad para que se conocieran aparte de sus nombres. Pero todos conocen a todos en nuestra comunidad.

—¿Está bien? —pregunta en un susurro. Esta será una conversación difícil, y no sé si estoy listo para ello, pero necesita suceder. Mi intención es ser lo más directo y honesto posible.

—Sí, está bien. Me ofreció un trabajo en París —digo sin rodeos—. Y acepté la oferta.

Estoy tratando de mantener el contacto visual para mostrarle que esta conversación es importante y, con suerte, para que vea en mis ojos que esto no es fácil para mí, aunque mi tono sea firme.

Pero la perdí. Su atención vaga por las cuatro paredes de mi habitación, por mis maletas, por mí, pero no por mi rostro. No quiere encontrarse con mi mirada por más que intento capturarla de nuevo.

Pasan largos segundos mientras nos sentamos en la cama en silencio hasta que Noa al fin habla de nuevo.

—¿Qué tipo de trabajo? ¿Cuándo vas a volver?

Su voz se quiebra, y eso me afecta. Sé que fue estúpido de mi parte pensar que ella no se pondría emocional, pero esperaba que se diera cuenta de que mi partida es en realidad algo bueno. Para ella. Para ambos.

—Seguridad diplomática —aclaro mi garganta para romper las emociones que la obstruyen—. En la Embajada de los Estados Unidos en Francia.

De acuerdo, esto es más difícil de lo que pensaba que iba a ser. Noa se encuentra con mi mirada, y sus ojos redondos se llenan de lágrimas que comienzan a correr por su rostro.

—Noa…

—Por favor, yo… no puedes irte —dice, tomando una respiración entrecortada por la boca. La miro, inseguro de qué decir—. Te amo, Caleb. Yo… te necesito aquí.

Joder. Bajo la cabeza, pero aprieto mi agarre en sus manos. Soy un idiota. El mayor idiota del planeta al pensar que nuestras conversaciones anteriores sobre nosotros siendo nada más que amigos que les gusta follar no volverían para morderme el trasero.

—Sabes cuánto me importas, Noa.

Sé que eso no es lo que ella quiere escuchar. Quiere que le diga que la amo también y cuánto la necesito, pero no puedo decir ninguna de esas cosas. Y estoy seguro de que ella no quiere escucharme decirle que preocuparme por ella no incluye necesitarla porque no lo hago. Y me odio por eso. Me duele saber que no hay nada que ella pueda decir para convencerme de quedarme.

He tomado una decisión.

—Te echaré de menos —ofrezco en su lugar. Y lo haré, pero eso no es suficiente. No puedo.

—Entonces quédate —dice casi con urgencia, como si tratara de aferrarse a las cuatro palabras que acabo de decir—. Estoy aquí. Tú estás aquí. No hay necesidad de extrañarme.

Noa se arrodilla en la cama, la colcha cae y revela su hermoso cuerpo, el cual siento que ya no merezco mirar. Sus manos me toman la cara, y sus labios se encuentran con los míos. Me está besando con desesperación, como si tratara de hacerme cambiar de opinión. Puedo saborear sus lágrimas mientras siguen cayendo por sus mejillas y dentro de nuestras bocas. Me aparto.

—Noa, lo siento mucho —digo en voz baja, apartando un mechón de cabello de su cara y colocándolo detrás de su oreja—. Esto no tiene nada que ver contigo.

—Tiene todo que ver con que yo no soy suficiente para hacer que te quieras quedar.

Ella está tan equivocada.

—Esto no se trata de ti y de mí o de que no seas suficiente porque eso es lo más ridículo que he escuchado. Sabes que he estado luchando contra mis demonios, y siento que necesito esto. No sé si puedo volver al ejército. No después de lo que pasó.

—No eres tú, soy yo, ¿verdad?

—Noa, sé que es culpa mía el que te sientas así. Pero he sido honesto contigo todo este tiempo —le recuerdo. No quiero que su mente fabrique un escenario en el que le prometí algo que nunca hice, porque eso solo haría más difícil que entienda lo que está pasando y por qué. Y es mi culpa porque podía ver que sus sentimientos se fortalecían con el tiempo, y elegí ignorar las señales y confiar en su confirmación verbal de «estamos bien» cuando no lo estábamos.

—Sé que hablamos sobre... —hace un gesto con la mano entre nosotros—... lo que sea que esto es, era, pero seguí diciéndome a mí misma que todo lo que necesitabas era tiempo. Y traté de mejorar las cosas, de hablar sobre lo que pasó para hacerte sentir mejor, pero nunca te abriste conmigo sobre nada. Cuando no estabas conmigo, me hacías sentir como si no existiera. Pero esos momentos únicos cuando me prestabas atención, sentía que en realidad me veías. Como si fuera todo lo que necesitabas para que todo estuviera bien. Y elegí creer eso y me aferré como una estúpida a esa falsa esperanza porque te amo, Caleb. Supe desde el principio que eres el tipo de hombre que... joder.

Las manos de Noa cubren su cara mientras niega con la cabeza.

Algunos sollozos escapan de su garganta, haciendo que la mía se apriete. Ella tira de la colcha y la lleva contra su pecho, cerrando los ojos mientras llora. Trago con fuerza mientras mi cuerpo y mi mente luchan por digerir las cosas que Noa me está revelando. Me destroza saber que la estoy lastimando más de lo que pensaba. Pero sé cómo actué, y ahora ella es quien paga por el dolor no resuelto que llevo desde el día del ataque.

—Lo siento por no poder ser el hombre que necesitas que sea —murmuro, mi voz quebrada y pesada con emoción—. Y es justo por eso que debo irme. Quedarme aquí hace que sea muy difícil para mí ser quien necesito ser. Tú mereces algo mejor que esto, que yo.

—¡No me importa lo que merezco! —grita de vuelta, tomando otra respiración entrecortada por la boca.

Miro por encima del hombro hacia la puerta. Temo que alguien pueda venir a tocar para verificar que todo esté bien. Pero nada está bien. Noa está desnuda en mi cama, llorando y gritándome. Levi arrancaría mi corazón de mi pecho por mucho menos que eso, pero eso no es lo que me preocupa. Quiero proteger a Noa de ser expuesta, de que alguien fuera de estas cuatro paredes la vea en este estado vulnerable.

Noa parece entender que es mejor si mantiene su voz baja. Así que se calma y modula su tono.

—Después de que golpeaste a ese tipo por tocarme y luego con lo gentil que fuiste en la cama anoche, casi sentí como si me estuvieras haciendo el amor. —dice con una risa triste—. Y no lo dijiste. No dijiste que era la última vez. Así que pensé que al fin estabas empezando a…

Sus labios tiemblan y su cabeza se sacude de un lado a otro con incredulidad.

—Estabas diciéndome adiós.

—Por favor, perdóname —le imploro, mordiéndome el labio inferior.

—Caleb, solo… vete.

CAPÍTULO 5

Anticipación

24 de marzo de 2005

LLORANDO, GOLPEO el volante una y otra vez mientras conduzco de regreso a Tel Aviv. La reacción de Noa me afectó más de lo que esperaba. Todo lo que podía ver era la devastación en su rostro y la tristeza en sus ojos, todo mezclado con recuerdos del día del ataque. Ver a mis padres me estabilizó. Aaron no mentía cuando decía que ellos estaban de acuerdo con el plan. Borraron casi todas las dudas y la culpa que sentía por irme a Francia.

Por supuesto, a Levi no le entusiasmó que me fuera de manera tan repentina, pero entendió mis razones, y no es como si pudiera obligarme a quedarme, ni lo haría. Decir adiós a la comunidad en Ein Gev resultó ser más emotivo de lo que pensé. Seguí buscando a Noa, pero no la volví a ver. No después de abrazarla y salir de mi habitación.

Durante los últimos dos días, me preparé para irme con la ayuda de mi madre, que fue lo suficientemente amable como para ayudarme a empacar y convencer al propietario del departamento que me permitiera terminar el contrato de arrendamiento sin penalización. Resulta que estaba casado con una de las hijas de las amigas de mi madre, así que le resultó difícil negar nuestra solicitud una vez que se enteró de la conexión.

Acabo de abordar mi avión a París. Aaron me envió un boleto de primera clase, y ya lo odio porque, ¿cómo se puede volver a la clase económica después de esto? Estos asientos son perfectos para un hombre de mi tamaño. También mencionó que un conductor de la embajada me estaría esperando en la puerta de llegadas en Charles de Gaulle. Todo esto es demasiado elegante, y no estoy acostumbrado a ello en absoluto, pero supongo que debería acostumbrarme a partir de ahora.

Aaron me dijo anoche mientras hablábamos por teléfono que estoy obligado a hacer un curso intensivo de un mes con el Servicio de Seguridad Diplomático, o SSD, para aprender sobre los protocolos relacionados con el puesto.

Todo lo que espero mientras el avión despega es que esta chica a la que vamos a estar vigilando, la Señorita Murphy, no sea una mocosa. No estoy seguro de si mi temperamento me permitiría lidiar con alguien así. Aaron dice que es tranquila y no da problemas, pero supongo que esperaré y lo veré por mí mismo.

Es surrealista estar en Francia. Al fin, llegué a la residencia del Embajador, el impresionante Hotel de Pontalba, a solo unas cuadras de la Plaza de la Concordia. Esta ciudad es más que asombrosa, es impresionante. La arquitectura es diferente a todo lo que he visto antes.

Acabo de bajarme de la camioneta negra blindada en la que me recogió uno de los chóferes de la embajada, tal como me dijo Aaron. Dos agentes más del SSD, todos vestidos con trajes negros y corbatas se unieron al viaje. Scott y Charlie. Americanos, por supuesto. Fueron amigables y conversadores. Me ayudaron a relajarme porque, aunque odio admitirlo, estoy nervioso. Es una mezcla de emoción y ansiedad acumulada en mi pecho.

Me aclaro la garganta y descargo mis maletas del maletero con la ayuda de Scott.

—¿Podrías esperar aquí unos minutos? —dice Scott—. Iré a buscar a la señorita Le Roux. Ella te mostrará tu habitación.

Respondo asintiendo con firmeza.

La puerta principal se abre de nuevo segundos después de que la camioneta se marchó. Un sedán Mercedes-Benz Clase S color negro entra al estacionamiento. Ver a Aaron al volante me hace sonreír y saludarle con dos dedos. Él me devuelve el saludo con una sonrisa apretada.

Un agente se baja del asiento del copiloto y abre la puerta trasera del pasajero. Aaron apaga el motor y se dirige hacia mí mientras una chica pelirroja con uniforme escolar sale del coche. Mira por encima del hombro, y por un segundo, se encuentra con mi mirada, pero se da la vuelta de inmediato y se apresura hacia los escalones que conducen a la puerta principal.

La señorita Murphy parece una muñeca de porcelana: impecable, ilesa. Completamente inocente. Gracias a Dios que va a una escuela para chicas porque estoy seguro de que los chicos habrían sido un problema que no quiero tener.

Sigo el camino de la chica por las escaleras con la mirada. Sigue ajustando la correa en apariencia incómoda de su mochila de cuero en su hombro. Parece pesada, y el impulso de correr hacia ella y ayudarle a cargar su mochila pesa aún más sobre mí.

—Bienvenido, hermano —dice Aaron, devolviéndome a la realidad con una fuerte palmada en la espalda. Me doy la vuelta y lo abrazo.

Desafiando otra mirada hacia la puerta principal, descubro que la chica ya no está.

—Esa es la Señorita Murphy —susurra Aaron.

—Sí, me di cuenta —respondo con el ceño fruncido, frotando mi frente con el dorso de la mano.

—Me alegra mucho que hayas decidido venir —dice con una sonrisa—. Algo me dice que encajarás a la perfección.

Ver a Aaron de nuevo no se siente como si hubiera pasado una eternidad desde la última vez que nos vimos. Haber estado hablando con él por teléfono estos últimos días hace que el encuentro se sienta aún más natural. Sigue siendo el hijo de puta alto, apuesto, de cabello oscuro y ojos azules que siempre ha sido. Si acaso, estos últimos años le han sentado bien. Sus rasgos pronunciados lo hacen parecer un verdadero hombre ahora. Pero sigue siendo aterrador si no lo conoces como yo.

Una mujer con una blusa de seda blanca y un traje de falda azul marino baja las escaleras desde la entrada principal con unas carpetas manila en las manos y se dirige hacia nosotros. Esa debe ser la señorita Le Roux.

—*Bonjour*, agente Cohen —dice con un fuerte acento francés.

—*Bonjour* —mastico de vuelta, estrechando su mano y sintiéndome estúpido por siquiera intentar decir una palabra en francés. La mujer se ríe, y no la culpo; soné ridículo. Ella saluda a Aaron a continuación y le estrecha la mano.

—Mi nombre es Annette Le Roux —dice, echándose la trenza sobre el hombro—. Pero puedes llamarme Annette.

—Encantado de conocerte, Annette.

—Te mostraré tu habitación. Después de eso, te pediré que vayas a la embajada a la vuelta de la esquina para informar a Recursos Humanos de tu llegada. También tendrás que firmar estos papeles y entregárselos a la señorita Taylor.

—Por supuesto —agarro la carpeta que me ofrece.

—Tendrás el resto del día libre para instalarte —dice, acomodándose un mechón de cabello rubio detrás de la oreja—. Mañana, un agente te recogerá a las siete en punto para llevarte al centro de entrenamiento.

—Suena bien.

Annette asiente y hace un gesto de «sígueme» con un movimiento de su mano. Me muestra mi habitación en la parte frontal de la residencia donde están la puerta principal externa y los puestos de seguridad. Me explica cómo solo la seguridad personal más cercana del embajador Murphy y el personal (incluyéndola a ella), Aaron y ahora yo vivimos en estas habitaciones.

Después de dejar mis cosas en mi habitación, Annette me da un recorrido por las instalaciones y se disculpa para retirarse una vez que terminamos.

Mi habitación es cómoda y de un tamaño decente. Más grande que la de Ein Gev. Tengo una ventana de estilo francés con marco blanco y gruesas cortinas grises que dan a la calle Saint-Honoré. Pero todavía no puedo asimilar el hecho de que estoy aquí. Que este es mi nuevo hogar, mi nuevo trabajo.

Dado que tengo el resto del día libre, me pongo a desempacar. Soy un maniático del orden. Me brotará una urticaria si me voy a la cama esta noche mirando mi equipaje en el suelo lleno con todas mis cosas.

—Conocerás a la señorita Murphy el próximo mes una vez que termines con el entrenamiento —dice Aaron, apoyado en el marco de la puerta con los brazos cruzados en el pecho—. Estoy seguro de que te toparás con ella en ocasiones, pero preferiría esperar a presentártela formalmente. Ella aún no está al tanto de que has sido contratado para trabajar como su guardia de seguridad. Y puede que no le guste la idea, pero no es como si tuviera elección. Una vez que el embajador Murphy fija la mente en algo, es difícil convencerlo de lo contrario.

—Por supuesto —respondo, fingiendo indiferencia mientras sigo desempacando mis cosas. Es estúpido y no tiene sentido, pero preferiría no esperar hasta el próximo mes para conocer a la señorita Murphy. Tengo curiosidad por ya saber cómo es.

—¿Todo bien?

La ceja de Aaron se levanta.

—Sí. Solo asimilando todo esto —Hago un gesto vago con la mano frente a mí—. Es una locura estar aquí.

—No lo es —dice enseguida—. Has tomado la decisión correcta al venir aquí.

De repente, siento una fuerte necesidad de estar solo. Es algo que me obligaré a superar lo más rápido posible, estos impulsos repentinos de aislarme de todos y de todo para estar solo con mis pensamientos. Un trabajo como este hace que la persona a la que cuidas sea tu prioridad número uno, incluso antes que tú mismo. Sus necesidades están antes que las tuyas. Eso lo sé.

Más vale que me arme de valor.

Han pasado tres meses desde el ataque, y todavía puedo sentir el cuerpo inerte de Yonathan derritiéndose en mis brazos mientras tomaba su último aliento. Sus labios se curvaron en una sonrisa, pero sus ojos vidriosos se perdieron en la distancia, y así supe que se había ido. Todavía puedo escuchar su voz temblorosa murmurando: *Una vida por una vida.*

Esa frase me atormenta. Y nunca he compartido sus últimas palabras con nadie, ni siquiera con su familia. Todavía estoy tratando de digerir esa frase porque la culpa que la rodea aún me consume hasta el día de hoy.

Él dio su vida por la mía.

—¿No se supone que deberías estar persiguiendo a la señorita Murphy?

Fuerzo una sonrisa, tratando de cambiar de tema y desviar la atención hacia Aaron, esperando poder conseguir el espacio necesario para despejar mi mente.

—No, he terminado por hoy —dice Aaron, aflojándose la corbata—. La señorita Murphy por lo general se queda en casa una vez que regresa de la escuela, y no hay nada más en su agenda para el día de hoy.

—Me parece que tienes mucho tiempo libre —respondo, poniendo mis calcetines y ropa interior dentro de uno de los cajones de la cómoda—. ¿Qué haces con él?

—Estamos obligados a estar de guardia por si surge algo de último minuto —dice—. Así que no es como si pudiera relajarme por completo o irme a menos que sea un día de descanso, lo cual es una rareza, pero por lo general o voy al gimnasio o paso el rato en el salón con los otros agentes y el personal. También leo mucho. Se nos permite sacar libros de la biblioteca de la residencia. Tienen una gran colección de clásicos americanos.

—Suena acogedor —me río, tratando de burlarme de él. No puedo imaginar al Aaron que conozco descansando con un libro en el regazo. Parece más refinado ahora. Estoy seguro de que trabajar para un embajador de los Estados Unidos hace eso contigo.

—Oh, cállate —dice, tratando de ocultar su diversión. Entra y cierra las maletas vacías que están en el suelo—. Llevaré esto al almacén.

—Gracias, amigo. Te lo agradezco.

—Estaré por aquí.

Aaron saca las maletas y cierra la puerta detrás de él. Me dejo caer sobre la cama matrimonial y respiro hondo. Amo a Aaron como a un hermano. Me alegra mucho verlo de nuevo y saber que trabajaré con él codo a codo todos los días, pero es agradable que me dejen solo por unos minutos. Todavía necesito ir a la embajada y registrarme con el personal de recursos humanos.

Un destello de anticipación golpea mi estómago. Quiero saber el nombre de la señorita Murphy, pero no me atrevería a preguntarle a Aaron. No sé qué me pasó cuando la vi antes. Parecía tan delicada que mis instintos protectores se activaron. Es como si no pudiera esperar para empezar a cuidar de ella y conocerla mejor.

Va a ser un mes muy largo.

CAPÍTULO 6

Señorita Murphy

25 de abril de 2005

HOY ES EL DÍA: mi primer día trabajando como guardia de seguridad de la señorita Murphy. La capacitación como agente del SSD no fue tan dura como pensé que sería. Tediosa, sí. Pero soportable. Después de darse cuenta de que mi conocimiento sobre armas de fuego era competente y bastante extenso, cambiaron su enfoque a los protocolos. Y no solo el protocolo estándar del SSD, sino también las solicitudes adicionales del embajador Murphy. Es particular en cuanto a cómo prefiere que se manejen las cosas alrededor de su hija.

La capacitación consistió en varias pruebas escritas y orales, y algunos ejercicios de campo donde practicamos múltiples escenarios amenazantes. Sobresalí en todos ellos. He estado en peores situaciones en mi país, pero para nosotros es un día más en la oficina.

Por lo que me han comentado, estoy seguro de que no habrá mucho de qué preocuparse en cuanto a la seguridad de la señorita Murphy. Pero ser la hija de un embajador la convierte en un objetivo, así que es mejor pecar de precavido.

También he acompañado a la seguridad del embajador Murphy a algunos eventos para observar cómo se hacen las cosas. Todo es bastante estándar. Cuando los agentes que conocí durante la capacitación descubrieron que estoy entrenado en Krav Maga, me pidieron que les enseñara lo básico. Algunos ya están familiarizados con el sistema y quieren pulir sus conocimientos, mientras que otros quieren empezar desde cero. Estamos planeando incorporar el entrenamiento si el tiempo lo permite. No le vendría mal a Aaron practicar también. Estoy seguro de que está un poco oxidado.

Aaron me informó a detalle sobre la muerte de la señora Murphy. Tuve que firmar una tonelada de papeles, incluidos algunos acuerdos de confidencialidad en extremo estrictos. Si por error llegase a insinuar o comentar cualquier parte de la información confidencial que se me ha confiado a la señorita Murphy, esto resultaría automáticamente en un incumplimiento de contrato. Y una multa más que generosa que nunca podría pagar en esta vida, al menos.

Estoy empezando a tener una idea de cómo es el embajador Murphy… y no me gusta. Él elige mantener mucha información en secreto para que su hija no se entere, y ahora que me han informado de todas las verdades, supongo que estoy destinado a convertirme en un mentiroso también porque Aaron dice que a la señorita Murphy le gusta hacer preguntas sobre la muerte de su madre. Todo el tiempo.

Joder.

Pero tengo la solución a este problema: mantener la comunicación con la señorita Murphy al mínimo. Si soy honesto, planeo evitar el contacto visual por completo. En su lugar, me centraré en la tarea en cuestión: su seguridad. Si ella quiere hacer alguna pregunta, se las transmitiré a Aaron. Él sabe cómo lidiar con ella.

Me topé con la señorita Murphy unas cuantas veces más en el área del estacionamiento, ya fuera que ella se iba y yo llegaba o viceversa, y siempre se veía tan triste. Me rompe el corazón pensar que la está pasando mal mientras lidia con la muerte de su madre. Y sigo teniendo la sensación de que está sola.

Cumplió dieciséis años hace unos días. Aaron parecía tenso ese día, y cuando le pregunté qué pasaba, seguía insistiendo que todo estaba bien. El día transcurrió como de costumbre. Fui a la instalación de entrenamiento, regresé alrededor de las 6 p.m., y encontré a Aaron sentado solo en el salón con un libro cerrado en su regazo, mirando por la ventana con el ceño fruncido. Ni siquiera necesité preguntar qué pasaba. En el momento en que entré al salón, dijo:

—Hoy es el cumpleaños de la señorita Murphy.

Pero ya lo sabía porque lo leí en su expediente. 11 de abril de 1989. Es seis años menor que yo. Lo tomé en cuenta.

Curioso por lo que Aaron tenía que decir, permanecí en silencio y esperé a que hablara de nuevo. Después de un rato de mirar por la ventana en silencio, al fin dijo:

—El embajador Murphy salió anoche a un viaje de negocios y no volverá hasta dentro de dos días. Le envió flores, al menos. O bueno, Annette lo hizo.

Entendido.

—¿Así que el embajador Murphy es un imbécil que no puede pasar tiempo con su hija en su cumpleaños?

Sé que debería tener más cuidado con las cosas que digo en el salón. Pero estábamos solos ese día, y no dije ninguna mentira.

—Dime algo nuevo —Aaron chasquea la lengua, tira el libro en la mesa de café y se levanta para seguir mirando por la ventana. Me trago el sentimiento indescifrable de ver a Aaron tan angustiado mientras batallo para imaginar cómo se habrá sentido la señorita Murphy en ese momento.

Desearía poder hacer algo para hacerla sentir mejor sobre su situación, pero sé que no es mi lugar, ni lo será nunca. Pero hoy, al fin la conoceré.

Después de ir al gimnasio a las 5 a.m., me ducho, me afeito y me pongo uno de los trajes negros que me proporcionaron hace unos días.

El desayuno se sirve abajo en el salón como todas las mañanas, pero estoy demasiado ansioso para comer algo, así que tomo una taza de café mientras espero que Aaron baje. Al parecer, se me hizo temprano, como un niño demasiado emocionado antes de un viaje escolar. Estuve a un segundo de dormir con el traje puesto.

Patético. Sacudo la cabeza mientras llevo la taza a mis labios. Maldita sea, no puedo superar lo bueno que es el café aquí.

—*Bonjour* —una voz chirría detrás de mí. Me doy la vuelta y veo a Annette. Se ve impecable como siempre. Su cabello rubio dorado está recogido en un moño, y lleva el traje de falda habitual, pero esta vez es de un tono rojo quemado. Debe tener más o menos la misma edad que Aaron, comenzando sus treintas. Es una mujer hermosa, y creo que está consciente de ello por la forma en que se mueve y la seguridad que irradia—. ¿Listo para tu primer día oficial en el trabajo, *garçon*?

Mi francés es pésimo, pero sé que *garçon* significa niño, y todo lo que puedo hacer es levantar una ceja en su dirección. No soy un niño, y estoy seguro de que ella lo sabe, empezando por el hecho de que soy casi el doble de su tamaño. No es que necesite demostrarle nada. Estoy más que calificado para este trabajo, si soy honesto. Pero descarto de inmediato el pensamiento. Ella está tratando de molestarme de manera juguetona, estoy seguro.

Annette se sirve una taza de café y respondo en un tono firme:

—Estoy deseando empezar.

—Este look elegante te queda bien —dice con una sonrisa ladeada y un marcado acento francés, mientras revuelve el azúcar que acaba de echar en su café. Luego se inclina y susurra—: La señorita Murphy es una joven muy… tranquila, así que no esperes mucha acción en el trabajo.

—Entendido —le ofrezco una sonrisa tensa y tomo otro sorbo de mi café.

—¿Entonces cómo es que una mujer francesa trabaja en la Embajada de Estados Unidos? —cambio de tema porque lo último que quiero es hablar de la señorita Murphy con una de las empleadas de su padre—. Me imaginaría que solo contratarían a estadounidenses.

Annette se ríe. Agarra un plato y un cuchillo y se sienta en una de las sillas de cuero blanco, cruzando una pierna sobre a la otra con elegancia.

—Podría preguntarte lo mismo, ¿no?

—Bueno, sí, pero supongo que ya sabes la respuesta a esa pregunta.

—No estás equivocado. —Toma un croissant de la canasta de pan y arranca un trozo con los dedos. Le unta un poco de mermelada de fresa y se lo lleva a la boca—. No es que no haya revisado ya tus archivos, pero ese acento tuyo te delata, *garçon*.

Como precaución, miro la hora en mi reloj porque no quiero llegar tarde a mi primer día de trabajo por ver a una mujer pestañear coquetamente mientras come un croissant. Pero aún tengo veinte minutos antes de ir al estacionamiento y llevar a la señorita Murphy a la escuela. Al menos hablar con Annette me está ayudando a calmar los nervios porque, sí, estoy que no puedo con la anticipación de este día.

—¿Entonces? —insisto, fingiendo indiferencia. Tengo curiosidad por Annette, que me mira con los ojos entrecerrados, pero no por tener un interés particular sobre ella, sino en general. Se trata de querer saber más sobre las personas con las que trabajo.

—He estado trabajando para el embajador Murphy durante los últimos ocho años, desde que comenzó su mandato en Berna —dice con cierto orgullo.

Parece ser una empleada leal y de confianza. Si ha trabajado con el embajador Murphy desde su tiempo en Suiza, eso significa que estaba en la Ciudad de México cuando la señora Murphy murió. Debe haber sido difícil para el personal y los agentes de seguridad que conocían a la señora Murphy. Sé que Aaron se siente impotente ante la situación, pero no había nada que él pudiera haber hecho para evitar lo que sucedió. Su trabajo era proteger a la señorita Murphy, y lo hizo.

—Buenos días —dice Aaron, enfocándose en la cafetera. Se ve elegante en su traje negro como de costumbre. Annette y yo lo saludamos de vuelta—. ¿Listo, Cohen?

Sonríe mientras llena su taza.

—Listo, Hirsch.

—Oh, olvidé mencionarte que puedes llamarme Aaron frente a la señorita Murphy —dice, tomando un sorbo de su café. Hago lo mismo—. Pero tú serás el agente Cohen, según las instrucciones del embajador Murphy.

Por supuesto. Siendo honesto, me importa un carajo. Ya conocí al embajador Murphy unos días después de llegar, y él me llamó Caleb y lo ha hecho desde entonces. Pero estoy seguro de que preferiría que su hija usara el apellido estándar conmigo. Lo entiendo. Es una capa adicional de separación entre nosotros. Aaron, por otro lado, ya es casi familia. El embajador Murphy le confía la vida de su hija a ojos cerrados.

Unos cuantos miembros más del personal llegan para el desayuno cuando Aaron y yo dejamos nuestras tazas en el fregadero antes de salir. Ha llegado la hora.

—Buena suerte, *garçon* —chirría Annette mientras salimos. Respondo mirando por encima del hombro y levantando una ceja en su dirección. La hace reír. Sacudo la cabeza con una sonrisa y sigo a Aaron hacia afuera.

—Parece que has llamado la atención de Annette —dice Aaron

mientras caminamos por el estacionamiento hacia el Mercedes negro—. Por lo general, nadie le cae bien.

—No había hablado mucho con ella hasta hoy —admito, ajustando mi auricular dentro de la oreja—. Parece que también le caes bien.

—Le caigo bien ahora —se ríe—. Nos tomó un tiempo poder hablarnos como personas civilizadas. Era joven y respondona cuando empezó a trabajar aquí, pero es lista, astuta, comprometida. Entiendo por qué el embajador Murphy la contrató. Pero una vez que se dio cuenta de que ambos íbamos a estar viéndonos las caras a diario, cambió su actitud.

—Ya veo.

—Trata de mantener tu polla dentro de tus pantalones.

—Oh, vete a la mierda.

Aaron me lanza una mirada de desaprobación y quita el seguro del auto. Me coloco al lado de la puerta trasera del pasajero, esperando que la señorita Murphy llegue.

—No quieres involucrarte con una de las empleadas más confiables del embajador Murphy.

Suelto una risita, un tanto molesto por sus insinuaciones.

—Entendido.

—Hablo en serio —dice, colocándose a mi lado.

Que Aaron piense que, de alguna manera, estoy inclinado a involucrarme románticamente con cualquier mujer en este momento, en especial con alguien como Annette, que no solo es mayor que yo, sino también una compañera de trabajo, es una locura.

—Aaron, ¿qué carajos? —le susurro. La gente va y viene en el estacionamiento—. No estoy interesado.

—No hace daño dejártelo bien claro —dice—. Ahora, mantente en posición porque la señorita Murphy viene en camino. Yo echaré a andar el coche.

Suelto una risita, y vuelvo la mirada hacia la escalera. Mi mandíbula se tensa. La señorita Murphy es hermosa, pero es una niña. Me alegra que no sea mayor y más cercana a mi edad porque eso hubiera sido complicado. No que fuera yo a atreverme a permitir que mi mente juegue con la idea de que nos hubiéramos podido acercar de alguna otra manera que esté fuera de línea con mi puesto, si ese fuera el caso.

Además, venimos de dos mundos diferentes. Ella luce elegante, inteligente y culta. O al menos eso es lo que pensaría de una chica de su estatus. Y yo solo soy un chico roto de Tel Aviv que nunca merecerá a una chica de su calibre.

Sus ojos irradian calidez y amabilidad. Sé que aún no la conozco, pero no parece ser problemática. Así que eso ya es una victoria.

Lleva el mismo uniforme que usó el primer día que la vi. Una falda gris plisada que cae a un par de pulgadas por encima de la rodilla, un chaleco gris oscuro sobre una blusa de cuello blanco, una corbata a rayas blancas y rojas, y un blazer rojo profundo. Lleva su largo cabello rojizo suelto y partido en el medio. El sol de la mañana hace que se vea un poco anaranjado en algunos lugares. Es encantador.

Ella toma el último paso y camina en mi dirección, llevando esa maldita mochila de cuero sobre su hombro, haciendo que su figura se incline más hacia su lado derecho por el aparente peso.

Eso es todo. Esta mierda de que me «quede en mi lugar» e interactúe lo menos posible con ella necesita posponerse para otro día. Me dirijo hacia la señorita Murphy, sin darle a Aaron la oportunidad de salir del coche para detenerme o hacer un sonido para que me quede en mi lugar como el perro entrenado que quiere que sea.

Sí, quiero ayudarla con su mochila. ¿Qué va a hacer Aaron al respecto? Sé que hay un protocolo en marcha y toda esa mierda, pero ¿a quién le importa?

La señorita Murphy se queda helada en su lugar, sus mejillas poniéndose más rosadas por segundos, las pecas débiles y dispersas en su nariz y mejillas mezclándose con el rubor. Me mira como si fuera el villano que ha venido a llevarla a su guarida secreta. Me dan ganas de sonreír y decir que soy uno de los buenos, pero me mantengo profesional, parándome a unos pocos metros de distancia frente a ella antes de presentarme formalmente.

—Buenos días, señorita Murphy —digo, descansando mis manos en un solo puño frente a mí. Sus ojos se agrandan y sus labios se separan un poco. Es como si quisiera decir buenos días de vuelta, pero no puede, así que sigo hablando—. Un placer conocerla. Soy el agente Cohen.

Le ofrezco mi mano y ella la toma en un apretón firme y seguro que me deja atónito.

Ella suelta mi mano de forma delicada, pero sus ojos, que ahora puedo ver con claridad que son de un impresionante tono verde, siguen mirándome. Son hermosos, pero se ven muy tristes. Casi... transparentes. Como si no estuviera tratando de ocultar el hecho, o tal vez ha intentado disimular la tristeza, pero ha fallado miserablemente o se ha cansado de hacerlo.

Una urgencia primitiva de llevar a la señorita Murphy a un lugar tranquilo y hablarlo todo con ella, de hacer que esa tristeza se disipe, de hacer que las cosas se sientan mejor, me invade. Pero eso es una locura porque acabamos de conocernos hace unos segundos. Además, no estoy equipado para lidiar con el bagaje emocional de alguien más cuando soy un jodido desastre por dentro. Y encima tengo que lidiar con mi marca personal de demonios que se aferran a mí como garrapatas chupasangre.

Y puede que acabe de conocerla, pero sé que su nombre es Guillermina, un nombre fascinante, y sé que no tengo ni puta idea de cómo se pronuncia, pero estoy deseando preguntarle sobre ello.

También sé que ha estado lidiando con la muerte de su madre. De luto. Igual que yo. Y eso es suficiente para hacerme querer arreglar las cosas. Arreglar todo. Aaron me dice que no ha hecho amigos de verdad desde que llegó a París, y me incomoda pensar que podría sentirse sola.

No me preguntes por qué.

Sé que no es mi lugar tener estos pensamientos, pero siento que la conozco, aunque sea un poco, en papel. He leído los archivos innumerables veces y tengo detalles explícitos sobre lo que le pasó a su madre, cómo se manejaron las cosas, los planes de su padre para su seguridad y los secretos que guarda y planea guardar para que ella no se entere.

También sé que solo han pasado unos meses desde que volvió a la escuela. Durante casi dos años, mientras vivían en Oslo, estudió en casa con una institutriz y rara vez salía de la residencia del embajador, o eso me dijo Aaron. Así que, ¿cómo demonios voy a estar bien con esta chica luciendo como si pudiera desmoronarse en cualquier momento?

—Un placer conocerte, Cohen —dice, su suave voz devolviéndome a la realidad. Un atisbo de una sonrisa se dibuja en sus labios rosados, pero puedo decir que está haciendo un esfuerzo por invocar incluso ese simple gesto.

—¿Puedo ayudarle con su mochila, por favor? —Las palabras salen de mi boca casi como una súplica. Extiendo la mano y muevo los dedos. Ella agarra la correa de cuero una última vez antes de, al fin, cederme la mochila.

—¿Eres… nuevo aquí? —Sus ojos se entrecierran mientras se echa un mechón de cabello alborotado por el viento detrás de la oreja. Sabe que soy nuevo, pero supongo que tiene curiosidad por saber qué estaré haciendo. Abro los labios para responder, Abro los labios para responder, pero me interrumpen.

—Buenos días, señorita Murphy —Aaron se coloca a mi lado—. Este es el agente Cohen, pero veo que ya se ha presentado. —Me lanza una mirada de reojo que no logra intimidarme. Estoy seguro de que Aaron es el tipo rudo por aquí y lo usa a su favor, lo que me hace reír por dentro. Él sabe que no debe intentar esa mierda conmigo, pero le doy crédito por intentarlo—. Reemplazará al agente Lewis.

—Oh, está bien —dice, masajeándose el hombro. Parece no saber qué hacer con las manos ahora que no lleva la mochila sobre el hombro. Pero más le vale acostumbrarse a la sensación porque esta chica no la cargará mientras yo esté cerca. Me aseguraré de eso.

—Sé que el agente Lewis había sido asignado de forma temporal, pero mi padre no me dijo que tendría dos agentes siguiéndome todo el día. Ya sabes, de forma permanente. —Dirige su atención hacia mí por un momento—. Sin ofender.

—Para nada —presiono los labios para mantener una expresión seria y evitar sonreír. Esta chica tiene fuego dentro de ella, bajo la fugaz fragilidad de su estado emocional actual. Y me gusta. Pero parece molesta por el giro inesperado de los acontecimientos, como estoy seguro de que es costumbre siendo hija de su padre. Es lindo.

—Mis disculpas por la confusión, señorita Murphy —dice Aaron de manera objetiva, pero hay una gentileza flotando en los bordes de su tono que me dice que tiene un punto débil por la chica, y no lo culpo. Ha conocido y cuidado a la señorita Murphy durante años. Ha pasado por el infierno y vuelto con ella.

Con un suspiro, la señorita Murphy verifica la hora en su reloj y comienza a caminar hacia el auto. Aaron y yo la seguimos en silencio.

«Y comenzamos…»

CAPÍTULO 7

Deber

LLEGAMOS AL COLEGIO de la señorita Murphy, que en esencia es un castillo del siglo XVI convertido en un instituto para chicas. Hace unas semanas me entregaron un plano detallado del lugar. La seguridad es estricta en las instalaciones, pero eso no significa que no haya estudiado y memorizado el diseño del edificio y todas sus salidas antes de este día. Nunca se puede ser demasiado precavido.

Aaron estaciona el coche, y salgo volando de mi asiento para abrir la puerta de la señorita Murphy. Ella sale del coche y extiende las manos hacia adelante.

—Gracias, Cohen. Ahora tomaré mi mochila —dice.

—Está bien, señorita —respondo, cuidando de evitar su mirada. Estoy convencido de que va a discutírmelo.

—Puedo llevarla yo misma. No es tan pesada.

—Insisto —mi tono es amistoso pero firme. Esta bolsa parece estar llena de ladrillos. Y el hecho de que soy un empleado y no su amigo es lo único que me impide bromear al respecto. Tal vez algún día. Estoy seguro de que le encantaría.

—Está bien —sus mejillas se inflan mientras exhala con un aire de rendición—. Déjame agarrar algo entonces.

La señorita Murphy mete la mano en uno de los bolsillos delanteros y lo desliza para sacar una copia gastada de «La Princesa Prometida» y su teléfono. Un BlackBerry. Todavía estoy tratando de acostumbrarme al dispositivo desde que me proporcionaron un modelo idéntico como parte de mi «Paquete Inicial de Agente de Seguridad». Mis dedos grandes hacen que me cueste trabajo presionar las teclas correctas todo el tiempo. Aaron dice que me acostumbraré.

Mordiéndome el interior de la mejilla, señalo el camino que conduce a la entrada principal, invitándola a comenzar a caminar. Ella lo hace, a regañadientes. El temperamento de esta chica es encantador de la manera más refrescante. Puedo ver que está haciendo un berrinche interno por no poder llevar su propia mochila, pero eso solo hace que sea más divertido para mí hacerlo.

Una vez que me da la espalda y comienza a caminar de manera incómoda por el camino rodeado de un césped podado a la perfección, sonrío. Empiezo a pensar que esta mochila sirve como una especie de manta de seguridad para ella, y tal vez la estoy haciendo sentir incómoda al no dejarla llevarla ella misma. Al hacer cosas que ella se siente en perfecta capacidad de hacer por sí misma. Pero no me importa un comino. Su hombro y su espalda me lo agradecerán después.

Aaron está a mi lado ahora, y le damos a la señorita Murphy una buena ventaja antes de seguirla. Ella guarda su teléfono en el bolsillo de su blazer y abraza el libro contra su pecho. Estamos bien siempre y cuando tengamos una visión clara de ella. Al menos el embajador Murphy es lo bastante decente como para conceder esta petición a su hija: un espacio vital entre ella y su seguridad mientras está dentro del recinto escolar.

Aaron ha mencionado cómo a veces puede actuar un poco nerviosa cuando un espacio público se llena demasiado, y no la culpo después de lo que ha pasado, pero tampoco quisiera hacerla sentir sofocada por nuestra presencia. Y eso es justo nuestro trabajo, estar ahí pero no estarlo.

En algunas situaciones, nuestra presencia necesitará ser obvia y notable, pero según sus expedientes, la señorita Murphy rara vez asiste a funciones diplomáticas oficiales. Solía hacerlo antes, y es natural que con el tiempo vuelva a acompañar a su padre a ciertos eventos clave de vez en cuando. Solo espero que no la apresuren a hacerlo.

Entramos por la puerta principal, y pequeños grupos de chicas se reúnen aquí y allá, hablando, riendo y mirando en nuestra dirección. No las culpo. Por mucho que quisiéramos ser discretos, no hay mucho que puedas hacer para ocultar a dos exmilitares israelíes de más de 1.90 metros de altura vestidos de traje y portando auriculares rizados. Todos saben lo que somos, y parecen saber a quién estamos cuidando. Por más que la señorita Murphy intenta pasar desapercibida entre las estudiantes, su sola presencia destaca entre el resto. Y no es solo su belleza o el llamativo color de su cabello. Un aura que la rodea en cómo se comporta hace que la gente se fije en ella. O tal vez sea todo eso junto.

La señorita Murphy se detiene afuera del aula de su primer período, mira por encima del hombro en nuestra dirección y abre su libro. Aún quedan diez minutos antes de que comience su clase, y por supuesto, elige pasar este tiempo libre leyendo. Me molesta saber que se le ha dificultado hacer nuevas amistades.

Aaron y yo nos quedamos a una distancia segura. Sigo cargando su mochila mientras ella sigue de pie y sola apoyada contra la pared del aula, con toda su atención puesta en las páginas de su libro. Aaron me está sacando plática como es costumbre en situaciones como estas. Pero no puedo evitar volver mi atención hacia ella, analizando sus ceños fruncidos y sonrisas mientras lee. Los libros parecen ser su refugio, un escondite de alguna manera. Es conmovedor presenciarlo.

—*Très beau* —dice una chica alta y rubia a su amiga mientras pasa junto a nosotros. Parecen alumnas de último año. La ligera curva en sus labios y la forma en que me recorre con la mirada de arriba abajo me dan una idea de lo que acaba de decir. La chica a su lado, una morena de cabello largo y rizado le agarra el brazo a la rubia y sacude la cabeza con desaprobación en la dirección de su amiga. —*Mais c'est vrai!*

La rubia me guiña un ojo y se ríe en la cercanía mientras sigue caminando por el pasillo.

—Por Dios —murmura Aaron entre dientes. —Nunca consideré que tu cercanía de edad a estas alumnas podría ser un problema.

—No sé de qué estás hablando —aunque sí lo sé. Pero ¿qué quiere que diga? No he movido un solo músculo en mi cara, excepto los necesarios para responderle desde que entré en este edificio. Ni siquiera estoy seguro de lo que dijo esa chica; fue su lenguaje corporal lo que me hizo darme cuenta de la insinuación.

—Vamos. Están bromeando —le digo, tratando de aminorar su preocupación. No va a ser un problema, como él dice. Aaron responde ajustando su corbata y pasando sus manos por las solapas de su saco con el ceño fruncido.

Unos minutos más tarde, mientras miramos alrededor y esperamos que comience la clase, suena el timbre, haciendo que la señorita Murphy se sobresalte y deje caer su libro al suelo. Podría haber oído el suspiro que seguro salió de sus labios entreabiertos si no fuera por el bullicio de los estudiantes caminando por el pasillo y entrando en sus aulas. Pero admito que estaba mirando en su dirección. Me molesta verla sola, aunque no parece que no haya estado disfrutando de su libro.

Por impulso, me acerco a ayudarla a recogerlo. Pero cuando llego a ella, ya lo ha levantado. Puedo ver que es el tipo de persona que tiene problemas para aceptar ayuda de otros, o tal vez ha recibido tanta ayuda en su vida que quiere hacer cosas por sí misma, como recoger su maldito libro del suelo.

—Su mochila, señorita Murphy —digo, entregándosela.

La percibo nerviosa y tensionada, como si todavía no se pudiera acostumbrar a ese estridente timbre escolar. Lo entiendo. Los sonidos pueden detonar una reacción emocional, en especial después de haber sido testigo de un tiroteo en la escuela. Tal vez el timbre le recuerde al arma automática que escuchó a lo lejos, o tal vez el timbre estaba sonando cuando sucedió. Cuando su madre estaba siendo asesinada a tiros a unas cuantas paredes de distancia, y ella se acurrucaba dentro de un aula con Aaron, quien la sostenía mientras esperaban a que la situación se calmara y llegaran refuerzos.

¿En qué estaría pensando en ese momento? ¿Que alguien iba tras ella? ¿Que las balas tenían su nombre escrito en ellas? Estoy seguro de que no esperaba que su madre muriera.

—Gracias —responde ella con un tono brusco, mirando sus pies como avergonzada de sí misma por alguna razón. Toma su mochila y se marcha a su aula durante los siguientes cuarenta y cinco minutos.

Caigo en la cuenta de que nunca había sentido un deber y un propósito tan profundo en mi ser, y esa comprensión se siente como una fría bofetada en la cara, dejándome atónito. Pero una sonrisa tan pequeña, tan indetectable, solo para mí, se dibuja en mi rostro porque, aunque antes tenía dudas, ahora sé que aquí es donde debo estar.

CAPÍTULO 8

SOS

13 de mayo de 2005

HAN PASADO tres semanas desde que me uní al equipo de seguridad de la señorita Murphy junto a Aaron. El semestre está casi por terminar, y ella sigue manteniéndose al margen en la escuela. Sostiene conversaciones superficiales con las otras chicas de manera espaciada, pero puedo ver cómo no se esfuerza por hacer amigas todavía. Sus libros son su mejor compañía.

He mantenido mis interacciones con ella al mínimo. Es como si estuviéramos actuando según un guion.

«Buenos días».

«Su mochila, señorita Murphy».

«Que tenga una buena tarde».

«Yo la cargo por usted».

«¿Cómo estuvo la escuela, señorita Murphy?».

«No, insisto».

Aún no le he dicho ni un: buenas noches. Siempre conducimos hasta la residencia de inmediato después de la escuela, y rara vez sale después de eso. Toma clases de francés, pero su tutora viene cuatro tardes a la semana por una hora y media, y eso es todo.

Sería bueno para ella salir más de la residencia, como ir a caminar o correr, pero ¿quién soy yo para sugerirlo? Ella se está ajustando a un nuevo país, un nuevo idioma, una nueva escuela, y todo esto sin amigas, sin una madre a quien recurrir, y un padre demasiado ocupado para darse cuenta. Pero París es una ciudad increíble por lo poco que he podido ver, y ella se ha encerrado en esta fortaleza arquitectónica entre sus libros.

La residencia es lo suficientemente grande como para que pueda deambular sin sentirse atrapada, pero me pregunto si siquiera sale de su dormitorio. Este lugar está lleno de gente que entra y sale todo el tiempo. Su padre organiza eventos cada semana. Y sé que ella nunca asiste a ninguno de ellos porque Aaron y yo nunca somos llamados para trabajar en los mismos, y es protocolo estar presente en cualquier evento público donde se requiera la presencia de la señorita Murphy, incluso si es dentro de la residencia.

Conducimos de regreso de la escuela en silencio. Ella está mirando por la ventana como suele hacer, su mirada perdida como si estuviera soñando despierta. Me pregunto qué ve cuando observa la ciudad.

De repente, habla.

—Hay una fiesta esta noche —aclara su garganta—. Una chica de mi generación cumple dieciséis el próximo domingo, así que tendrá una pequeña reunión en su casa para celebrar.

Es raro escucharla hablar más de lo habitual.

—¿Va a asistir a esta fiesta, señorita? —pregunta Aaron mientras espera que se abra el portón exterior de la residencia.

—Creo que… ¿sí? —responde, pero casi parece una pregunta—. Les enviaré los detalles en un rato.

—Por supuesto. —Aaron apaga el motor.

Estoy a punto de salir del coche para abrirle la puerta cuando ella dice:

—Deberíamos hacer un chat grupal en BBM para nosotros tres. Será más fácil comunicarnos de esa manera.

—Yo me encargo —respondo, saliendo del coche para abrirle la puerta. Cuando lo hago, Aaron también sale del coche, así que lo miro y digo—: No querríamos confiarle esa tarea a Pedro Picapiedra.

Aaron es muy bueno con la tecnología, pero estoy tratando de bromear sobre su edad. La señorita Murphy se ríe entre dientes y sale del coche.

—Gracias. Nos vemos más tarde.

Se aleja con una sonrisa que rara vez tengo la oportunidad de ver en su rostro, una genuina. Cuando llega al primer escalón de la entrada principal, me doy cuenta de que dejó su mochila en el coche. La tomo y corro en su dirección.

—¿Señorita Murphy?

Ella se detiene a mitad del camino y mira por encima del hombro. Le muestro la mochila para que sepa que la olvidó. Extiende los brazos, tratando de alcanzarla, pero niego con la cabeza y subo las escaleras a su lado para hacerle saber que la llevaré por ella.

—¿Ves? —dice una vez que estamos justo fuera de la puerta—. De tanto cargar mi mochila todo el tiempo me has hecho olvidar que tengo una.

—Esa es la idea, señorita.

Le entrego la mochila. Ella la agarra y veo cómo sus mejillas se tiñen con un suave sonrojo antes de que desvíe la mirada. Toma el picaporte de la puerta con una sonrisa y lo baja, empujando la puerta un poco. La sonrisa se desvanece mientras se muerde el labio inferior. Está mirando sus pies como si estuviera paralizada, sin poder entrar.

—¿Todo bien, señorita?

—Ah, sí, sí —responde demasiado rápido para sonar genuina—. ¿Podrías… añadir una salida a las cinco y media de la tarde mañana en mi agenda, por favor?

Su voz suena temblorosa, y no me gusta nada.

—¿Señorita Murphy?

Ella deja escapar un suspiro.

—Es el aniversario de la muerte de mi madre mañana. —Me mira con ojos grandes y vidriosos—. Dos años.

Sonríe una sonrisa forzada, pero soy testigo del momento en que decide reprimirlo todo. Parpadea varias veces y las lágrimas que pensé que vendrían nunca caen. Es como si hubiera estado cargando este peso en sus hombros todo el día, tal vez toda la semana, y al fin ha decidido descargarlo. Y me alegra que haya elegido hacerlo conmigo, al menos de esta pequeña manera.

Me quedo quieto, luchando contra el impulso de dar un paso adelante y abrazarla. Pero con gusto le permitiría llorar en mi pecho. Parece que necesita desahogarse y no tiene a nadie más con quien hacerlo.

—Por supuesto, señorita Murphy —respondo en su lugar—.

¿Vamos a algún lugar en particular? Más que nada para avisarle a Aaron. Ya sabe lo entrometido que es.

Y ahora estoy aprendiendo que yo también soy entrometido. Ella me ofrece la sonrisa más triste del mundo, pero al menos está sonriendo otra vez.

—A la iglesia —dice—. Y luego me gustaría comprar algunas flores. Flores blancas. Es un pequeño ritual que hice el año pasado, y quiero que se convierta en una costumbre.

—Iglesia y flores —asiento—. Le avisaré a Aaron.

—Gracias.

—Crearé el chat grupal de inmediato para que pueda informarnos sobre la fiesta de esta noche, ¿de acuerdo?

Estoy un poco preocupado porque quiera ir a una fiesta cuando se siente así. No estoy seguro de que la disfrutaría, pero tal vez esté tratando de distraerse. Todavía no estoy seguro de qué es lo que necesita, y no es que haga alguna diferencia si lo supiera. No voy a entrometerme de todas formas.

Ella asiente. Yo asiento. Y esa es mi señal para irme.

—¿Cuál es tu nombre, Cohen? —dice en el momento en que empiezo a bajar los escalones.

—Cohen, señorita —respondo, girándome.

Ella se ríe por lo bajo. —Puedes decirme tu nombre, Cohen.

—Es… Caleb, señorita. ¿Cuál es el suyo?

Es estúpido hacer una pregunta para la cual ya sé la respuesta, pero me pareció grosero no preguntar su nombre. Además, esta es mi oportunidad de escucharla decirlo para dejar de jugar con las diferentes pronunciaciones en mi cabeza.

—Caleb. —Presiona un poco sus labios, pero sonríe con los ojos—. Mi nombre es Guillermina.

—Lo siento, señorita. ¿Podría repetirlo?

Espero que no se ofenda por preguntarle. Pero necesito asegurarme de entenderlo bien, y lo dijo demasiado rápido con un acento español. Y esta pequeña ventana que se abrió para que hablemos puede evaporarse en cualquier segundo. Estoy sorprendido de que nadie haya entrado o salido de la residencia.

—Guillermina —dice, más lento esta vez.

—Guillermina.

Mi pobre intento de decir su nombre la hace reír

—Es correcto.

—¿Cómo le llaman sus amigos?

Al instante me arrepiento de hacer la pregunta. No debería ponerme a charlar, y sé que está teniendo dificultades para hacer amigos, pero estoy seguro de que sabe a lo que me refiero. Ha vivido en el extranjero durante años, y su nombre puede no ser fácil de pronunciar para muchas personas.

—Em… Billie, con i-e.

Billie. Le queda bien. Parece una Billie. La única Billie que he conocido, pero es como si el nombre hubiera sido inventado solo para ella. Un momento de silencio cuelga entre nosotros, pero no es pesado ni incómodo, sino agradable y casi familiar. Eso no significa que no me haya hecho consciente del hecho de que podría estar excediéndome o rompiendo el protocolo al hablar de más o demasiado tiempo con ella. Al haber revelado mi nombre también.

—Estaremos al pendiente, señorita Murphy —digo de nuevo, dando un paso hacia atrás, obligándome a dejarla entrar y hacer lo suyo—. Avísenos si necesita algo más.

—Lo haré. Y puedes llamarme Billie.

Riéndome entre dientes, me rasco la mandíbula con los dedos. Esta chica es un poco rebelde detrás de esa fachada de chica buena. No es que no lo sea, porque en definitiva lo es, pero conoce las reglas del juego. Ella sabe que yo soy Cohen, y que ella es la señorita Murphy. Pero de alguna manera, parece querer doblar las reglas de esta pequeña forma, solo entre nosotros, como un secreto que quiere compartir conmigo.

—Solo sus amigos le llaman Billie, señorita Murphy.

Ella entra en la casa y, antes de cerrar la puerta, dice:

—Esa es la idea, Caleb.

«*Touché*».

Con una sonrisa, me alejo, permitiéndome creer, aunque sea por un segundo delirante, que tal vez podamos ser amigos algún día.

Llegamos a la casa de su amiga en el sexto *arrondissement*. Es una casa elegante y lujosa de arquitectura tradicional francesa. Salgo corriendo para abrirle la puerta y veo que está nerviosa cuando baja del coche. Aaron se quedará afuera esperando, y yo acompañaré a la señorita Murphy y me quedaré allí durante el resto de la fiesta. Manteniendo mi distancia, por supuesto. Intentaré ser lo más invisible posible para no hacerla sentir incómoda con sus amigos.

Ella ajusta la correa de su bolso alrededor del hombro y se retuerce las manos sobre el estómago. Noto su tensión, y finjo que no me molesta. No estoy seguro de que haya sido una buena idea haber venido.

La señorita Murphy y yo entramos a la casa de su amiga después de ser recibidos por una mujer que nos lleva directo al guardarropa. La señorita Murphy se quita el abrigo y lo cuelga. Luego le pregunto a la mujer, que supongo es un familiar de la cumpleañera, si puedo hacer un rápido recorrido por el lugar.

—*Oui, oui, oui* —contesta ella con un gesto despreocupado de la mano, y vuelve hacia la puerta después de que suene el timbre de nuevo.

La música se vuelve más fuerte a medida que nos acercamos al espacio donde se está celebrando la fiesta. La señorita Murphy sostiene la correa de su bolso como si fuera su salvavidas. Así que antes de dar una vuelta para inspeccionar el lugar, le digo:

—Mándeme un SOS por mensaje de texto, y la sacaré de aquí si se vuelve demasiado abrumador para usted.

Frunce el ceño y me mira entrecerrando sus ojos verdes.

—¿Solo un mensaje de texto que diga SOS?

—Exacto.

—¿Y puedes sacarme de aquí? —Parece incrédula, como si estuviera bromeando, pero lo digo en serio.

—Incluso puedo inventar una excusa creativa para irnos y hacerlo divertido para usted.

Ella sonríe de nuevo, y su calidez me envuelve. Hoy ha sonreído más que en las últimas tres semanas. Y sé que está destrozada por la pérdida de su madre y quizás se siente incómoda aquí, pero al menos no está llorando en casa. Sola.

Aaron me llama por el auricular. Quiere saber si todo está bien.

Le pido a la señorita Murphy un segundo levantando un dedo y entrecerrando un ojo. Respondo de inmediato con un «afirmativo» y dejo caer mis manos en un puño frente a mí.

—Lo tendré en cuenta —dice, apartándose el cabello detrás de la oreja—. Gracias, Caleb.

Sorprendido por llamarme por mi nombre de pila, abro los labios para responder. Pero voy tarde porque ya se está alejando hacia las chicas. No esperaba que comenzara a llamarme Caleb después de que intercambiamos nombres. Al menos no en público. Y no es como si yo fuera a llamarla Billie. Ni siquiera Aaron lo hace, ni lo hará jamás. No creo que le encante la idea si se llegara a enterar. Mientras yo siga llamándola señorita Murphy, estoy libre de pecado. Creo.

Unos cincuenta minutos después de que mi presencia pase desapercibida, veo a la señorita Murphy sacar su teléfono de su bolso y ponerlo en su regazo. Baja la mirada a la pantalla por un largo momento, pero vuelve a guardarlo. Hace esto varias veces durante los siguientes diez minutos.

Es probable que la señorita Murphy quiera irse. Está socializando con más libertad que en la escuela, pero puedo notar que las sonrisas que ofrece a sus «amigas» no son genuinas. Ahora puedo decir con confianza que sé cómo es una sonrisa real de ella, y eso no lo es.

Vuelve a sonar el timbre. Aaron ya me está informando por el auricular que un pequeño grupo de chicos se dirige hacia nosotros. Entran hablando en francés y oliendo como la sección de colonias de una tienda departamental. La mezcla de sus aromas me golpea de manera inesperada. Observo a cada uno de ellos mientras pasan junto a mí como si yo fuera una estatua. Todos parecen inofensivos y deben tener más o menos la misma edad que las chicas.

Hormonales pero inofensivos.

Las chicas se percatan de su llegada, o tal vez los olieron a distancia, pero algunas de ellas comienzan a susurrar y a reír, sin duda emocionadas. Pero no la señorita Murphy. Sus ojos se agrandan. La chica a su lado le dice algo al oído, y ella asiente y sonríe torpemente, pero no tarda en sacar su teléfono de su bolso. No solo está mirando su pantalla como antes. Está tecleando en ese molesto y pequeño teclado.

Y entonces mi teléfono suena, pero su mensaje no llega al chat grupal.
Me envía un mensaje privado.

55

Señorita Murphy: SOS.

«Gracias a Dios».

CAPÍTULO 9

Arrinconado

14 de mayo de 2005

ANOCHE FUE la primera vez que pude decirle buenas noches a la señorita Murphy. Y aunque me alegra que haya salido de su zona de confort y haya ido a esa fiesta, también siento que no fue el mejor día para hacerlo, porque hoy es el aniversario de la muerte de su madre. Por lo general, es torpe y retraída al socializar, pero ayer fue incluso peor. Aunque fue gracioso ver cómo se le abrieron los ojos cuando llegaron los chicos.

Por suerte, hoy es sábado, así que puede tomarse el día con calma.

La misa empieza a las 6 p.m., y su horario está libre hasta entonces. El clima es genial, pero estoy seguro de que lo va a pasar en su habitación acurrucada con un libro. Le vendría bien salir a tomar aire fresco, pero no me es ajeno el sentimiento de querer que te dejen en paz.

Hoy, yo tampoco me siento mejor. Hace unos días contrabandeé un par de botellas de vodka a mi habitación, y puede que haya bebido más de lo que debería anoche cuando regresamos de la fiesta. Pero aparte del dolor de cabeza moderado, una pesadez en el pecho me despertó temprano esta mañana. De alguna manera, presenciar la tristeza de la señorita Murphy hizo que conectara con la mía, y aunque no está en la superficie como la de ella, sigue ahí, arraigada en las profundidades de mi alma. Es fácil de ignorar, pero difícil de olvidar. Y hoy decidió arañar su camino hasta mi pecho, buscando atención. El alcohol ayuda por unas horas, pero siempre empeora las cosas. Hace que todo se sienta a flor de piel.

¿Eso va a detenerme de beber? No. Me sorprende, sin embargo, que Aaron no se haya dado cuenta. Pero he tenido cuidado de no sobrepasarme con el vodka. Bebo lo suficiente para relajarme y olvidarme de las cosas por un rato sin excederme.

Un mensaje de texto de mi madre aparece.

Ma: ¡Hola! ¿Cómo va todo por allá? ¿Te estás adaptando rápido? ¿Cómo está Aaron? ¿Eres feliz? ¿Te están alimentando bien? Yael te mandó un mensaje anoche y me llamó esta mañana para decirme que no le has respondido. Estamos preocupados. No te has comunicado en un tiempo.

Frotándome la cara, decido releer su mensaje antes de responder para no saltarme ninguna de sus preguntas. Y tiene razón. Tengo algunos mensajes sin responder de mi hermana. Me escribió anoche, pero no estaba en el mejor estado de ánimo para charlar, así que ni siquiera los abrí. Y ahora ha hablado con mi madre. Es como si tuvieran un radar interno que les avisa cuando me siento deprimido. Y las amo, pero no puedo lidiar cuando se ponen tan sobreprotectoras. Por mucho que agradezca el apoyo, a veces necesito algo de espacio. Mi padre es el único que por lo general me deja en paz.

Yo: ¡Todo bien, Ma! París es hermoso. El trabajo es fácil hasta ahora. Aaron está genial. Me está fastidiando todo el día, como de costumbre. La comida es excelente también. Estoy seguro de que lo aprobarías. Sí vi los mensajes de Yael, pero estaba cansado anoche y me fui a la cama temprano. Le responderé pronto. No hay necesidad de preocuparse, Ma. Todo está genial.

Ella responde casi de inmediato.

Ma: ¡Me alegra mucho escuchar eso, hijo! ¿Eres feliz?

Por supuesto, no me dejaría saltarme una pregunta. Es una pregunta simple, y sin problema podría escribir sí y terminar con este asunto, pero haber tenido una noche tan difícil, emocionalmente hablando, me hace sentir incómodo con mentir. Siempre hemos mantenido un canal de comunicación abierto con respecto a nuestros sentimientos, pero no quiero que se preocupe. Además, sé que estaré bien.

Estoy bien.

Yo: ¡Sí, lo soy! Venir aquí y aceptar este trabajo fue una gran decisión.

Tomo el camino fácil. Además, en gran parte es cierto. Fue una excelente idea venir aquí, y el hecho de que todavía esté lidiando con la muerte de Yon no le quita mérito a eso. Preocupar a mi familia por una noche difícil cuando estamos a kilómetros de distancia es inútil. ¿Qué es la felicidad, de todos modos? Todo se trata de encontrar el equilibrio mientras lidias con tus problemas. Todos tenemos días buenos y malos.

Es hora de revisar los mensajes de mi hermana.

Yael: Hola, Leb
Yael: Volamos a Tel Aviv el próximo fin de semana, y Samuel quiere saber si el tío Leb estará ahí :(¡Te sientes tan lejos! Tal vez debería convencer a Isaac de llevarme a París algún día. Sabes que siempre ha sido mi sueño ir allí.
Yael: Quería decirte que te extrañamos y espero que estés bien. Sabes que puedes escribirme cuando necesites hablar de cualquier cosa.
Yael: ¡Te quiero, Leb!

Ah, mierda. Mi hermana es hábil en el arte de desarmarme cada vez. Menos mal que confié en mi instinto y no leí sus mensajes anoche mientras estaba borracho. No habría sido muy útil para el estado en el que me encontraba.

Yael y yo siempre hemos sido cercanos. Ella conocía todos mis secretos y me daba los mejores consejos cuando me gustaba una chica. Era exigente y no aprobaba a la mayoría de ellas, por supuesto. Pero amaba a mi novia de la secundaria, Mila. Esa fue la única relación oficial en la que he estado, pero por desgracia, a Yael le gustaba más que a mí.

Y de alguna manera, creo que decidí salir con ella por eso. Yo no estaba enamorado de ella. Pero siempre he tomado en cuenta la opinión de Yael para todo.

Pero luego Yael se casó, se mudó, tuvo a Samuel, y yo no estaba tomando las mejores decisiones en mi vida personal. Se enfadó un poco cuando se enteró por alguien más de lo que había entre Noa y yo, porque le agrada mucho y sabía que yo estaba hecho un desastre después de la muerte de Yon. Así que ambos fingimos que lo de Noa nunca pasó, y que nunca le rompí el corazón. Pero estoy seguro de que sabe todo lo que sucedió entre nosotros. Así es en mi familia y en mi comunidad.

Envío una respuesta rápida que sé que la tranquilizará y luego me arrastro fuera de la cama. Ahora sé que necesito salir a correr para calmar la ansiedad y sacar el alcohol de mi sistema. Estoy tentado a enviarle un mensaje a la señorita Murphy para que me acompañe. Aun así, aunque una parte de mí sabe que es inapropiado contactarla, no puedo evitar sentir que se abrió una puerta de comunicación entre nosotros anoche cuando me envió ese SOS. Y no significa nada. Solo quiero animarla.

Al carajo.

Sin pensarlo dos veces, le envío un mensaje y empiezo a cambiarme. De cualquier manera, voy a salir a correr.

Yo: Buenos días, señorita Murphy. ¿Le gusta correr?

Un par de minutos después, mi teléfono emite dos pitidos.

Señorita Murphy: Buenos días, Caleb.
Señorita Murphy: A veces me subo a la caminadora y camino muy, muy rápido. ¿Cuenta? Jaja

Sonrío.

Yo: Voy a decir que sí, ¿por qué no? Pero obtendrá el doble de puntos si lo hace al aire libre, señorita.

No debería estar haciendo la conversación tan juguetona, pero no puedo evitar querer bromear un poco con ella. He querido hacerlo desde el primer día. De nuevo, lo único que me importa es ser amigable porque no soporto pensar que siempre está sola. Y más en un día como hoy.

Señorita Murphy: Mmm. Bueno, hoy está bonito afuera, ¿no?
Yo: El clima es perfecto para correr.
Señorita Murphy: ¿Corremos entonces?

Es un alivio ver que está interesada y lo sugiere ella misma. Me hace sentir que no estoy excediéndome, aunque sé que lo estoy al contactarla y entablar esta conversación.

Yo: Lo que necesite, señorita Murphy.
Señorita Murphy: ¿Es seguro?

Trago saliva y miro la pantalla. Es más que seguro salir a correr, y más si voy a estar a su lado todo el tiempo. Es probable que Aaron también se nos una. Pero es desgarrador ver que tiene miedo de salir. Y no la culpo. Me hace pensar en todas las cosas que podría querer hacer, pero no hace porque está aterrorizada. Que la única razón por la que pasa la mayor parte de su tiempo leyendo es porque siente que es lo más seguro que puede hacer. Lo único que puede hacer.

Sí, ser la hija de un embajador, en especial de los Estados Unidos, la convierte en un objetivo. Lo que le pasó a su madre no le va a pasar a ella. Pero ella ni siquiera sabe qué fue eso, así que entiendo de dónde viene su inquietud. Desearía poder quitarle esa preocupación y miedo por completo.

Yo: Afirmativo. Ese es nuestro trabajo, señorita Murphy.
Srta. Murphy: Está bien. Nos vemos en el estacionamiento en diez minutos.
Yo: Por supuesto.

Me pongo mis tenis y considero cómo contarle a Aaron sobre este plan «improvisado». No le va a gustar descubrir que le estuve enviando mensajes directos a la señorita Murphy, pero no hay manera de evitarlo. Sabrá que le envié un mensaje, y estoy listo para lidiar con las repercusiones.

Mi teléfono emite otro pitido. Es la señorita Murphy, pero ahora nos está enviando mensajes a Aaron y a mí en el chat grupal.

Señorita Murphy: Buenos días. Estaba pensando en salir a correr en diez minutos. ¿Podrían acompañarme?

La señorita Murphy acaba de salvarme el pellejo. Es una chica inteligente, no es que no lo supiera ya. Pero esto fue inesperado. Está cubriéndome cuando no tiene por qué hacerlo. No podría estarle más agradecido.

Aaron me llama unos segundos después de recibir el mensaje de la señorita Murphy.

—Hola, amigo —dice. Yo le devuelvo el saludo—. Estaba pensando que tú podrías correr con ella y yo los seguiría en el coche. Sabes que soy más de levantar pesas, y correr no es tanto lo mío. Además, sabes que mi lesión de rodilla reaparece cada que cambia el clima, y siento que va a llover mañana porque ha estado…

Me río, interrumpiéndolo.

—Cállate —dice.

—No he dicho ni una sola palabra. —Agarro mi cepillo de dientes y le pongo pasta.

—No hace falta que lo hagas —resopla.

—No te preocupes. Correré con ella. Puedes esperarnos en el salón con té y galletas de chispas de chocolate.

—Muy gracioso. Tomaré el coche y conduciré por la zona.

—Suena bien. Nos vemos abajo. —Termino la llamada y me cepillo los dientes.

Mi teléfono suena mientras me enjuago la boca.

Aaron: Por supuesto, señorita. Nos vemos en unos minutos.

Maravilloso.

—Mis piernas me están matando, y solo han pasado unas pocas horas desde que salimos a correr—dice la señorita Murphy cuando se acerca al coche. Estamos todos listos para ir a la iglesia. Lleva unos jeans, una blusa blanca y un abrigo beige. Su largo cabello rojo cae sobre sus hombros. Se ve hermosa—. A este ritmo, creo que no podré caminar mañana —se ríe.

—Correr de nuevo mañana podría ayudar con eso —digo, abriéndole la puerta. Con una mueca, se sienta en el coche. No está bromeando sobre estar adolorida—. Pero Aaron dice que va a llover todo el fin de semana, así que ya veremos.

Cierro la puerta y Aaron pone los ojos en blanco antes de subir al coche. Me río y camino alrededor del coche para unirme a ellos. Burlarme de él es demasiado fácil. Estoy seguro de que nadie lo ha hecho en años porque veo la forma en que todos lo miran. Es una mezcla de miedo y respeto.

Aaron y yo pasamos todo el viaje haciendo pequeñas charlas mientras la señorita Murphy se pierde en sus pensamientos mirando por la ventana, como de costumbre. Hoy parece aún más retraída, como si ni siquiera se estuviera enfocando en las cosas que pasan al otro lado del grueso vidrio blindado.

Aaron se detiene justo al lado de la iglesia, y salto del coche para abrir la puerta de la señorita Murphy, pero su atención ahora está fija en su teléfono. Una profunda arruga se forma entre sus cejas.

—Dame un segundo, Caleb —su tono es frío, y Aaron ya me está mirando con unos ojos que gritan: «qué demonios». Me toma unos segundos procesar que me acaba de llamar Caleb frente a él. Le respondo con un encogimiento de hombros y una cara de «¿qué quieres que haga?».

Ni hablar.

Aaron y yo esperamos unos minutos incómodos en silencio, esperando que salga del coche. Frustrada, se baja con un suspiro, y dice:

—No va a venir.

—¿Esperábamos a alguien más, señorita? —pregunta Aaron.

—No. Ya no. —Agarra su bolso y se dirige hacia la iglesia. Estoy seguro de que se refiere a su padre; es prácticamente el único «él» en su vida. El único «él» que sigue decepcionándola.

Aaron inclina la barbilla en su dirección, dejándome saber que quiere que la siga, y dice que esperará junto al coche ya que no hay dónde aparcar.

Ella se detiene justo antes de la entrada principal de la espectacular iglesia gótica y se da la vuelta para mirarme.

—¿Te podrás sentar conmigo? —Sus ojos parecen vidriosos mientras presiona sus labios temblorosos con fuerza, y no puedo evitar sentirme enfadado con su padre.

Asiento.

—Por supuesto, señorita —Le indico que pase y la sigo adentro.

Nos sentamos en la tercera fila y esperamos a que comience la misa. La arquitectura de esta iglesia es fascinante. Estoy mirando alrededor cuando un órgano comienza a tocar de la nada, haciéndome saltar de mi asiento. Maldigo en hebreo por lo bajo y vuelvo a sentarme.

La señorita Murphy se está pellizcando la nariz y mirando hacia su regazo. Su vientre está temblando, y puedo ver que está tratando de no reírse. Así que golpeo su hombro con el mío para hacerle saber que me doy cuenta de que se está burlando de mí. Ella golpea mi brazo con su hombro, pero se niega a mirarme. Estoy seguro de que está haciendo todo lo posible por no reírse a mi costa.

El sacerdote comienza a caminar por el pasillo. La señorita Murphy se levanta y respira hondo, con la mirada fija en el altar. Sigo su ejemplo y también me pongo de pie.

—¿Primera vez en una iglesia católica? —susurra.

—¿Qué le hace pensar eso? Soy un habitual.

Ella suelta una suave risa y una mujer detrás de nosotros carraspea.

Me doy la vuelta y me disculpo levantando una mano y bajando la barbilla. Parece disgustada y se nota que está dispuesta a hacer lo que sea necesario para que nos callemos. Y sé que deberíamos, así que ambos guardamos silencio después de eso. Aunque siento que la interacción juguetona está ayudando a la señorita Murphy a relajarse, este no es el lugar para fomentarla.

Cuarenta y cinco minutos tortuosos después, alternando entre ponernos de pie y sentarnos varias veces, estrechando manos con extraños en algún momento, y escuchando al sacerdote hablar en francés, al fin es hora de irnos.

La gente comienza a salir de la iglesia, pero la señorita Murphy permanece sentada, así que yo también lo hago. Estoy aquí para hacer lo que ella necesite que haga.

—Gracias —susurra con voz temblorosa—, por sentarte conmigo.

—Claro —la miro de reojo, y ella se está limpiando las lágrimas de las mejillas. Es tan frustrante querer secar esas lágrimas yo mismo y tal vez abrazarla y no poder hacerlo. Parece que podría necesitar un abrazo, y la única persona que podría satisfacer esa necesidad básica no se presentó.

La iglesia está casi vacía ahora, y como mucho, hay cinco personas más dispersas por el lugar. Algunas arrodilladas, otras mirando al altar como si estuvieran perdidas en sus pensamientos.

—Lamento mucho su pérdida —susurro. Lo digo en serio. He querido decirle eso desde el momento en que la conocí, para hacerle saber que sé lo que es perder a alguien también. Aunque no tengo idea de lo que se siente perder a una madre, no soy ajeno al duelo y al trauma. Sé que me consume cada día.

—Gracias. —Me mira y sonríe con una de sus sonrisas cálidas y genuinas. Frunzo el ceño porque me pregunto si las personas que ella considera importantes en su vida hicieron algún tipo de acercamiento o comentario de apoyo hoy. Sé que lo habría apreciado. Tal vez lo hicieron. Todavía estoy tratando de entender quiénes son estas personas a las que ella aprecia y dónde están. Sé que su padre no tuvo «el tiempo» para estar aquí.

—Yo también perdí a alguien no hace mucho tiempo —digo sin pensar. No sé por qué lo dije. No debería haberlo dicho. Hay algo en ella que me hace querer abrirme. Y lo hago porque quiero que sepa que no está sola en su dolor y que yo también lo entiendo.

—¿De verdad? —Abre los ojos y me mira como si lo lamentara y estuviera desesperada por saber más. Pero la expresión en su rostro me hace entrar en pánico y pensar dos veces antes de contarle sobre el ataque y la muerte de Yon. Quiero hacerlo, pero mi estómago se revuelve. Es como si un cuchillo se hubiera clavado en mi vientre. Estoy paralizado.

—Sí —es todo lo que puedo decir. Miro hacia otro lado y pretendo fijar mi atención en el altar, pero mis sentidos aún están enfocados en ella. Estoy escuchando la forma en que respira. Estoy viendo cómo no puede dejar de mover los pies, y cómo quiere hablar de esto.

—Lo siento mucho —susurra de vuelta.

Capturo su mirada por un par de latidos y siento que mi garganta se aprieta.

—Gracias.

Un largo momento de silencio cargado se cierne en el aire entre nosotros. He decidido que este no es el momento adecuado para hablar de Yon ni del ataque. No quiero hacer que este día se trate sobre mi dolor, pero pensé que era importante que supiera que no está sola en el suyo. Y eso asumiendo que ella esté interesada en escuchar lo que tengo que decir.

—¿Qué pasó? —pregunta—. Entenderé si no quieres hablar de ello. Sé cómo es esto.

Maldita sea. Esos ojos tristes y penetrantes mirándome me hacen querer contarle todo. ¿Cómo puede esta chica de dieciséis años hacerme cambiar de opinión tres segundos después de haber decidido no hablar de esto hoy?

Noa me rogó incontables veces que le hablara sobre la muerte de Yon, y nunca pude. Y no es que no confiara en ella porque sí lo hacía. Pero, de alguna manera, supongo que no quería compartir eso con ella, o con nadie más en realidad. Nunca había querido porque no pensaba que alguien pudiera entender mis sentimientos del todo, al menos no hasta hoy.

Sin embargo, existe la posibilidad de que esté malinterpretando toda la situación. Tal vez ella solo está siendo educada al mostrar interés porque así es la señorita Murphy, una chica amable con buenos modales. Y he llevado estos sentimientos de culpa, tristeza, incluso rabia dentro de mí durante meses, así que no es como si no supiera cómo guardármelos para mí mismo. La única diferencia es que antes sentía que quería encerrarlo dentro de mí para siempre. Y ahora… no sé. Siento que puedo confiar en ella, y tengo la sensación de que ella podría estar comenzando a confiar en mí también.

La señorita Murphy me observa dudar, pero esta chica es terca como una mula. Me está mirando como si estuviera esperando que empiece a hablar, aunque dijo que entendería si no quiero hacerlo.

Su interés es genuino. Sé que lo es. Y las palabras están casi suplicando salir de mi boca. Pero no quiero arruinarlo ni arriesgar mi trabajo siendo inapropiado.

Aaron me está llamando a través del auricular. Se pregunta por qué no hemos salido todavía. Le respondo en hebreo que la señorita Murphy no está lista para irse y quiere quedarse un rato más dentro de la iglesia.

—¿Aaron ya está preguntando por qué no nos hemos ido? —Pone los ojos en blanco de forma juguetona.

—Mmm —respondo, encontrando su mirada.

—Hay un jardín muy bonito por la puerta de la izquierda —dice—. Creo que nos vendría bien tomar un poco de aire fresco.

—Claro. —Me levanto de golpe de mi asiento y la dejo que guíe el camino hacia afuera ya que es obvio que ha estado aquí antes y conoce el lugar.

Salimos, y la señorita Murphy elige una banca de concreto bajo un enorme castaño de Indias. Se sienta y da dos golpecitos con la palma de su mano sobre el espacio vacío a su lado. Sin duda, es incómodo para mí actuar de manera informal a su alrededor, pero ella está fomentando esta dinámica, y me resulta difícil resistirme.

Hago clic en mi auricular para informar a Aaron sobre nuestra nueva ubicación.

—Te escuchas aterrador cuando hablas en hebreo —sonríe, como si no fuera aterrador en absoluto, y yo le devuelvo la sonrisa, apartando los recuerdos palpables de la cantidad de personas que he matado en el pasado. Seis, para ser exactos. Cinco hombres y una mujer. Y aunque eran terroristas, todavía llevo la carga de las vidas que he tomado como resultado del interminable conflicto en mi país sobre mis hombros.

—¿De verdad? —levanto una ceja juguetona hacia ella.

—Muy aterrador —bromea.

Sin poder evitarlo, mi sonrisa se desvanece y frunzo el ceño. ¿Qué pensaría la señorita Murphy si supiera que he matado gente en el pasado? ¿Me tendría miedo? Su opinión sobre mí no debería importarme, pero de alguna manera, me importa. Me hace querer aislar mi pasado de ella por completo, aunque sentarme aquí junto a ella hace que parezca que estoy muy lejos de todo eso. Sé que es mejor mantener esa información guardada y encerrada donde pertenece.

—¿Estás bien?

Me río por lo bajo. Es irónico que ella pregunte cómo estoy en el aniversario de la muerte de su madre cuando sé que es uno de los días más difíciles del año para ella.

Debe ser aún más difícil no saber qué pasó el día en que fue asesinada. Es desgarrador saber que le han estado ocultando los hechos porque su padre piensa que esa es la única manera de mantenerla a salvo de una amenaza inexistente. Conocer la verdad la ayudaría a sanar y a sentirse segura de nuevo.

Maldición, merece saber la verdad, y no podré decírsela. Nunca.

—¿Caleb? —El sonido de mi nombre saliendo de sus labios me desarma. La miro y trato de sonreír, esperando que parezca sincera cuando, en el fondo, sé que solo somos dos personas rotas sentadas en una banca de concreto afuera de una iglesia vieja, fingiendo lo contrario—. Háblame. Puedes confiar en mí.

Tomo una respiración profunda y supero la renuencia que intenta hacerme cambiar de tema por completo. Puede que no sea ideal tener esta conversación, pero la privacidad que tenemos en este momento es conveniente. Así que me hago a la idea de que esta chica me tiene acorralado y empiezo a hablar.

CAPÍTULO 10

Las primeras mentiras que le dije

—*SU NOMBRE ERA YON*... Yonathan —digo, dándome cuenta de que es la primera vez en mucho tiempo que pronuncio su nombre en voz alta. No es que no resuene en mi mente todos los días—. Era mi amigo más cercano en el ejército y murió el pasado diciembre a manos de un grupo terrorista.

Los ojos de la señorita Murphy se agrandan por un segundo. Puedo ver que está tratando de mantener una expresión neutral, pero las palabras terrorista y ataque nunca son agradables de escuchar, en especial cuando se usan en la misma oración. Hacen que el pecho se comprima. Sé que al menos a mí me pasa.

Tener conocimiento de lo que le pasó a su madre hace que esta conversación sea más difícil. No quiero detonar sus recuerdos ni sus miedos porque estoy convencido de que no saber la verdad la incita a que eche a volar su imaginación sobre quién pudo haber querido matar a su madre... y por qué.

—Lo siento mucho —dice de nuevo, sus ojos cálidos con simpatía mientras se niegan a apartar la mirada de los míos—. ¿Estabas con él, con Yonathan, cuando sucedió?

—Sí. Teníamos poco de haber terminado nuestro servicio militar obligatorio, pero planeábamos enlistarnos de forma permanente. Había demasiados disturbios y agitación en mi país y sentíamos un deber hacia nuestra comunidad. Pero yo aún tenía dudas y me resultaba complicado aceptar esas ideas porque parecía que nuestras acciones no nos llevaban a ninguna parte, ¿sabes? Pero Yon, un optimista, pensaba que, al quedarnos, contribuiríamos a generar un cambio y salvar vidas inocentes.

Las cejas de la señorita Murphy están algo fruncidas mientras asiente y escucha con atención.

—En los últimos cinco años, ha habido más de cien ataques terroristas que han matado a demasiados civiles inocentes y miembros del ejército —explico—. Yonathan resultó ser uno de ellos.

La señorita Murphy suspira, retorciendo sus dedos en su regazo. Cuando nota que la estoy mirando, sostiene sus manos inquietas bajo sus muslos. Y ahora Aaron está hablando en mi oído de nuevo. Me está informando que encontró un lugar para estacionarse y que viene caminando hacia nosotros.

Me pone algo ansioso saber que Aaron va a verme sentado aquí hablando con la señorita Murphy de manera tan casual. Pero me apresuro a dejar esos sentimientos de lado porque al diablo con todo y le pido que nos dé un poco de privacidad.

—Entendido —responde cortante—. Estaré cerca.

—Lo siento, señorita —digo, mirando hacia otro lado—. Siento que tal vez no deberíamos estar hablando de esto. Aaron viene en camino y…

—No —responde enseguida, interrumpiéndome—. Tengo permiso de quedarme aquí tanto tiempo como quiera. Sé que Aaron no está acostumbrado a que salga mucho. Yo tampoco estoy acostumbrada. Pero quiero sentarme aquí y escuchar lo que tienes que decir. —Un momento de silencio se cierne entre nosotros—. Podemos hablar, Caleb. No está prohibido.

Sé que no está prohibido, pero conozco mi lugar. Y no es aquí, sentado junto a ella y conversando sobre mi vida. No quiero arruinar las cosas. Tengo la intención de mantener mi trabajo, y sé lo suficiente sobre el embajador Murphy para entender que no le gustaría que su hija de dieciséis años se hiciera amiga de su guardaespaldas. No creo que se daría cuenta, de todos modos.

Creo.

La señorita Murphy asiente dos veces, pidiéndome de forma silenciosa que continúe.

—Sabes, los terroristas en mi país disfrutan eligiendo fiestas judías especiales para llevar a cabo sus agendas. Puede ser tan simple como lanzar bombas Molotov en un cruce terminal en Shabat o esquemas más elaborados como un doble atentado suicida en Hanukkah, como el pasado diciembre.

La señorita Murphy está sacudiendo la cabeza, y la expresión en su rostro está llena de disgusto. Pero parece interesada en la conversación, así que continúo.

—La zona de Tel Aviv-Yafo estaba siendo patrullada por el ejército porque se había hablado de ciertas amenazas hechas por el PFLP y las Brigadas de los Mártires de Al Aqsa relacionadas con Fatah. Pero se hacen amenazas a diario por ellos y otras organizaciones, y como era el primer día de Hanukkah, pensamos que no estaba de más ser más cautelosos.

—En cuanto el sol se puso, escuchamos la primera explosión. Recibimos confirmación por radio sobre la detonación que ocurrió en una parada de autobús en el cruce de Geha, cerca de Petah Tikva. Mi equipo, incluido Yon, y yo no estábamos lejos del área. Y cuando llegamos, era un desastre. Estacionamos nuestro vehículo cerca de la zona de la explosión y de inmediato nos dimos cuenta de que unos veinte civiles israelíes estaban heridos de gravedad y necesitaban atención médica inmediata. Más tarde descubrimos que cuatro personas murieron en ese primer ataque.

Es difícil rememorar, pero hablar de esto se siente mejor de lo esperado. Y la parte complicada está por venir, pero intentaré condensarla lo más posible porque soy consciente de los sentimientos que pueden surgir al mencionar la muerte de Yon. Siempre y cuando la señorita Murphy no se incomode con la historia antes de que llegue a eso. Así que es mejor verificarlo con ella.

—¿Cómo vamos?

—Oh, estoy bien —dice con un leve movimiento de cabeza—. No te preocupes por mí. Puedes seguir.

Desearía poder tomar mi cajetilla de cigarrillos dentro de mi saco y encender uno. Es una de esas conversaciones.

—En fin, todos estábamos ocupados controlando la situación, acordonando la zona, enfocados en la tarea en cuestión, cuando Yon vio a un hombre sospechoso a lo lejos y me lo señaló de inmediato. Llevaba una túnica marrón suelta, y la parte inferior de su rostro estaba cubierta con un trozo de tela negra que le rodeaba el cuello. Se acercaba con velocidad a una tienda de conveniencia al otro lado de la calle, no muy lejos de donde ocurrió la primera explosión, y algo no parecía estar bien. Así que Yon y yo informamos a nuestro equipo que íbamos tras él. Ellos se quedaron atrás, manteniendo la situación bajo control, ayudando y esperando la asistencia médica y el apoyo, que ya estaba en camino.

—En el momento en que el hombre nos vio acercándonos, levantó su túnica con una mano, sosteniendo lo que parecía ser un detonador casero, mientras nos apuntaba con una pistola con la otra. Y para cuando reveló los explosivos adheridos a su cintura, Yon y yo ya le estábamos apuntando con nuestros X95.

—¿Qué es un X95?

—Es... un rifle de asalto.

Ella logra mantener una expresión neutral, así que continúo, esperando que pueda soportar el resto de la historia.

—El hombre empezó a gritarnos en árabe, así que no entendíamos lo que decía. Y por lo que pude ver desde donde estábamos, no había muchas personas dentro de la tienda de conveniencia, pero no estaba vacía.

—El hombre levantó la mano que sostenía el detonador sobre su cabeza y comenzó a recitar una oración, así que sabíamos que este tipo se estaba preparando para presionarlo. Pero de la nada, Yon se gira hacia mí y se disparan dos tiros. Uno de Yon y otro del suicida.

—Me tomó dos segundos entender lo que estaba pasando, y otro segundo para notar a un hombre muerto detrás de mí, vestido con el mismo tipo de túnica que el suicida. Lo siguiente que vi fue a Yon caer de rodillas junto a mí, el lado derecho de su cuello sangrando a borbotones. Y un latido después, el suicida detonó los explosivos dentro de la tienda de conveniencia.

La señorita Murphy llevó sus manos a la boca y soltó un jadeo. Me tomé unos segundos para respirar hondo antes de continuar.

—Mis oídos zumbaban y no podía ver mucho debido al humo y al polvo. Estábamos lo suficientemente lejos como para que la explosión no nos lastimara, pero sentí la onda de calor de ondulando hacia nosotros. Levanté a Yon del suelo y lo alejé más.

Trago saliva al recordar.

—Estaba vivo y de alguna manera tratando de aplicar presión a la herida, pero parecía débil, y quería acercarlo a los paramédicos que ya estaban en el lugar.

Esto para nada es resumir la historia. Si acaso, la estoy reviviendo de manera virtual mientras avanzo, pero no hay manera de detenerme ahora. Incluso estoy recordando pequeñas cosas y detalles que había decidido olvidar. Pero es mi necesidad egoísta de sacar esto de mi pecho lo que me mantiene en marcha. Y las mejillas de la señorita Murphy siguen sonrosadas. No se está palideciendo, ni parece aburrida con la conversación. Al contrario, parece inmersa en ella.

Continúo.

—La escena era caótica. La policía y los refuerzos militares llegaron, las ambulancias aullaban, y los paramédicos se llevaban a los heridos. Y en medio del caos, vi a Yon moviendo los labios, murmurando algo que no podía escuchar, así que lo dejé en el suelo y apliqué presión a la herida yo mismo. Seguía diciéndole que todo iba a estar bien mientras miraba a mi alrededor, desesperado, tratando de conseguir atención médica, pero él agarró mi muñeca y me hizo mirarlo. Joder…

Coloco mis manos en mis rodillas y dejo que mi cabeza cuelgue por un momento. Respiro hondo y sacudo la cabeza, sintiendo la injusticia de todo ardiendo dentro de mi.

—Yo… mierda… lo siento por el «joder» —digo—. Y por el «mierda».

Miro hacia otro lado y sonrío, pero estoy seguro de que ella puede notar que está impregnada de tristeza y dolor.

Ella suelta una risita y sacude la cabeza, sus ojos brillantes llenos de compasión, haciéndome sentir que haber maldecido frente a ella es la menor de sus preocupaciones.

—Lamento mucho que hayas pasado por todo eso —dice, colocando su mano sobre la mía por un breve momento. Casi me hace retirar la mano antes de que ella lo haga, eso y el hecho de que, con seguridad, Aaron está observando de cerca nuestra interacción.

No esperaba que ella se acercara a mí. No la esperaba «a ella» cuando acepté la oferta de trabajo de Aaron. Punto.

Es hora de ir concluyendo.

—Yonathan me sonrió. Incluso en ese momento, logró sonreír, me acercó a él y dijo: «Una vida por una vida». Y apenas pude entender lo que acababa de decir entre el zumbido en mis oídos y el caos que nos rodeaba. Pero lo escuché. Y cuando lo miré de nuevo, ya se había ido.

Hago una pausa, reflexionando sobre las últimas palabras de Yon y su mirada vidriosa y vacía.

—Eres la única persona además de mí que sabe esto. Supongo que… todavía intentando lidiar con tanto.

—Yonathan te salvó la vida —dice ella, sus ojos llenos de emoción—. Te amaba.

Y ahora puedo sentir el rubor subiendo por mi cuello. La rabia aumentando una vez más. Yonathan no merecía su destino. Merecía vivir. Tenía tan solo veintiún años. ¿Qué demonios?

La culpa de sentir que estoy viviendo a su costa me está comiendo vivo, por mucho que quiera fingir lo contrario. El costo en salud mental que he pagado por sobrevivir ese día es demasiado alto. Siempre me sentiré en deuda con él, su familia y la vida en general por ello.

«El plan de Dios, mis narices».

—Autobús turístico en camino —dice Aaron en mi auricular—. Un grupo de turistas se acerca a la puerta principal de la iglesia. Me acercaré a ustedes. Vayan concluyendo su charla para que podamos irnos pronto. Cambio.

—Ya casi terminamos —respondo en hebreo—. Haz lo que necesites. Fuera.

Si Aaron tiene que acercarse, que así sea. No entiendo por qué tiene prisa de irse. Ver a la señorita Murphy fuera de la casa y tomando un poco de aire fresco es una victoria. Siento que Aaron está un poco influenciado por la paranoia del embajador Murphy.

—¿Aaron siendo Aaron? —pregunta la señorita Murphy con una leve sonrisa.

—Acabo de enterarme de su fobia a los turistas —respondo con una sonrisa. Es un poco forzada, pero espero que ella no lo note. Ella también sonríe, lo cual nos ayuda a alejarnos de la conversación anterior. Pero sé que necesito un maldito cigarrillo y un par de tragos o tal vez más para lidiar con la mierda que surgió en mi interior al hablar sobre la muerte de Yon. Se sintió bien hablar de esto, pero a la vez no. Mi cerebro aún no ha decidido cómo me siento al respecto.

Por si las dudas, vodka.

—Es agradable salir por la tarde —dice ella, mirando alrededor—. Aunque, está empezando a hacer un poco de frío.

Me levanto del asiento de inmediato.

Aaron tiene razón. Hemos tardado mucho tiempo aquí. He hablado demasiado. Ella está empezando a sentir frío. La señorita Murphy lleva un abrigo, pero con gusto le habría proporcionado una capa extra sin cuestionarlo si pudiera. Pero no puedo. No solo Aaron moriría de mortificación si la viera usando mi saco, sino que necesito mantener mi arma oculta.

Deberíamos irnos.

—Caleb, espera —dice ella, agarrándome la muñeca. Mi mirada se dirige a su mano y ella me suelta.

—Está haciendo frío, señorita Murphy. Y aún necesitamos comprar esas flores blancas que quería.

—Estoy bien. —Parece casi molesta de que me preocupe por ella—. Por favor… siéntate. Las flores pueden esperar.

La obedezco porque ella manda, y he aceptado el hecho de que esta chica siempre se saldrá con la suya conmigo.

—Muchas gracias por compartir tu historia conmigo —dice—. Y por confiar en mí. Lamento que hayas pasado por todo eso. No puedo ni imaginar lo que debió haber sido. Pero me alegra que estés bien y que estés aquí ahora. Que estés a salvo.

«A salvo».

La idea rebota dentro de mi cabeza. Es algo en lo que he estado reflexionando desde que llegué a Francia. Habiendo vivido toda mi vida en Israel, nunca supe cómo se sentiría si alguna vez me marchara. Y me siento a salvo ahora mismo. No es que me sintiera inseguro cuando estaba allí porque no era así. Pero siempre llevaba una cierta aprensión dentro de mí sin saberlo. Una tensión que no me di cuenta de que estaba allí hasta que me fui.

Israel siempre será mi hogar, y crecer allí me hizo ser el hombre que soy hoy. Y sé que tal vez regresaré algún día, pero no lo extraño. Extraño a mi familia y a mis amigos. La comida. La playa. Pero no extraño el estrés generado por el conflicto que se filtra a través de nuestras fronteras de manera constante.

—Gracias por escuchar —digo asintiendo—. Sé que no es una historia fácil de digerir.

—Y estoy segura de que no es fácil de contar tampoco —agrega ella.

—¿Podríamos… fingir que nunca te conté nada de esto? Sé que es una petición algo extraña, pero siento que esa es una puerta que es mejor mantener cerrada. No sé. Siento que…

—Lo entiendo a la perfección —contesta ella con confianza—. Más de lo que te imaginas. Sé que estoy cansada de ser la pobre chica que perdió a su madre. Así que debes saber que cuando te mire, veré más allá de eso.

Esta chica sigue sorprendiéndome. No solo es inteligente, sino que es amable y empática. Eso es justo lo que quería, que ella me viera a mí y no solo mi trauma. En casa, era difícil no sentir que todos sentían lástima por mí. Me hacía sentir patético y atrapado en mis sentimientos, como si no pudiera superarlos porque nadie a mi alrededor me lo permitía, y no sabía cómo abrirme a ninguno de ellos.

¿Cómo podrían entender?

Suspiro. Esta vez, el aliento que sale de mi boca está cargado de alivio y una nueva sensación de paz. Me siento más ligero, incluso si la culpa todavía tiene sus colmillos clavados hasta el fondo en mi cuello. Sería prudente acostumbrarme a esa sensación. Dudo mucho que alguna vez desaparezca.

Una parte de mí se odia por haber tornado la plática sobre mí. Y estoy dudando si debo o no decir lo que quiero decir a continuación, pero ya he dicho más de lo que debería hoy, así que qué demonios.

—Si alguna vez sientes que necesitas hablar de lo que sea, siempre estaré aquí para escuchar también.

—Gracias. —Ella muestra una sonrisa cálida y genuina—. Aunque estoy segura de que ya sabes demasiado.

—Sé lo suficiente —digo, lamentando haber dicho eso en el instante en que las palabras salieron de mis labios. No necesito que me empiece a preguntar sobre las cosas que sé con respecto a la muerte de su madre—. Pero a veces hablar hace que uno se sienta mejor.

Ella puede hablar, y yo escucharé todo lo que tenga que decir, pero nunca al revés. Debo mantenerme alerta con esta chica. Estoy seguro de que podría hacerme soltar la sopa en dos segundos sin que me diera cuenta. No puedo distraerme.

La señorita Murphy se levanta.

—Creo que deberíamos irnos —dice, ajustando la correa de su bolso en su hombro—. ¿Puedo hacerte una pregunta?

«Mierda».

—Lo que sea, señorita Murphy.

«Con que no sea algo relacionado con tu madre».

—¿Puedes prometerme que me dirás si hay alguna novedad con respecto a la muerte de mi madre tan pronto como te enteres? —dice, estudiándome como si escaneara mis gestos en busca de mentiras—. Me siguen diciendo que aún no saben quién lo hizo… ni por qué.

Esa es la versión que su padre le ha estado alimentando, pero todos los demás sabemos que es ficción. Todos menos ella, cuando es la que más quiere saber qué pasó y se beneficiaría de la verdad.

Le respondo a su petición con un firme asentimiento y una sonrisa tensa. Y esos dos gestos fueron las primeras mentiras que le dije.

CAPÍTULO 11

Sal. Diviértete. Acuéstate con alguien

YA TENEMOS las flores blancas y ahora nos dirigimos de vuelta a la residencia. Esta es la salida más larga que hemos tenido, aparte de ir a la escuela. Como de costumbre, la señorita Murphy parece retraída en el camino de regreso y acerca las flores a su nariz para olerlas de manera intermitente. Me pregunto si está pensando en nuestra conversación. Sé que mi cabeza está por todas partes.

No se sintió bien mentirle. Y lo peor es que más vale que me acostumbre. Rápido. Porque estoy seguro de que esta no será la última vez que me haga preguntas, y no hay forma de evitarlas. La forma en que me miró cuando preguntó sobre su madre fue una mezcla de súplica y demanda.

Será mejor que guarde mi distancia.

No debería haberme permitido acercarme tanto a ella y ceder a mi egoísmo.

Hablar con ella justo ahora sobre asuntos tan delicados y personales ya me está haciendo sentir incómodo. Como si hubiera cruzado una línea. Porque lo hice. Es tan difícil no cruzarla cuando es imperceptible, y la persona al otro lado te arrastra por completo hacia ella.

Por lo general no me cuesta establecer límites y respetarlos. Soy inflexible con este tipo de cosas. Ese fue uno de los problemas principales con mis relaciones en casa. Mantenía a las personas a cierta distancia, solo lo suficiente para que sintieran que estaban en mi órbita, pero no tanto como para que pudieran descifrarme, mis sentimientos y pensamientos por completo.

La señorita Murphy ha sido la excepción a esta regla. No solo me resulta difícil querer establecer límites, sino que me encuentro con ganas de acercarme todo el tiempo. Hasta el punto de que se está volviendo incómodo. Es como si no tuviera control sobre mí mismo, y no tiene ningún sentido. El tirón hacia ella, la necesidad de saber cómo se siente, la sobreprotección. ¡Nada de eso!

Y ahora, acabo de desahogarme y expuse las partes más tormentosas de mi cerebro y corazón ante ella, y lo peor es que lo haría de nuevo porque se sintió tan bien tener esa afinidad con alguien, a pesar de la incomodidad que resultó y los límites que se cruzaron.

Nada tiene sentido.

Aaron apaga el motor y me lanza su característica mirada amenazante. Ni siquiera es una advertencia. Es más como una mirada que dice: «prepárate para el impacto».

Todo lo que hago es fruncir el ceño y salir del vehículo para abrirle la puerta a la señorita Murphy y ayudarla con las flores. Las miradas intimidantes de Aaron me hacen los mandados. Pero esta vez, sé que no es una advertencia juguetona. Estoy esperando que me dé un sermón sobre mi comportamiento. De seguro querrá recordarme cuál es mi lugar.

—Déjame ayudarte con eso —le digo a la señorita Murphy antes de que salga del coche. Estoy a punto de tomar las flores de su mano cuando Aaron interviene y las agarra él mismo.

—Yo me encargo. —Me hace un gesto con la barbilla, invitándome a hacerme a un lado. Lo acepto. Asiento y me doy la vuelta para dirigirme de regreso a mi habitación, sintiéndome algo molesto. Conmigo mismo. Con la situación. Con los recuerdos del ataque flotando en la superficie de mi mente.

—¡Buenas noches, Caleb! —llama la señorita Murphy. Miro por encima de mi hombro y encuentro su mirada—. ¡Gracias de nuevo! —Su tono es más suave cuando dice eso. Luego me lanza una mirada conspiradora y se aleja después de contestarle con un simple «por supuesto» y un «buenas noches».

Después de tocarme el pecho para encontrar mi cajetilla de cigarrillos dentro del bolsillo de mi saco, me alejo y le pido al guardia apostado en la puerta principal que me deje salir. Necesito un maldito cigarrillo.

Una vez que he caminado lo suficiente lejos de la puerta principal hacia las boutiques de al lado, enciendo uno y le doy una larga calada. Espero unos segundos más de lo habitual para soltar una pesada bocanada de humo por encima de mí, esperando que me relaje más rápido.

No lo hace.

Estoy apoyado contra la pared y me estoy pellizcando el puente de la nariz porque las últimas palabras de Yon, «Una vida por una vida», ahora están sonando en bucle dentro de mi cabeza, y no puedo detenerlo. No debí abrir esa puerta. Había logrado hacer un trabajo aceptable manteniendo a raya a los demonios estos últimos meses, pero ahora les he dado rienda suelta, y no estoy en el estado mental adecuado para cazarlos y traerlos de vuelta.

Contemplando mi estado mental general, dejo caer la colilla del cigarrillo, la aplasto con el talón y enciendo otro.

—¿Qué demonios crees que estás haciendo, Caleb? —ladra Aaron, acercándose a toda prisa. «Aquí vamos»—. Estás jugando con fuego. No tienes ni idea de cómo es en realidad su padre. Ni de qué tan lejos está dispuesto a llegar para proteger a su hija. ¿Crees que es sensato para ti, su guardaespaldas, intentar acercarte a ella de esa manera? Esto no es un maldito campamento de verano. No estás aquí para hacerte amigo de ella. Estás aquí para trabajar.

Tomo otra calada larga de mi cigarrillo y mantengo la boca cerrada porque es obvio que es el turno de Aaron de hablar. Ni siquiera sé si yo tendré la oportunidad de hacerlo. Pero sé que lo inteligente es escuchar lo que tiene que decir. Hasta ahora, tiene perfecto sentido para mí, y sus argumentos son precisos como el demonio.

—Ella no tiene amigos ni a nadie con quien hablar sobre sus asuntos —continúa Aaron con la reprimenda—. Y es muy serio todo por lo que ha pasado. Conoces los detalles. Leíste los informes. Así que puedes imaginar que todavía está en un estado muy vulnerable, sobre todo con la poca información que se le ha dado sobre la muerte de su madre. Pero eso no significa que debas ser esa persona que está ahí para ella.

—La señorita Murphy es inteligente, curiosa y solo se vuelve más suspicaz cada día. No querrás cagarla y revelar algo que te haga incumplir el contrato que firmaste cuando llegaste aquí.

Aaron extiende la mano y mueve los dedos. Le doy un cigarrillo y se lo enciendo. Aaron no fuma, pero no lo culpo por querer liberar algo de tensión. O humo.

—¿Y ahora se hablan por sus nombres de pila? —Se ríe con una risa sardónica.

Lo interrumpo ahí.

—Ella me llama Caleb a mí. Yo la llamo señorita Murphy.

—Me importa un carajo —dice, metiendo una mano debajo de la axila y tomando una calada del cigarrillo con la mano libre. Deja salir el humo a un lado y continúa—: Sabía que tus veintidós años y tu aspecto físico —me señala, enojado, con su cigarrillo— eran un riesgo que estaba dispuesto a tomar porque confío en ti, y de verdad quiero que mantengas este trabajo. Lo necesitas. Y sé que tienes tus propios problemas que resolver, pero no pienses ni por un segundo que no he notado que has estado bebiendo también. Y eso tiene que parar ahora. Mi trabajo también está en juego. El embajador Murphy confió en mi juicio al traerte aquí. Si haces algo estúpido, será mi culpa. Si cruzas una línea con su hija, será mi culpa.

Tiene razón. Podría arruinar esto para los dos, y Aaron no debería sufrir por mi estupidez.

Mental y emocionalmente drenado, asiento y consumo el último centímetro de mi cigarrillo hasta el filtro antes de tirarlo. Me apoyo contra la pared y cruzo los brazos sobre mi pecho. Estos dos cigarrillos apenas han aliviado la tensión. La necesidad desesperada de servirme un trago es abrumadora, así que es difícil saber si seré capaz de detenerme. Es lo único que me ha ayudado a superar algunas de las noches más oscuras que he tenido desde que llegué aquí.

—Tienes el día libre mañana —me recuerda Aaron—, así que sal. Diviértete. Acuéstate con alguien y saca a esta chica de tu maldita cabeza. —Con eso, se da la vuelta y se va, y, sin más, la reprimenda llega a su fin.

Que Aaron crea que me siento atraído hacia ella es más que vergonzoso. Ella es tan solo una niña de dieciséis años, y no se trata de eso en lo absoluto. Hay algo en ella, una fragilidad, que me hace querer protegerla. Mantenerla a salvo. Y al parecer, mis instintos van más allá de querer proteger su integridad física, que es la razón por la que me contrataron en primer lugar. No puedo evitar querer asegurarme de esté bien en todos los sentidos, porque sé que no lo está.

—Ah —se da la vuelta después de haber caminado unos pocos pasos—. Y ni se te ocurra empezar a llamar a la señorita Murphy por su nombre de pila. Te juro por Dios que te pondré en el primer avión de regreso a Tel Aviv si lo haces.

—Sí, señor —digo con mi voz militar. Quiero mostrarle el respeto que merece. Confió en mí. Metí la pata, y necesito aceptar las consecuencias—. Así será.

—Asegúrate de ello.

Me tomo unos minutos para volver a entrar porque quiero asegurarme de que Aaron no esté caminando por los pasillos. Será mejor que no nos topemos. Sé que estamos bien, pero él necesita calmarse.

Apresurándome, llego a mi habitación sin encontrarme con nadie en el camino y me quito el saco en el momento en que cierro la puerta detrás de mí. Me siento en el borde de la mesa y me quito los zapatos y calcetines y presiono las plantas de mis pies contra el suelo frío. Se siente maravilloso.

La botella de vodka de ayer me está esperando, paciente, sobre mi cómoda. Todavía le queda un poco más de la mitad. Me levanto y, aflojándome la corbata, me acerco a ella con determinación. No tiene sentido pretender que permanecerá intacta.

Aaron dijo: diviértete. Esa es quizás su forma de decirme que aprueba que beba hoy. Pero de seguro querrá que deje el hábito después de esta noche. Y si soy honesto, no veo que eso suceda pronto. Solo seré más cuidadoso para que él no lo descubra.

Tirando mi corbata a un lado, llevo la botella de vodka a mis labios y le doy un sorbo, dando la bienvenida a la sensación de ardor tan familiar en mi garganta. Me quito la ropa y, antes de dirigirme al baño para ducharme, tomo un sorbo más largo.

El chorro de agua caliente cayendo sobre mi cuello y espalda está haciendo su trabajo ayudándome a relajarme. O tal vez sea el calor del vodka activándose y fluyendo por mis venas. Quizás ambas cosas.

La cara de Noa viene a mi mente cuando apago el agua. Mi cerebro quiere engañarme haciéndome pensar que la extraño. Extraño el sexo, o tal vez solo el sexo en general. Era genial con ella, no puedo negarlo. Pero ¿a qué costo? Supongo que es más fácil no pensar en Noa. De esa manera, puedo bloquear el recuerdo de cómo la herí cuando me fui. Creo que he estado haciendo un buen trabajo guardando los recuerdos de ella.

Por mucho que me encantaría enrollarme con alguien como sugirió Aaron, la idea de salir a un bar y hacer todo el proceso de comprarle una bebida a alguna chica y fingir que quiero conocerla primero me parece agotador y una total pérdida de tiempo. Y nunca he sido del tipo que paga por afectos, así que eso está fuera de la ecuación.

Decido quedarme en casa y terminar la botella de vodka en la privacidad de mi habitación. No estoy de humor para nada más que soledad y silencio, incluso si mi polla está en total desacuerdo. Puedo ocuparme de mis necesidades sexuales yo mismo, tal como lo he estado haciendo desde que comencé a trabajar aquí.

Me recuesto en la cama de espaldas, mirando por la pequeña ventana y tomando mi vodka, repasando mi conversación con la señorita Murphy. Con Billie. Incluso pensar en su nombre se siente como un delito. Supongo que Aaron lleva una correa muy apretada alrededor de mi cuello después de todo. Y no me molesta. Estoy acostumbrado a las jerarquías y a respetarlas, así que, entre él y yo, Aaron está y siempre estará más que unos pocos pasos por encima y adelante de mí. Y me gusta que las cosas sean así.

¿Me creería si le dijera que mi atracción por la señorita Murphy no es de naturaleza sexual? Ella es sin duda una de las chicas más hermosas que he visto en mi vida, sí, pero no es en sexo en lo que pienso cuando la veo. No solo el hecho de que ella sea mucho más joven que yo tiene un cierto impacto en este asunto, sino que la fragilidad e inocencia que veo en ella es, en gran medida, lo que capta mi atención. Hace que mis instintos protectores se activen. No puedo evitarlo, es casi químico.

No deja de ser interesante lo diferente que ha sido mi experiencia con ella desde el momento en que la conocí. El aire se me escapó de los pulmones cuando la vi por primera vez, asombrado por su elegancia y la forma en que se comportaba, combinada con la aparente y encantadora torpeza de sus movimientos. Una cierta sensación de reconocimiento surgió, y siendo honesto desearía que no hubiera sucedido. Me siento patético.

En contraste, cuando conocí a Noa, recuerdo que todo lo que quería hacer era arrancarle la ropa y hacerla correrse de mil maneras diferentes. La atracción era meramente sexual y lujuriosa. Y siento que para ella era lo mismo también. Al menos al principio, justo antes de que empezara a sentir algo y yo lograra pasar por alto las señales. Y quién sabe, tal vez con el tiempo, yo también habría sentido algo o me habría engañado a mí mismo para creer que lo hice. A veces es difícil saber si ciertos sentimientos son orgánicos o autoinducidos.

Por eso elijo ahogar mis pensamientos en vodka. Una vez que caigo en la madriguera del conejo, no hay respuestas, ni esperanza, ni país de las maravillas. Solo mi mente aislada rodeada de total oscuridad.

Un par de horas después, al fin estoy donde quiero estar: mi cabeza está zumbando de la manera más agradable. Estoy lo suficientemente borracho como para que el ruido interno se haya disipado, pero no tanto como para sentir que quiera irme a la cama. Estoy disfrutando del momento de paz prestado que el alcohol me brinda mientras desacelera mi actividad neurotransmisora.

Un leve ardor en el estómago me recuerda que no he comido en un buen rato. Ya pasó la hora de la cena, así que no espero encontrar comida en el comedor. Y no tengo hambre ni antojo de nada en particular, pero sé que es mejor comer, sobre todo si planeo seguir bebiendo, cosa que sí pienso hacer. Así que me pongo una camiseta blanca y bajo al salón en busca de un refrigerio ligero o algo que pueda llenar el vacío en mi estómago.

Los pasillos están vacíos y apenas iluminados a esta hora. Puedo oír el sonido amortiguado de las voces de la gente dentro de sus habitaciones mientras paso, pero está más que nada tranquilo. Una vez en el salón, enciendo las luces y noto a Annette sentada en una de las sillas de cuero blanco. Está entrecerrando los ojos, cubriéndose la cara con el dorso de la mano y sosteniendo una copa de vino con la otra, así que apago las luces para escudar sus ojos del cambio repentino de luminosidad.

—¿Te molesta? —pregunto antes de tirar del cordón metálico de una de las lámparas de la mesita. Ella responde con un movimiento descuidado de la mano.

—Hola, *garçon* —dice con su marcado acento francés, dejando su copa de vino sobre la mesa del comedor en cuanto la tenue luz cálida inunda el espacio. Me acerco a ella. Me sorprende que sus mechones rubios no están recogidos en un moño o trenza, sino que caen en suaves ondas sobre su espalda. Aún lleva su traje de falda habitual. Su blusa de seda no está fajada con esmero dentro de la falda, y tiene algunos de los botones superiores desabrochados. Sus ojos se ven vidriosos, incluso irritados.

«¿Ha estado llorando?».

No puedo preocuparme. Ya he aprendido mi lección sobre intentar acercarme a cualquier persona que se considere prohibida y esté en la lista de Aaron. Y Annette ocupa uno de los primeros lugares. Aaron me lo informó desde el primer momento en que me vio interactuar con ella. Y con justa razón. Ella es una de las empleadas de confianza más cercanas al embajador Murphy. Así que es mejor si todas las interacciones con ella se mantienen al mínimo y de manera estrictamente profesional.

—Hola —respondo con un tono seco, dándole la espalda y revisando los gabinetes en busca de algún refrigerio. Mi cabeza está zumbando por el alcohol de esa manera agradable que tanto me gusta, y me siento un poco mareado, pero no tardo en encontrar un recipiente con anacardos salados. Lo abro y vierto un puñado en un tazón. Agrego otro puñado de arándanos deshidratados y un par de galletas con chispas de chocolate. Me sirvo un gran vaso de agua, y estoy listo.

Decidido a irme lo más rápido posible, levanto mi plato y mi vaso y me dirijo hacia la puerta.

—Buenas noches —digo por encima del hombro, pero me detengo antes de cruzar el umbral—. ¿Quieres que apague la luz?

—Está bien —responde—. Me da lo mismo. —Esas últimas cuatro palabras se quiebran al salir de sus labios, y ahora un sollozo ahogado perturba la quietud de la habitación.

Joder.

No está en mi ADN el ignorar a una mujer en este estado emocional, mucho menos cuando es tan atractiva como Annette. Ella no posee una belleza típica, pero hay algo en ella que es muy atractivo. No puedo precisar qué es porque he estado tratando de ignorarla a propósito durante las últimas semanas.

—¿Estás bien? —pregunto, dándome la vuelta, molesto conmigo mismo por hacerlo. Ella tiene los codos apoyados en la mesa y las palmas de las manos descansando contra su frente. Está jadeando por aire y parece emocionalmente destrozada, la imagen está lejos de la Annette segura y decidida que veo caminando todos los días con gran dominio de su trabajo y de este lugar.

—No —dice sin añadir nada más. Lo respeto. Como humanos, estamos tan acostumbrados a decir que estamos bien todo el tiempo, incluso cuando está claro que no lo estamos.

Dejo mi vaso de agua y mi tazón en la encimera mientras trato de decidir cuál es el mejor movimiento aquí. ¿Debería irme? ¿Debería quedarme? ¿Quiere que me quede? No sé qué necesita, y no debería ser mi problema, pero ¿cómo puedo dejarla así?

—¿Quieres hablar de ello? —ofrezco, sintiéndome estúpido al pronunciar las palabras. Sé bien que no estoy en las mejores condiciones para sentarme a tener una conversación significativa, al menos no una que pueda ser beneficiosa para ella, considerando el estado en el que me encuentro, tanto mental como emocionalmente. Yo también estoy hecho un desastre. Pero a diferencia de ella, yo estoy entumecido por el alcohol. Y estoy seguro de que eso es lo que ella está tratando de hacer porque acaba de vaciar el último tercio de su copa de vino de un solo trago.

—No hay mucho que decir. —Deja su copa de vino sobre la mesa y se seca las comisuras de los labios con una servilleta. Estoy agradecido de que no quiera hablar.

Annette levanta la mirada y me echa un largo vistazo. Sus ojos están enrojecidos, pero hay un fuego ardiendo detrás de ellos. Puedo decir que no solo está triste, sino también furiosa. Agarra la botella de vino y vierte una onza como máximo antes de que empiece a gotear.

—*Merde.* —Ríe una risa suave e irónica. Como si eso fuera lo último que le faltaba, que se le acabara el vino.

—Tengo una botella nueva de vodka en mi cuarto —digo—. Puedo traértela.

Estoy seguro de que toda esta interacción de ofrecerle vodka a Annette sería más que mal vista si Aaron se enterara. Pero siendo honesto, estoy tratando de ayudarla de la única manera que puedo. No somos amigos, y Aaron ha dejado claro que es mejor si la evito. Así que ofrecerle alcohol para que pueda lidiar con su mierda por su cuenta es mi forma de mostrarle mi apoyo sin tener que involucrarme en el drama.

—Mmm —murmura, levantándose. Tira la botella de vino en el basurero. Luego agarra su copa, se acerca al pequeño fregadero y la deja allí—. Vamos. Iré a buscarla yo misma. —Annette permanece inmóvil por un segundo y se pasa un mechón de cabello detrás de la oreja. Se muerde la esquina del labio con preocupación y me mira a los ojos de nuevo—. Gracias.

—De nada.

Tomo mi tazón y mi vaso de agua y salgo del salón. Ella me sigue en silencio. Es mejor mantenerse lo más callado posible al moverse por los pasillos. Estoy seguro de que ella también lo entiende.

—¿Puedes abrir la puerta, por favor? —susurro. Tengo las manos ocupadas—. Está sin llave.

Ella me abre la puerta y da un par de pasos para atrás. Entro, coloco mis cosas en la mesita de noche y agarro la botella nueva de vodka que tengo guardada en mi cómoda.

—Aquí tienes —digo, ofreciéndole la botella. Ella la toma y la examina.

—¿Seguro que no hay problema?

—He bebido suficiente y tengo otra. Así que no te preocupes. —Me apoyo en el marco de la puerta y cruzo los brazos sobre el pecho y un tobillo sobre el otro.

—*Merci, garçon* —dice Annette, volviendo su mirada a la botella.

—*De... rien?* —digo con una risita. Mi francés es pésimo incluso para decir las cosas más simples.

Annette se ríe y acorta la distancia entre nosotros. Se pone de puntillas y me besa en la mejilla, pero sus labios permanecen en mi piel y se deslizan muy despacio hacia el borde de los míos. Mierda. Me enciendo en un segundo, y todo lo que hace falta es que gire un poco la cabeza hacia ella y nuestros labios se encontrarán.

Lo hago.

Capturo su boca y le inclino la cabeza hacia atrás para profundizar el beso.

Antes de darme cuenta, mi mano está sujetando la parte posterior de su cuello, y la estoy arrastrando dentro de mi habitación, cerrando la puerta detrás de ella. La tengo contra la puerta, y ambos estamos inmersos en un frenesí de besos.

Apartando mis labios de los suyos, le quito la botella de vodka de las manos y la coloco en el suelo con cuidado.

—Esto no es una buena idea. —Cierro los ojos por un segundo y me pinzo el puente de la nariz—. Lo siento.

—Yo no —susurra, moviendo sus manos por mi estómago y pecho dentro de mi camiseta—. No se lo diré a nadie. —Me mira a los ojos, y sus labios se curvan en una sonrisa sugerente. Ahora está jugando con la pretina de mi pantalón—, y sé que tú tampoco lo harás. —Su mano se mueve hacia abajo y toma mi erección a través de mis pantalones de chándal. Un gemido bajo de placer se forma en mi garganta, haciendo que ella jadee.

Estoy convencido de que, aunque ambos sabemos que no hay vuelta atrás si decidimos seguir adelante con esto, también estamos demasiado urgidos y borrachos para alejarnos el uno del otro en este punto.

Respondo a su última declaración desabrochando su blusa, revelando el encaje color crema de su sujetador. Luego tomo uno de sus senos en mi mano y le rodeo su pezón con mi pulgar, haciéndole echar la cabeza hacia atrás por el evidente placer. Besándole el cuello, doy unos pasos hacia atrás, tirando de ella hacia mi cama. Se arranca la blusa y le bajo el zipper a su falda dejándola caer al suelo, revelando el cuerpo de una mujer hecha y derecha. Por un segundo, olvidé que es al menos diez años mayor que yo.

Annette me quita la camiseta y la lanza lejos. Mi alarma interna suena a todo volumen, pero el alcohol hace que ignorarla me resulte cómodo, y mi polla no me perdonaría si metiera el freno, sobre todo cuando ella está bajándome los pantalones y los bóxers.

Su mano rodea mi erección de nuevo y se desliza hacia arriba y abajo en movimientos lentos y tortuosos. Me siento en el borde de la cama, agarrándola por la cintura y tirándola hacia mí. Sus labios se encuentran con los míos de nuevo, y no hay nada romántico en este intercambio. Es una mezcla de dolor, tristeza y lujuria pura combinada con otras necesidades primitivas que pulsan entre nosotros.

—Me engañó —dice en mi oído.

—Cabrón. —Dejo una línea de besos en su pecho.

—Lo sé. —Ella se desliza y se arrodilla en el suelo frente a mí, sus manos masajeando mis muslos y sus labios curvándose en una sonrisa—. Terminé la relación.

—Bien. No te mereces eso. —Jadeo mientras ella lame mi punta haciendo pequeños círculos, tentándome. Ella gime en respuesta cuando sus labios envuelven mi polla, y la vibración que emana de su boca es tan fuerte que me pone aún más duro—. Solo esta vez, ¿de acuerdo? —le advierto.

Ella responde con un murmullo, y cierro los ojos, dejando que mi cabeza se arquee hacia atrás por unos segundos. Mientras trato de encontrar un poco de compostura, paso mis dedos por su cabello, lo agarro dentro de mi puño y digo:

—Y vamos a tener que ser muy silenciosos, *fille*.

—Lo sé, *garçon*.

CAPÍTULO 12

Uno de más

15 de octubre de 2005

EL VERANO PASÓ volando y en una especie de neblina. He estado bebiendo más de lo que debería y con más frecuencia. Tengo cuidado de no excederme con el vodka porque todavía necesito despertarme en buen estado para el trabajo. Pero tengo veintidós años y me recupero rápido. Me preocuparé por mi tasa de recuperación en mis treinta. Aaron dice que la resaca se siente diferente a esa edad. Correr me ayuda a recuperarme, y he estado haciendo mucho de eso también.

Se ha vuelto más difícil lidiar con la culpa por la muerte de Yonathan. No puedo dejar de recordar lo que pasó desde mayo pasado. Mis pensamientos siguen jodiendo mi cabeza, tratando de hacerme evaluar las diferentes maneras en las que pude haber hecho las cosas de forma distinta u obsesionándome con todas las cosas que no hice para evitar lo que sucedió. Por ejemplo, el hecho de que no pude evitar que el tipo apretara el gatillo en dirección de Yon y detonara la bomba segundos después.

La realización de que fue más que nada la vergüenza lo que me impidió querer volver al ejército me golpeó más fuerte de lo esperado. Vergüenza y confusión. Yo solía estar comprometido al cien por ciento. Yon me había convencido sin esfuerzo de creer en las cosas en las que él creía. Era tan sincero y apasionado por sus ideales que me resultaba fácil adoptarlos como propios.

Pero le fallé a Yon, y nunca me lo perdonaré. No fui lo suficientemente bueno ese día. Para él y para el resto de las personas inocentes que no pudimos salvar. ¿De qué serviría volver a Israel y luchar en una guerra perpetua, si ni siquiera estoy equipado para ello? Si no puedo cuidar a mis más allegados. Pero trato de no pensar demasiado en eso porque sin duda me haría cuestionar mi lugar aquí como agente de seguridad personal.

Por eso no me había abierto con nadie sobre esto. Es como una caja de Pandora en esteroides, y aunque se sintió genial hablar del tema en ese momento, hablarlo una vez no es suficiente para superarlo.

Maldita sea, necesito terapia. Pero soy demasiado orgulloso para esa mierda, y no es como si tuviera tiempo. Además, hemos estado bastante ocupados. Una vez que la señorita Murphy salió de vacaciones y tuvo un horario más despejado, el embajador Murphy aprovechó la oportunidad para hacerla asistir a más funciones oficiales de lo que suele hacer. Algunos de estos eventos se llevaron a cabo en países vecinos, así que Aaron y yo viajamos con ellos.

La señorita Murphy se comportó de manera muy extrovertida y sonrió en cada evento junto a su padre. Sin embargo, sus gestos eran forzados. No creo que nadie lo haya notado, pero estoy empezando a descifrar su rostro y lo que significa cada movimiento. Siento que estoy mejorando en eso.

Ese es mi trabajo, después de todo, cuidar de ella. Mantenerla a la vista en todo momento.

Dejaba el acto de hija sonriente y perfecta en dos segundos, luciendo exhausta en el momento en que nos íbamos después de finalizar cada evento. Diablos, yo también terminaba exhausto con solo ver sus interacciones. Estoy seguro de que debe ser difícil mantener las apariencias cuando en el fondo estás pasando por mucho y no puedes obligarte a que te importe.

Y no le importa.

Me lo dijo una vez antes de llegar a una cena organizada por la Embajada de los Estados Unidos en Viena. Así que sí, charlamos, pero no mucho. Siempre es por unos pocos minutos durante los tiempos de transición. Así llamo a los momentos fugaces en los que abro la puerta del coche para que salga o la ayudo a llevar sus cosas. Cuando la acompaño al baño en un evento o la llevo hasta su puerta de entrada, cosas cotidianas como esas.

Hablando en movimiento.

Desearía poder ignorarla, por el bien de Aaron y por el mío también, porque cada vez que comparte algo conmigo, incluso si es una simple información personal, no puedo evitar querer saber más. Dar seguimiento con pregunta tras pregunta. Así que siempre termino mordiéndome la lengua y cortando la conversación. Me pregunto si piensa que estoy tratando de ignorarla a propósito. Y lo estoy haciendo hasta cierto punto, pero no porque quiera. No solo es imposible ignorarla cuando me está hablando, sino que sería grosero si lo hiciera. Eso es lo que me sigo diciendo para justificar los intercambios ocasionales.

A Aaron parece gustarle cómo estoy manejando las cosas, sin embargo.

Hago lo que se me indica, y conservo mi trabajo.

El lado positivo de todo esto es que la nueva dinámica entre la señorita Murphy y yo no le permite sentirse demasiado cómoda haciendo preguntas sobre su madre. Así que tengo una cosa menos de la que preocuparme.

Mi nueva normalidad, por lo que parece, es guardar secretos a todos los que me rodean. Estoy legalmente obligado a mentirle a la señorita Murphy. Estoy contrabandeando alcohol a mi habitación. Y me follé a Annette en contra de los deseos de Aaron de que me mantuviera alejado de ella. Pero de alguna manera, esto último no es motivo de preocupación. Annette es cualquier cosa menos estúpida. Estoy convencido de que la idea de que se corra la voz de que está acostándose con alguno de los agentes de seguridad no es algo que le llame la atención.

Follamos una vez, como acordamos ese día. Además, unas semanas después, me dijo que había arreglado las cosas con el imbécil de su novio. Estaba agradecido e irritado al respecto. Sin embargo, el que volviera con el novio y por consecuencia se hiciera inaccesible de nuevo resultó conveniente para mí.

Recuerdo haberme arrepentido del encuentro con Annette al día siguiente, más que nada porque no quería que se convirtiera en *algo*. No quería involucrarme más con ella. No fue más que una aventura de una noche. Y creo que me hubiera costado detenerme si ella hubiera estado dispuesta a continuar porque el sexo fue genial. Pero el riesgo era aún mayor.

Tan segura como es Annette, parecía más que mortificada cuando me contó que había perdonado a su ex. Podía notar que tenía miedo de ser juzgada e insistía en que todo fue un malentendido, tratando de justificar las acciones del cabrón. Pero no me contó mucho, y no me importaba saber tampoco. Supongo que estaba tratando de sentirse bien acerca de su decisión de volver con él. Y espero, por su bien, que tenga razón sobre el tipo. Lo decía en serio cuando le dije que no se merecía que la engañaran.

La respeto.

Me impresiona que nuestras interacciones no hayan sido incómodas después de ese día. Es curioso, pero hemos ido entablando una amistad inesperada. Y Aaron está bien con eso, o eso parece. No ha hecho ningún comentario al respecto, y nos ha visto charlar en el salón más de unas cuantas veces, como ahora.

Annette está tomando su café y croissant de la mañana, así que intercambiamos algunas palabras mientras me hidrato para salir a correr con la señorita Murphy. Solemos correr juntos tres días a la semana, y hemos ido añadiendo poco a poco más minutos a nuestras salidas, lo que significa que su condición está mejorando. Los otros cuatro días, salgo por mi cuenta.

Aaron se despide de Annette, se toma su café y asiente con la cabeza hacia la puerta. Es hora de irnos.

—Nos vemos, *fille* —le digo a Annette con una sonrisa antes de irme.

—*Au revoir, garçon* —dice ella con un guiño.

Aaron y yo bajamos al estacionamiento y esperamos a que la señorita Murphy salga.

—Annette se está encariñando contigo, *garçon* —bromea, pronunciando la palabra a la perfección. Se ríe por lo bajo y cruza los brazos sobre el pecho.

—Cállate. —Intento no sonreír, porque es cierto. Sé que le caigo bien a Annette y me trata de manera diferente al resto del personal.

—Dime que no te la estás follando —advierte con tono serio, dejando las bromas de lado.

Parpadeo con lentitud y fastidio, y él se ríe aliviado con mi respuesta.

Y es la verdad. Sí follamos, pero esa no fue la pregunta. No estamos follando.

—Bien. —Frunce el ceño, su atención se desvía hacia la puerta principal de la residencia. La señorita Murphy baja los escalones hacia nosotros. Parece feliz, y creo que sé la razón detrás de esa sonrisa. Presiono mis labios con firmeza para no sonreírle.

—Hola, chicos —dice radiante—. Buenos días.

—Buenos días, señorita Murphy —decimos Aaron y yo al unísono.

—Espero que no llueva —dice mirando hacia el cielo. Hay algunas nubes oscuras y sospechosas, pero estoy seguro de que podemos regresar antes de que empiece a llover. Esta época del año es complicada en cuanto al clima, o eso estoy aprendiendo.

—Al menos Aaron tiene una excusa real para no unirse a nosotros hoy —digo, dándole una palmada en la espalda mientras empezamos a caminar hacia la puerta. La señorita Murphy se ríe, pero luego se aclara la garganta. Su relación con Aaron es demasiado rígida para mi gusto. Pero así le gusta a Aaron, y la verdad no me importa.

Aaron espera hasta que estamos más lejos y habla a través del auricular:

—Sigan la ruta habitual. Cambio.

—Entendido. Cambio.

—Ah… y que te jodan. Cambio y fuera. —Corta la transmisión, haciéndome reír.

Estoy tentado a darme la vuelta y hacerle un gesto obsceno, pero sacudo la cabeza en su lugar.

—¿Está molesto por la broma de la rodilla?

—¿Usted qué cree? —La miro y levanto una ceja.

—Es demasiado rígido —sonríe—. Necesita relajarse.

—¡Gracias! —exclamo, levantando las manos—. Estaba riéndose, sin embargo. Disfruta la interacción, pero sí, entiendo lo que dice, y no podría estar más de acuerdo.

Estamos caminando unas cuadras para calentar, como siempre lo hacemos, y por lo general lo hacemos en silencio, pero no puedo evitar querer señalar lo feliz que se ve.

—Se divirtió anoche con esas chicas, ¿verdad?

Dos compañeras de su nueva clase la invitaron a cenar. Sophie y Cecile. Ambas son francesas y parecen buenas chicas.

—¡Oh, Dios mío! ¡Sí! —responde emocionada. Me hace sonreír—. Fueron tan amables, y juro que es la primera vez que siento que conecté con alguien de la escuela, ¿sabes?

—Conozco el sentimiento.

De manera inesperada, eso me pasó a mí cuando la conocí. Algo hizo clic. Y sé que para ella también hizo clic. Pero eso fue antes de que me viera obligado a desconectarme de ese sentimiento.

—Me alegra qué esté haciendo nuevas amigas, señorita.

—Y no actuaron raro con ustedes ni se les cayó la mandíbula al suelo al verte —dice con una sonrisa chistosa—. Así que eso es una victoria.

Suelto una carcajada y miro hacia otro lado. La chica me está tomando el pelo y es tan linda. Pero no puedo seguirle el juego porque tengo miedo de decir algo fuera de lugar. Así que es mejor que me quede callado después de eso.

—¿Sabes cuántas veces me han invitado chicas a algún lugar y me han preguntado si tú vendrías también?

Vuelvo mi atención hacia ella y levanto una ceja con curiosidad.

—Demasiadas. —Parece molesta por eso, y es más que entrañable. Pero entiendo por qué no se ha sentido cómoda haciendo amigos en el pasado. Estoy seguro de que no sentía que la invitaban por las razones correctas.

—Lamento que haya pasado eso.

—No, no lo lamentas —se ríe—. Estoy segura de que te encanta la atención.

Quiere jugar conmigo, y desearía poder seguirle con algo que hiciera que sus mejillas se sonrojaran en dos segundos, pero me muerdo la lengua por enésima vez.

O tal vez podría decir una cosita antes de morderme la lengua por el resto de la conversación.

—No sé de qué habla, señorita —empiezo a decir—. Por lo general estoy ocupado mirándola a usted.

Sus mejillas se ponen rosadas, y me encanta eso. Me encanta molestarla, no la atención de sus compañeras en la escuela, aunque estoy bien consciente de lo que está hablando.

Se aclara la garganta y dice:

—Y aburrido hasta la médula. —Suelta una risa torpe pero adorable. Si supiera que estoy de todo menos aburrido cuando la miro.

Me quedo sin palabras. Palabras que se me permite decir, al menos. Así que me muerdo la lengua esta vez, como debería haberlo hecho hace unas cuantas frases.

—Cuidado. —Extiendo mi brazo sobre su pecho y la hago detenerse. La señorita Murphy jadea. Estaba a punto de cruzar la calle sin mirar, y un taxi acaba de pasar volando junto a nosotros.

—Lo siento —dice—. No estaba prestando atención.

Por suerte, yo siempre lo hago.

—Para eso estoy aquí. —Asiento una vez.

Ella suspira mientras esperamos a que cambie el semáforo.

—Esto es agradable. Ya sabes, aparte de casi ser atropellada por un coche. —Sonríe nerviosa—. Siento que no hemos hablado más de tres palabras desde nuestra última conversación en mayo.

—Ha tenido una agenda ocupada, señorita. —Eso es todo lo que se me ocurre decir, lo cual es en parte cierto. Aquel día en la iglesia fue una de esas raras oportunidades en las que pudimos estar solos y hablar con libertad mientras teníamos una excusa algo válida para quedarnos un rato.

Pero los días siguientes a eso, me resultó difícil siquiera hacer contacto visual con ella. Quería trazar una línea obvia entre nosotros, lo suficiente para que lo notara. Combinado con el tumulto y el estrés emocional que surgieron dentro de mí después de la conversación, el resultado fue muy directo. Me distancié de ella.

Luego, tuvimos un verano agitado, y ahora ella ha comenzado la escuela de nuevo. La única diferencia con respecto al semestre pasado es que ahora salimos a correr. Pero no nos habíamos permitido charlar tanto como lo estamos haciendo ahora. Es difícil verla feliz y no querer entablar una conversación con ella. Demonios, me gustaría entablar una conversación con ella en cualquier estado emocional, siendo honesto.

—Vamos a empezar antes de que estas nubes decidan soltar algo de agua sobre nosotros —dice ella. Asiento, terminando la conversación, y comenzamos a trotar hacia Tullerías.

CAPÍTULO 13

Encontrar tu propia pasión

LA SEÑORITA MURPHY y yo acabamos de rodear el Louvre por la calle de *Pont Neuf.* Las calles están llenas de gente que va y viene, ya sea caminando, en sus Vespas o en sus autos. Una vez que llegamos al puente de piedra arqueado, giramos en *Quai du Louvre* y seguimos corriendo a lo largo del Sena bajo un cielo matutino oscuro.

—¿Sabías que el *Pont Neuf* es en realidad el puente más largo y antiguo que cruza el Sena? —dice la señorita Murphy entre suaves jadeos.

Frunzo el ceño y la miro con los ojos entrecerrados.

—¿Que *neuf* no significa nuevo? —pregunto, temiendo que la palabra signifique otra cosa y que pueda parecer un idiota.

—Sí —dice ella con una risita—. Es irónico, ¿verdad? Pero los puentes en ese entonces solían ser de madera, y el *Pont Neuf* fue el primer puente de piedra de la ciudad, así que fue una novedad. Y debo callarme o voy a vomitar.

Ella suelta una risa entre jadeos pesados. Ha ganado mucha condición física, pero aún no tiene tanta práctica hablando y corriendo al mismo tiempo.

Suelto una risa suave y sacudo la cabeza porque esta chica nunca deja de sorprenderme.

—Deberíamos incorporar platicar mientras corremos para mejorar su capacidad pulmonar —la provoco.

Ella hace un sonido de arcadas falso y se cierra la boca con dos dedos como un zipper, haciéndome reír.

Seguimos corriendo en silencio cómodo a lo largo del río, viendo pequeños botes, taxis acuáticos e incluso un crucero fluvial pasando a nuestro lado en el agua una vez que llegamos a la *Place du Carrousel*. Cruzamos los arcos de piedra color crema, y la impresionante arquitectura del Louvre y la pirámide de cristal me deslumbra de nuevo. Nunca me acostumbraré a correr por esta increíble ciudad todos los días.

Y entonces comienza a llover, una llovizna leve.

—Oh-oh —dice la señorita Murphy con un suspiro entrecortado.

—¿Quiere que llame a Aaron para que nos lleve de vuelta a casa? —pregunto mientras nos dirigimos hacia el Arco de Triunfo del Carrusel, siguiendo nuestro camino de regreso a través de las Tullerías.

—No —dice, jadeando—. Estoy bien. Gracias, Caleb.

La lluvia aumenta un poco, pero aún no está lloviendo a cántaros. Miro a la señorita Murphy por el rabillo del ojo, pero parece comprometida. Y, siendo honesto, no me molesta la lluvia, pero no quiero que se sienta incómoda o se resfríe.

Seguimos corriendo.

Un par de minutos después, la veo esquivar un pequeño charco y luego caer de rodillas.

—Mierda —murmura entre dientes.

—¿Está bien? —me detengo en seco y me arrodillo a su lado.

—Sí, estoy bien —su tono está teñido de vergüenza.

—Déjeme ayudarla a levantarse.

Por suerte, lleva leggings, por lo que no se raspó las rodillas, pero estoy seguro de que estarán magulladas por la caída. Luego, se agarra a mi hombro y hace una mueca al intentar apoyar el pie en el suelo para empujarse hacia arriba, así que la levanto yo mismo. Se para sobre un pie, con el rostro distorsionado por el dolor. Debe haberse lastimado el tobillo.

—¿Qué le duele?

—Estoy bien —responde con tono seco, mientras el agua le resbala lentamente por el rostro.

—Señorita Murphy —digo, incapaz de hacer que mi tono suene menos autoritario. Me está poniendo de los nervios con esa cantaleta de «estoy bien» cuando se nota que no lo está. Respiro hondo para calmarme y, en un tono más suave, añado—: Debe haberse torcido el tobillo.

—Supongo —admite después de un momento—. Sentí que mi tobillo se torcía cuando salté sobre el charco. Pero dame un par de minutos y estaré bien para seguir.

Un par de minutos, mis narices. Está lloviendo y hace cada vez más frío. Esperar es inútil.

Hago clic en mi auricular para explicar la situación a Aaron y pedirle que nos recoja en la *Place du Carrousel*. Ella está a punto de quejarse, estoy seguro. Pero levanto un dedo y le pido que espere hasta recibir la confirmación de Aaron.

—Aaron está en camino —digo con tono categórico. No voy a negociar con ella. Este es mi trabajo, y estas son las decisiones que tengo derecho a tomar en su nombre. Está delirando si piensa que podrá seguir corriendo, y caminar de regreso a la residencia en el frío y la lluvia está fuera de discusión.

No bajo mi vigilancia.

Deja escapar un suspiro de derrota por la boca. Bien. Ha dejado de resistirse.

—Por aquí, señorita —digo, señalando hacia el Louvre—. ¿Cree que pueda caminar?

—Eso creo —se agarra de mi brazo, así que paso el mío por sus hombros y la ayudo a dar pasos lentos y cuidadosos hacia nuestro punto de encuentro. Noto que le cuesta apoyar el pie en el suelo. Está cojeando.

Hemos avanzado tan solo diez lentos pasos cuando empieza a llover a cántaros.

Suficiente.

Doblo las rodillas y cargo a la señorita Murphy en mis brazos. Ella jadea, y no puedo evitar sonreír ante su reacción. No se queja. Sabe que está herida y al fin cede y acepta la ayuda que necesita.

La lluvia es implacable, y estamos empapados. La señorita Murphy se aferra a mi cuello con fuerza, y tenerla tan cerca de mí me está afectando. Me concentro en mirar hacia adelante y asegurarme de que cada paso que doy sea preciso. No querría caerme o resbalarme con ella en mis brazos.

Es como si hubiera nacido para esto. Para cuidarla. Para protegerla. Se siente demasiado natural tenerla en mis brazos así, llevándola de vuelta a la seguridad. No puedo encontrar las palabras adecuadas para explicarlo. Todo lo que sé es que es irreal poder llamar a esto mi trabajo. Puedo decir con seguridad que, a los veintidós años, he encontrado mi pasión.

El cielo se ilumina, y luego un rayo cae con fuerza en la distancia, haciendo que la señorita Murphy se acurruque y presione su frente en ese punto suave entre mi cuello y mi hombro.

—Lo siento —levanta el rostro de nuevo.

—Yo me encargo —le digo, incapaz de mirarla. Tener la confianza de esta chica es abrumador. Me está dejando llevarla de vuelta al auto. Sabiendo lo terca que puede ser y cuánto odia pedir ayuda de los demás, no me habría sorprendido si hubiera decidido saltar de regreso sobre un pie mientras yo servía de bastón humano. Pero eso habría sido demasiado incluso para ella. Me alegra poder ser de ayuda.

Acelero el paso cuando veo a Aaron acercándose a la rotonda.

Cuando lo alcanzamos, bajo a la señorita Murphy en el suelo para que pueda subir al auto. En lugar de sentarme en el frente, rodeo el auto y me siento en la parte trasera con ella. Debería revisar su pie.

Golpeo mi muslo dos veces, mi forma de pedirle que me preste su pie. Ella muerde su labio inferior y hace lo que le pido.

—Es mejor mantener el pie elevado para evitar que se siga inflamando.

Luego, después de pedir permiso para quitarle el tenis, lo hago con cuidado. Su tobillo tiene el doble del tamaño que debería tener. No se ve bien.

—¿Cómo está su pie? —pregunta Aaron.

—Necesita ver a un médico de inmediato.

—¿Qué? —replica ella—. No, estoy…

—¿Bien? —termino la frase por ella. Presiono su tobillo con mi dedo índice, solo un poco y con suavidad, y ella toma un agudo respiro entre dientes.

—De acuerdo. —Se frota la frente y se limpia las gotas de lluvia de los ojos. Parece frustrada y molesta.

—¿Hospital? —pregunta Aaron.

—Hospital —contesto.

CAPÍTULO 14

Stupide petit garçon

—HOLA —LE DIGO a la señorita Murphy con una sonrisa forzada mientras la llevan en silla de ruedas fuera de la sala de rayos X, luciendo mortificada.

—Hola —responde con un tono suave y bajo. Tiene el codo apoyado en el reposabrazos de la silla de ruedas, intentando esconderse detrás de su mano. Parece avergonzada por toda la situación, más que nada porque la hicieron cambiarse a una bata de hospital. Insistió en que no era necesario, pero la enfermera le dijo que era parte del protocolo y tenía que hacerlo. Mi ropa todavía está húmeda, aunque me prestaron una toalla para secar el exceso de humedad de mi piel y ropa. Mis tenis están arruinados.

Camino detrás de la silla de ruedas de la señorita Murphy, y Aaron dijo que esperaría afuera de su cubículo en urgencias hasta que volviéramos del área de radiología e imagen.

Una vez de regreso en urgencias, el técnico que llevó a la señorita Murphy ayuda a traspasarla a su cama con la asistencia de otra enfermera. Aaron y yo esperamos al otro lado de la cortina mientras esto ocurre.

—¿Caleb? —llama en voz baja. Aaron me mira de reojo y frunce los labios hacia un lado. Me encojo de hombros, y él me hace un gesto autorizando que me acerque hacia el cubículo. Tiene una gran debilidad por la señorita Murphy, aunque le gusta fingir que siempre tiene el control. Todos sabemos que ella es la que manda aquí. Me parece gracioso cómo esta chica de dieciséis años tiene a dos exmilitares israelíes comiendo de la palma de su mano, y ni siquiera lo sabe. ¿O sí? No creo que tenga idea.

—¿Sí, señorita Murphy? —respondo desde el otro lado de la cortina.

—¿Podrías entrar, por favor? —dice de manera casual.

Mirando por encima del hombro, le pido a Aaron su confirmación en silencio. No quiero hacer nada que pueda poner en riesgo mi trabajo.

Aaron levanta la barbilla de nuevo con las cejas juntas, así que me giro y entro.

Por puro instinto, mis ojos buscan el pie herido de la señorita Murphy, que se asoma por debajo de una manta azul marino que tiene sobre las piernas. Está aún más hinchado ahora.

—Necesito más café —dice Aaron por mi auricular, sobresaltándome un poco.

—Adelante. Yo me encargo —respondo, centrando mi atención en el rostro de la señorita Murphy. Tiene los brazos cruzados sobre su estómago y una linda y suave expresión de preocupación. Se ve tan adorable incluso con esa bata de hospital. No puedo evitar sonreír.

—Vale. ¿Quieres café?

—Sí, por favor. —Respiro hondo, deseoso de hablar con ella, aunque sea por unos minutos—. Perdone por eso.

Supongo que hay algo que quiere decirme, así que espero a que hable.

—Puedes acercar esa silla si quieres.

—Estoy bien de pie, señorita. —Fuerzo una sonrisa—. ¿Cómo está su pie?

Ella pone los ojos en blanco de manera juguetona, sabiendo a la perfección que no está permitido que me sienta demasiado cómodo. Parece que a la señorita Murphy le gusta poner a prueba los límites. Es una pequeña rebelde debajo de su fachada de hija del embajador. Además, estoy en servicio, y Aaron ha dejado su puesto por un momento. Así que necesito estar de pie, aunque me encantaría acercar esa silla junto a su cama y charlar hasta que nos vayamos. Sé que debo mantener esta conversación breve y al grano.

—Me duele un poco —dice apretando los labios—. Pero quería agradecerte por ayudarme antes y traerme al hospital. Espero que la lesión no sea grave y pueda recuperarme pronto. Estaba empezando a disfrutar nuestras salidas a correr.

—Estoy seguro de que no será tan grave, señorita —digo con confianza—. Volveremos a salir en poco tiempo.

Ella suspira.

—Puedes llamarme Billie —susurra. «Claro». Suelto una risa—. Es solo que odio que todos me llamen señorita Murphy todo el tiempo. Estoy tan harta de eso.

—¿No la llaman por su nombre en la escuela?

—Bueno, no es como si hablara con mucha gente —dice—. Aparte de Sophie, Cecile y mis profesores, eso es todo.

—Lo siento, señorita. —Mantengo mi postura firme de guardaespaldas—. Sabe que no puedo llamarla por su nombre.

Ojalá pudiera hacerlo. De verdad. Pero no es algo que vaya a suceder jamás. He hecho las paces con ello, sabiendo que no me enviarán de regreso a Tel Aviv en el primer vuelo disponible por ello. Que, al abstenerme de ceder a esa necesidad egoísta e infantil, puedo quedarme. Es tan sencillo como eso.

—¿Aaron? —Me lanza una mirada sospechosa. Me abstengo de responder esa pregunta. Sabe que él está a cargo e imponiendo todos los protocolos con respecto a nuestra interacción—. Le tomó años sentirse cómodo con que lo llamara Aaron. Insistía en que no era apropiado. Pero ya sabes, después de mi madre… —Se detiene un segundo, como si tuviera problemas para articular la palabra «murió», así que la omite—. Aaron se rindió y lo aceptó por completo. Su ojo izquierdo dejó de temblar cuando lo llamaba por su nombre. —Se ríe por lo bajo, y yo sacudo la cabeza varias veces porque no me sorprende que esta chica se haya salido con la suya.

—Solo sus amigos la llaman Billie, señorita.

Somos amigables, pero no somos amigos. Nunca lo seremos, y pensarlo es… frustrante.

—Mmm —murmura y aparta la mirada.

De repente, la cortina se abre de golpe. La señorita Murphy jadea, y yo ya estoy frente a su cama con mi mano firme sobre mi arma enfundada. Pero me detengo cuando me encuentro con los ojos asustados de una enfermera.

Suelto mi arma oculta y doy un paso al costado, exhalando con brusquedad por la nariz.

«Maldita sea. ¿No pueden estas personas anunciarse?».

La enfermera se disculpa por habernos asustado con un fuerte acento francés y nos informa que un especialista está en camino para hablar con la señorita Murphy sobre su lesión. Luego, coloca una almohada gruesa y abultada bajo su pantorrilla y le pide que mantenga el pie elevado, disculpándose y cerrando la cortina muy despacio detrás de ella. Así es como debería haberla abierto desde el principio.

—Perdón por asustarte con mi reacción —dice la señorita Murphy cuando la enfermera se va.

—Ella nos asustó a ambos.

—Eres rápido —se ríe.

—Eso es porque estaba de pie y no sentado cómodamente en esa silla. —Levanto una ceja y la comisura de mi boca en una sonrisa burlona.

—Claro. —Con un suspiro, baja la mirada y juega con sus dedos en su regazo.

Aaron me informa por el auricular que ha vuelto con el café, y veo su silueta acercándose al otro lado de la cortina. La abro un poco, y él me entrega el café, una botella de agua y una barra de granola.

—Esos son para la señorita Murphy —dice. Asiento. Me observa por un segundo, una advertencia silenciosa. «Compórtate». Y lo estoy haciendo. Lo haré.

Miro hacia otro lado y cierro la cortina.

—Esto es para usted. —Le entrego la botella de agua y la granola.

Ella sonríe al recibirlos. Luego, deja la barra de granola a su lado y desenrosca la botella de agua. Tomo un sorbo de mi café y lo asiento en la mesa de acero inoxidable a mi lado.

—No hay nada que temer, señorita —digo con calma, intentando mantener mi voz baja. Quiero asegurarle que no hay nada de qué preocuparse o temer, sobre todo si Aaron y yo estamos a cargo de su seguridad.

No necesita decirme que está aterrorizada para que yo me dé cuenta. Son las pequeñas cosas que percibo. Estoy seguro de que le resulta difícil dejar su habitación y la sensación de seguridad que le proporciona para salir de la residencia por cualquier cosa que no sea la escuela. Eso hace que sea aún más difícil no querer violar los términos de mi contrato y contarle todo lo que sé sobre la muerte de su madre.

La verdad sobre lo que ocurrió no es fácil de aceptar, pero de seguro pondría sus temores a descansar. Para siempre. Ella merece la verdad, aunque sea dolorosa o difícil de procesar. No puedo comprender por qué el embajador Murphy usaría la verdad en contra de su hija. Todo para justificar la seguridad adicional con la que planea sofocarla por el resto de su vida.

Es una pena que se haya lesionado ahora que ha logrado avanzar en tener una rutina establecida de salir a correr varios días a la semana.

Su mirada está perdida en la distancia antes de que vuelva a mirarme.

—Lo estoy intentando —murmura—. Es que... es tan aterrador pensar todo el tiempo que yo podría ser la siguiente en ser atacada.

—¿La siguiente? —Entrecierro los ojos, desconcertado. Y sin pensarlo, acerco la silla a su cama, me siento y me inclino hacia adelante—. Jamás será la siguiente.

La señorita Murphy aparta sus ojos vidriosos de los míos, y una lágrima corre por su mejilla. No desperdicia un segundo y se apresura a secarla con el dorso de su mano.

—Correr al aire libre ha sido un desafío —admite, sin querer mirarme de nuevo—. Me alegra haberme torcido el tobillo porque ahora tengo una excusa para evitarlo por completo. Y no me malinterpretes. He disfrutado salir a correr contigo. Me ayuda. Lo espero con ansias, pero desearía no asustarme con cada pequeña cosa que sucede a mi alrededor. Coches, personas, pájaros. Bocinas repentinas, sirenas o cualquier cosa que se mueva demasiado cerca de mí. Me pone ansiosa.

Después de una pausa me mira con los labios temblorosos. Todo lo que quiero es sentarme en esa cama junto a ella y abrazarla con fuerza contra mi pecho, un abrazo aplastante que le haría saber, con certeza, que está a salvo. Y mostrarle lo que necesita sentir para estar tranquila porque no puedo decir las palabras. ¡Pero no puedo hacer eso! Ni siquiera puedo pensar en querer hacerlo. No confío lo suficiente en mí mismo con solo pensarlo.

—Está a salvo, señorita —digo, pronunciando cada palabra,

tratando de que se le graben en la mente, el corazón y el alma. Ni una sola mosca podrá tocarla en mi presencia. Me aseguraré de ello mientras tenga el honor de ser parte de su equipo de seguridad. Y si su padre planea sofocarla con seguridad por el resto de su vida, entonces me aseguraré de seguir las reglas para mantener este trabajo, y envejeceremos juntos.

—No lo sabes —dice, apartando la mirada de nuevo—. Todavía no saben qué pasó con mi mamá, y ¿quién sabe si las mismas personas no están detrás de mí?

No hay una manera fácil de responder a esa pregunta sin revelar demasiada información. Si digo que nadie la persigue, sabrá que le estoy ocultando algo. Entonces, podría exigir saber qué me hace estar tan seguro de ello.

—Está a salvo —le aseguro. Pero sé que mi respuesta no es en absoluto tranquilizadora. Es lo que todos le siguen diciendo, y odio ser «todos». Esta dinámica de ocultarle cosas es un abuso emocional de primer nivel. Y le rezo a Dios para tener la fortaleza de soportar ser parte de esta farsa.

—Entonces, ¿por qué mi padre está tan aprensivo todo el tiempo? —Su mirada decidida se encuentra con la mía con un toque desafiante.

—Tal vez debería preguntarle a él —propongo. Tratar con ella no es tan fácil como pensé que sería.

Ella sonríe con tristeza y mira al techo. Está claro que ha hecho muchas preguntas y no ha obtenido las respuestas que busca, lo que ha resultado en tener que buscar explicaciones en otros lugares.

Me mata verla así, tan vulnerable, triste, rota y ajena a la verdad.

—¿Señorita Murphy? —susurro para llamar su atención. Todavía está mirando al techo como si intentara contener más lágrimas. Pero está fallando de manera miserable porque comienzan a correr por sus mejillas de nuevo, y ni siquiera está haciendo un esfuerzo por limpiarlas. Es como si de repente dejara de importarle o se rindiera a su destino.

No soy tan fuerte para presenciarla en este estado y permanecer impasible.

En un acto de imprudencia, agarro su mano entre las mías. Está tan fría que la froto para calentarla con la fricción. Ella mira nuestras manos y luego a mis ojos, y un sollozo escapa de su garganta. Está tan sola.

Puedo sentir su agudeza perforando mi pecho como una aguja caliente. ¿Cuándo fue la última vez que alguien le tomó la mano y le dijo que todo iba a estar bien?

Suficiente.

Me levanto de un salto, me siento en la maldita cama y la acerco para darle un abrazo.

—Está bien —le digo al oído, tratando de que mi voz suene lo más tranquilizadora posible—. Todo está bien.

Ella llora en mi pecho mientras le froto la espalda, haciendo mi mejor esfuerzo para darle toda la seguridad que necesita en ese abrazo.

—Se aproxima alguien —dice Aaron en mi oído.

Entro en pánico.

Debe ser el doctor, pero no puedo quitar los brazos de la señorita Murphy de mi cintura y apartarla lo suficientemente rápido cuando la cortina se abre de golpe. Annette está de pie frente a nosotros con una bolsa y una carpeta. Me observa saltar de pie, ensanchando los ojos por un segundo antes de volver a fingir que no nos vio abrazados.

La energía se torna incómoda.

—*Bonjour*, señorita Murphy —dice Annette con una sonrisa empalagosa, mirándome con intensa curiosidad—. Lamento interrumpir, pero traje su teléfono, un cambio de ropa y algunos documentos que necesitará.

Annette da un par de pasos hacia adelante, le entrega el celular a la señorita Murphy y deja la bolsa junto a su cama.

—Y lamento lo de su accidente. Espero que no sea nada grave.

—Estoy… estoy bien, Annette —dice la señorita Murphy—. Gracias. Todavía estoy esperando que el doctor me diga qué tan grave es.

Atreviéndome a mirar a la señorita Murphy, la encuentro sonrojada del cuello para arriba, en apariencia tratando de recuperarse del latigazo emocional mientras se seca las lágrimas.

Annette tamborilea con los dedos en la carpeta de manila que presiona contra su pecho, su atención alternándose entre la señorita Murphy y yo de manera inquietante. Y me hace preguntarme cuán profundo tendrá que ser el control de daños. ¿Usará esta información en mi contra? ¿Informará a Aaron o, peor aún… al embajador Murphy?

Aaron parece ajeno a nuestra interacción incómoda, gracias a Dios. Ni siquiera está mirando en nuestra dirección. En su lugar, se mantiene vigilante, observando el ir y venir de la gente en la sala de emergencias, como es de esperar.

—Estoy segura de que el doctor tendrá buenas noticias para usted —dice Annette. Unos segundos tortuosos de silencio incómodo flotan entre los tres—. Y bueno, traje la información del seguro de gastos médicos para poder darle el alta una vez que haya terminado. —Toca la carpeta dos veces—. Pero me quedaré aquí, por si necesita más ayuda.

Sonríe con mayor calidez. Puede ser que haya sentido lástima por la señorita Murphy una vez que el shock pasó.

—Y por favor, sepa que su padre ha sido informado sobre esta situación. Y habría venido él mismo, pero desafortunadamente está atrapado en una reunión. Pero me dijo la vería en la residencia para la cena.

—Gracias, Annette —dice la señorita Murphy después de aclararse la garganta. Toma su botella de agua y le da un sorbo después de desenroscar la tapa.

—¿Agente Cohen? —dice Annette, buscando mi mirada—. ¿Podemos hablar?

—Por supuesto. —Ofrezco un asentimiento firme.

Ambos nos disculpamos y salimos del cubículo de la señorita Murphy, cerrando la cortina para darle algo de privacidad.

—Salgo al vestíbulo para hablar con la señorita Le Roux —informo a Aaron a través del auricular mientras nos observa alejarnos a distancia.

—Recibido —responde Aaron.

Annette y yo nos dirigimos al vestíbulo, pero ella sigue caminando hasta salir por las puertas automáticas de vidrio, iniciando la conversación de inmediato.

—¿Estás loco, *garçon*? —dice entre dientes, dándome una palmadita en el pecho hasta que localiza la cajetilla de cigarrillos que sabe que llevo conmigo todo el tiempo—. Dame uno de esos palos de cáncer.

Odio cuando la gente los llama así. Arruina la vibra.

Sin embargo, estoy agradecido de que vamos a proceder con esta conversación mientras fumamos. Así que agarro la cajetilla de cigarrillos de mi bolsillo interior del saco y cojo dos. Le doy uno a Annette y le ayudo a encender el cigarrillo antes de encender el mío.

—Estás jugando con fuego. —Ella da una larga calada. Yo hago lo mismo—. Si Aaron te hubiera visto… —Sacude la cabeza y expulsa una nube de humo a un lado—. ¿En qué demonios estabas pensando? ¿Abrazándola? ¿Y si su padre hubiera venido?

Altamente improbable. Pero tiene un punto.

—¿Entonces no me vas a delatar? —pregunto.

—Depende —responde ella, examinándome como si tratara de encontrar las respuestas escritas en mí—. Cuéntame qué pasó.

No me entusiasma mucho explicarle a Annette que fue lo que vio con exactitud y por qué, pero lo haré si eso significa que se mantendrá callada y dejará de molestarme con esto. Pero primero, necesito saber cuál será el costo de su silencio.

—Así que, te cuento lo que pasó, ¿y tú olvidas lo que viste?

Me siento tan ingenuo haciendo esta pregunta porque la verdad es que siempre tendrá esta carta en mi contra. Confiaré en su palabra si elige guardar mi secreto. Pero esto significa que mi empleo estará siempre en manos de una mujer con la que me acosté hace unos meses. Y yo soy el único culpable. Crucé una línea con la señorita Murphy una vez más. Y odio haberme puesto en esta posición vulnerable con Annette.

Ella tuerce los labios hacia un lado y asiente una vez, incitándome a hablar.

—No es lo que piensas —digo como declaración inicial en mi inútil defensa—. Estaba llorando. Y abrazarla era lo humano.

—Qué caritativo de tu parte —se burla. Un rastro de algo que no puedo identificar persiste en la mirada de Annette. ¿Son… celos? No parece ser de esas personas que se preocupan por el tipo con el que se acostó después de una noche. Además, volvió con el bastardo, y hemos sido amigos durante los últimos cuatro meses. Pero hay algo ahí que no estoy viendo.

—¿Preferirías que te hubiera ignorado el día que te vi llorando por ese imbécil en el salón? —Le recuerdo. Necesito hacerle entender que tratar de ser amable con mujeres tristes y hermosas es más una debilidad general mía. Un complejo de héroe, en lugar de algo específico entre la señorita Murphy y yo porque no está pasando nada y nunca pasará.

—*Stupide petit garçon* —da una última calada a su cigarrillo.

—Sí —digo, llevándome la mano al pecho en señal de disculpa—. Este *garçon*… muy *stupide*.

Ella se ríe y tira su cigarrillo hacia un lado.

—Tiene dieciséis años, por el amor de Dios —le digo, aprovechando la oportunidad para recordármelo a mí mismo—. Está sola y aterrorizada de salir. Estoy seguro de que lo sabes.

—Soy muy consciente de la edad de la señorita Murphy y de su evolución emocional después de la muerte de su madre —dice Annette, luciendo casi culpable. Sin duda sufre del mismo mal que yo: saber la verdad y no poder compartirla con ella. Si Annette ha estado trabajando para el embajador Murphy durante tanto tiempo, y es parte de su círculo íntimo de confianza… lo sabe todo.

Después de un largo momento de mirarnos, habla de nuevo.

—Ten cuidado, *garçon* —canta, su voz una advertencia amigable, pero una advertencia al fin—. No quieres saber cómo es el embajador Murphy cuando se trata de su hija. Tuviste suerte de que fuera yo quien te vio esta vez. Quién sabe qué habría pasado si Aaron hubiera sido el que te vio abrazándola así. Sé que son amigos, pero él es leal al embajador.

—¿Y tú no lo eres?

Odio provocarla así, pero es necesario. Necesito saber que no me va a traicionar si un día se despierta con ganas de hacerlo.

—Mi lealtad está con el embajador Murphy *y* su hija —me guiña un ojo.

Entendido.

Esa es la confirmación que necesitaba. Con eso, Annette me deja saber que también ve el dolor, la tristeza y la soledad de la señorita Murphy. Y aunque piensa que me pasé de la raya y desaprueba que me haya acercado a ella de esa manera, no le importó que la señorita Murphy tuviera a alguien que la consolara en un momento de angustia emocional.

—*Merci, fille.* —Esbozo una sonrisa.

—Por supuesto. —Sus labios se curvan en una pequeña y coqueta sonrisa—. Además, si te despiden, ¿quién me animará y me dará vodka cuando me quede sin vino?

—Hay mucho más de lo mismo —le digo.

Annette y yo compartimos algunos secretos a estas alturas. Algunos me incriminan a mí. Otros nos incriminan a ambos. Pero parece que hemos llegado a un acuerdo. Estamos en esto juntos. Quiero mantener mi trabajo, y estoy seguro de que ella quiere mantener su reputación intacta. No es que alguna vez le contaría a alguien que tuvimos sexo, ni usaría eso como ventaja, pero ella es una chica inteligente y, lo más importante, ella vela por el bienestar de la señorita Murphy.

Por ahora.

No hay ningún *stupide petit garçon* aquí.

CAPÍTULO 15

Rojita

UNAS HORAS DESPUÉS, estamos de vuelta en la residencia. A la señorita Murphy le diagnosticaron un esguince de tobillo de grado 1 y salió de urgencias con el pie vendado y una férula para inmovilizarlo y ayudar a reducir la inflamación. Esto cubre la C en las directrices R.I.C.E que le sugirió el doctor: reposo, hielo, compresión, elevación.

Ella rechazó las muletas, apostando a que el medicamento ayudaría con el dolor al caminar. Pero puedo ver que la señorita Murphy está teniendo dificultades incluso para mantenerse de pie una vez que la ayudo a salir del coche. Así que Aaron y yo nos convertimos en sus muletas humanas y la asistimos mientras avanza a saltitos hacia la puerta principal con un solo pie.

El teléfono de Aaron vibra mientras desliza la puerta para abrirla.

—Disculpen —dice, sacando su teléfono—. Necesito atender esto. Me tomará un par de minutos y luego Cohen y yo le ayudaremos a subir a su habitación.

—Por supuesto —responde la señorita Murphy con una sonrisa cansada. Aaron atiende la llamada y se aleja. Ella parece lista para ir a su habitación y descansar el resto del día—. Es tan gracioso que Aaron insista en llamarte Cohen cuando me ha escuchado llamarte Caleb. Es tan terco.

Me encojo de hombros.

—Aaron es Aaron.

Después de ayudarla a entrar en la residencia, se sienta en una silla del vestíbulo. Mantengo una postura firme frente a ella mientras charlamos y esperamos a que Aaron regrese. Pero al mirarlo, no puedo evitar notar la preocupación aparente en su rostro.

Algo está mal.

Cruzamos miradas y él aleja el teléfono de su oído por un segundo y hace clic en su auricular.

—Hay una situación en casa. Por favor, ayuda a la señorita Murphy a subir a su habitación. Esto va a tomar más tiempo de lo que pensé.

—Entendido. —Le hago un gesto con la cabeza desde la distancia—. Le ayudaré a subir, señorita. La llamada de Aaron va a tardar más de lo esperado. —Le ofrezco mi mano, y ella la toma para levantarse de la silla.

—¿Está todo bien? —La sinceridad en su tono es palpable. Se preocupa por Aaron, así que es obvio que estaría preocupada.

—No estoy seguro —respondo con honestidad—. Pero esperemos que sí.

La residencia está tranquila a esta hora. No hay mucho movimiento, así que sería conveniente que la señorita Murphy tome la vía rápida hasta su habitación. Esta tontería de saltar sobre un pie está poniéndome de nervios.

—¿Puedo? —No espero su respuesta, así que la levanto en mis brazos como hice antes cuando se lastimó. Antes de permitirle quejarse e insistir en que su pie no le duele tanto.

—Gracias, Caleb —dice, sosteniéndose de mi cuello con fuerza mientras empiezo a subir el primer tramo de escaleras.

Sus mejillas están sonrojadas en ese tono rosado encantador que me hace sentir que no merezco que se sonroje por mí. Pero no puedo decir si es vergüenza o algo más. Estoy recibiendo vibras de «algo más», pero no hay manera de saber.

—De nada, *Billie* —susurro mientras empiezo el segundo tramo de escaleras. Un leve jadeo escapa de su garganta, pero intenta disimularlo aclarando su garganta.

Llamarla Billie se siente raro. No solo porque está prohibido, sino por algo más que no puedo precisar. No sé por qué, pero no quiero llamarla así.

—Al final del pasillo, la última puerta a la izquierda —dice—. Y … ¿me golpeé la cabeza o acabas de llamarme Billie?

—Debe haberse golpeado la cabeza, señorita. —Nos reímos de eso y la bajo al suelo una vez que llegamos a su puerta.

—Gracias de nuevo, Caleb —dice abriendo su puerta con una sonrisa—. Estoy a unos cuantos saltos de mi cama y seguro puedo arreglármelas sola desde aquí.

—De nada, señorita Murphy.

—¡Oye! —se queja a manera de juego—. No puedes volver a llamarme señorita Murphy. ¿No sabías eso? Una vez que me llamas Billie, no hay vuelta atrás. Esa es la regla.

Me río.

—No sé de qué habla, señorita. —Estoy que ardo por acercarme más a ella. De ser su amigo. De llamarla por su nombre. Y sé que es mucho pedir cuando ya tengo el privilegio de conocerla y cuidarla todos los días.

—Sí, claro —cruza sus brazos sobre su pecho—. Eres un chico inteligente, Caleb. No pretendas lo contrario. Además, Aaron no necesita saberlo.

Esta chica podría pedirme que saltara de un acantilado, y lo haría. Sé que estoy jodido. Es cuestión de cuándo permitiré que comience el descenso al abismo.

—Bueno, me han dicho que puedo ser bastante … *stupide* —agrego.

No debo ser codicioso. Pero soy humano, y si algo soy, es defectuoso e imperfecto. Así que es mejor aceptarlo. La misma base de este trabajo y sus especificidades se construyen sobre mentiras y secretos, así que, ¿por qué no mantener uno con ella?

—No puedo llamarla Billie —digo. Ella suspira con aire de derrota. Como si fuera tonto esperar que pudiera salirse con la suya con esta pequeña cosa que quería hacer por diversión—. Pero puedo llamarla… Rojita.

—¿Rojita? —Se sonroja, solo un poco, pero lo hace—. ¿Por qué Rojita?

—Por su cabello, por supuesto —miento. Pero no del todo. Estoy seguro de que es evidente que tiene más que ver con cómo se le calientan las mejillas en mi presencia, pero sí, digamos cabello como respuesta final para que no se colapse de la mortificación.

Casi por instinto, toca su coleta como si quisiera creer que el color de su cabello es la única razón detrás de su nuevo apodo.

—Rojita —dice, asintiendo con la cabeza, su boca se curva en una sonrisa—. Me gusta.

—Me alegra.

Nos miramos durante unos segundos antes de que ambos soltamos una risa. Sabemos que estamos portándonos mal, y nos encanta.

—En fin —aclaro mi garganta. Me he quedado demasiado tiempo, y esta parte de la residencia es territorio más que prohibido—. Estaremos cerca si nos necesita. Y trate de descansar ese pie. Tenemos que asegurarnos de que se recupere y vuelva a correr pronto.

Sin previo aviso, Rojita acorta la distancia entre nosotros con un par de pasos torpes y me agarra por la cintura, rodeándome con sus brazos. Sin pensarlo, envuelvo mis brazos alrededor de ella y apoyo mi barbilla en la parte superior de su cabeza.

—Gracias, Caleb —dice con su mejilla apoyada en mi pecho. Maldita sea, se siente tan bien poder abrazarla así—. Ya sabes, por lo de antes y por, ya sabes… todo. Y por ser mi amigo también.

Se aparta del abrazo con rapidez y vuelve a saltar sobre un pie. Me rompe el corazón confirmar lo sola que se siente porque aquí está, queriendo conectar con su guardaespaldas. Después de todo, está claro que no tiene a nadie con quien hablar que entienda por lo que está pasando. Pero yo sí. Y ella sabe que lo entiendo. Así que me alegra poder estar ahí para ella en la capacidad que sea posible.

Aún no se ha abierto conmigo sobre su madre. Sobre lo que sucedió ese día visto a través de sus ojos. Pero estoy seguro de que, con el tiempo, se sentirá lista para hablar de ello, y yo estaré aquí, listo y dispuesto para escuchar lo que tenga que decir.

Nos queda claro a ambos que será necesario doblar las reglas para adentrarnos en esta amistad. Me resulta difícil pensar en Aaron o en las consecuencias de cruzar una línea cuando ella está frente a mí, mirándome así. Como si necesitara esto.

Y yo, ciertamente, también lo necesitaba.

2006

CAPÍTULO 16

El chico más popular de la escuela

7 de julio de 2006

ES EL ÚLTIMO DÍA de clases de Rojita, y Aaron y yo estamos esperando a que salga de su última clase. Los pasillos están llenos de chicas alegres que caminan y hablan en pequeños grupos, en apariencia emocionadas por el fin del semestre y las vacaciones de verano que se avecinan.

Aaron y yo estamos hablando sobre el evento de UFC 61 de esta noche, discutiendo sobre los luchadores, pero él parece distraído. No se ha comportado como de costumbre desde que su familia lo llamó en octubre pasado con noticias sobre la salud de su padre. Le pregunté qué pasaba cuando volví de llevar a Rojita a su habitación el día que se torció el tobillo, pero él minimizó la situación diciendo que su padre no se sentía bien, pero que todo estaba bien.

Unos días después, me enteré por mi madre que a su padre lo habían diagnosticado de Alzheimer hace unos años. Pero ha sido un desafío mantener el secreto ya que el padre de Aaron ha estado teniendo episodios recurrentes de confusión de un tiempo atrás. Debido a esto, Aaron ha estado en comunicación constante con su familia. Parece ser que su padre se salió de la casa el día que regresamos del hospital, y no pudieron encontrarlo durante unas horas.

Tan pronto como me enteré de esto, le dije a Aaron que estaba al tanto de la situación y le expresé mi apoyo. Por lo general, él es bueno controlando sus emociones y se comporta de forma normal la mayor parte del tiempo, pero ha tenido algunos días malos en los que parece estar desatento y nervioso. Es difícil verlo pasar por algo así, y desearía que se apoyara en mí, pero él quiere cargar con el peso del mundo sobre sus hombros.

Hoy es uno de esos días.

He insistido en que debería volar a Tel Aviv si eso lo hiciera sentir más tranquilo, pero él se niega. No estoy seguro de por qué. Muchos agentes del SSD podrían cubrirlo sin problema mientras él esté fuera. Y aunque ese no fuera el caso, soy más que capaz de cuidar de Rojita por mi cuenta. Ya estoy muy familiarizado con la ciudad y puedo llevarla a donde necesite ir.

Últimamente, Rojita ha estado saliendo un poco más con sus amigas Sophie y Cecile. Por lo general salen a comer o visitan sus casas. Las tres se han vuelto inseparables, y eso es una preocupación menos para mí. Fue incómodo verla batallar para hacer amigas o incluso hablar con otras chicas en la escuela. Y aunque cancela más planes de los que asiste, puedo ver que está haciendo un esfuerzo por salir más.

—¡Hola! —dice una chica alta y rubia, parándose justo frente a mí con una sonrisa coqueta. He visto a esta chica en el campus, es linda, pero se está interponiendo en mi visión directa hacia la puerta del aula de Rojita. Y Aaron ya está carraspeando, su manera de decirme que ni se me ocurra hablar con ella.

—Hola —respondo con una sonrisa forzada. Estoy tratando de apartar la vista, pero esta chica lo está haciendo difícil, en particular cuando está ocupando todo mi campo de visión.

—Soy Noelle —dice mientras se echa un mechón de cabello rubio detrás de la oreja.

—Mucho gusto, Noelle. —Siento el calor emanando de la mirada de Aaron dirigida hacia mí, quemándome. Pero incluso si mi misión aquí es mantener esta interacción lo más breve posible, me niego a dejar de lado mis buenos modales—. Soy Caleb.

—Lo sé —dice con una sonrisa pícara—. Todas lo sabemos.

—Mmm. —Miro hacia otro lado con el ceño fruncido. Es la única manera de evitar sonreírle.

—Pero bueno —dice, su voz atrayendo mi atención de vuelta hacia ella—. Hay una fiesta en la piscina antes de la graduación mañana en mi casa al mediodía.

Su acento francés es entrañable, pero la verdad es que no podría importarme menos su fiesta. Está delirando al pensar que puede invitarme e incluso más al entretener la idea de que asista a este evento.

—Diviértanse —asiento y doy un paso sutil a la derecha, redirigiendo mi mirada hacia la puerta del aula de Rojita porque aquí es donde me retiro de esta conversación. Necesito que esta charla termine, y la campana está a punto de sonar en cualquier momento.

Y suena.

Más estudiantes salen de sus aulas y llenan el pasillo mientras Noelle sigue parada junto a mí. Ahora me está mostrando un papel con una invitación impresa, pero mis manos permanecen en un puño relajado frente a mí. No voy a agarrar ese papel. Y ahora Rojita se dirige hacia nosotros con Sophie y Cecile a su lado.

Hago todo lo posible por ignorar a Noelle, pero tan pronto como ve a Rojita y sus amigas caminando hacia nosotros, sonríe y les hace una señal emocionada.

—¡Billie! —le dice radiante—. Estaba entregándoles a estos chicos tu invitación para la fiesta en la piscina de mañana por si no te veía. —Noelle me lanza una mirada pícara. Ella sabe que eso no es lo que estaba haciendo, pero la atraparon. Presiono mis labios y me esfuerzo por no reír porque, aunque me halaga, Aaron definitivamente no está de humor para entretener esta situación.

Los ojos de Rojita se agrandan por un segundo, y Cecile cruza los brazos sobre su pecho y levanta una ceja sospechosa hacia Noelle.

—Mi hermana ya nos invitó —dice Cecile con una voz afilada como una hoja de acero—. Nos vemos allá.

—¡Oh! ¡Perfecto! —Noelle le entrega la invitación a Rojita—. Aquí tienes de todas formas. ¡À demain!

Las chicas se despiden de Noelle y comienzan a susurrar en francés, así que no puedo captar nada de lo que están diciendo.

—¿Lista para irnos, señorita? —pregunta Aaron con un tono cortante. Parece irritado. Si sumamos sus problemas personales a la mezcla, esto no terminará bien. Es mejor irnos lo antes posible.

—Sí, por favor —responde Rojita, luciendo exhausta mientras dobla la invitación por la mitad—. ¿Nos vemos mañana? —Levanta la invitación y la abanica un par de veces. Sus amigas asienten, la abrazan y se despiden antes de alejarse.

Después de tomar la mochila de Rojita, Aaron y yo la seguimos por el pasillo hacia la salida. Estamos a punto de salir del edificio principal cuando Noelle aparece junto a mí de nuevo.

—Parece ser que te veré mañana —susurra, colocando un pequeño trozo de papel en mi mano antes de alejarse y desaparecer entre la multitud de estudiantes.

Sacudiendo la cabeza, me esfuerzo por no sonreír ya que Aaron me está mirando y es plenamente consciente de lo que acaba de pasar. Meto el trozo de papel en el bolsillo de mis pantalones y sigo caminando hacia el estacionamiento.

Aaron está caminando alrededor del coche para sentarse en el asiento del conductor, y Rojita me da un codazo juguetón en las costillas antes de que le abra la puerta.

—El chico más popular de la escuela —susurra en un tono burlón.

—No sé de qué habla, señorita —frunzo el ceño, pero se me escapa una sonrisa al ver la expresión juguetona en su rostro.

—Claro, claro —presiona la invitación contra mi pecho—. Solo le faltó ponerle tu nombre. —Suelta una risita y se sube al coche mientras atrapo el trozo de papel en el aire.

Me subo al coche preguntándome si está celosa o si le divierte burlarse de mí con este tema. No es la primera vez que pasa algo así, y no es la primera vez que dice algo al respecto después. Siempre es un comentario juguetón y me encanta cuando dice algo. Creo que es divertido, y me gusta pensar que hay un poco de celos mezclados entre las bromas.

Sé que me sentiría incómodo si algún chico se acercara a ella con intenciones distintas a pedirle la hora. No creo que esté lista para salir con alguien. Un imbécil rompiéndole el corazón empeoraría su frágil estado emocional. Pero eso no es algo que pueda controlar, así que es mejor estar mentalmente preparado para el día en que los chicos comiencen a invitarla a salir y esas cosas.

Es razonable descartar el pensamiento porque no tiene sentido estresarse por eso en este momento. La chica tiene ansiedad social entre otros temas que resolver primero, así que no la veo teniendo un novio pronto. Cumplió diecisiete hace un par de meses y está empezando a sentirse cómoda haciendo más cosas con sus amigas. Así que preocuparme por algún imbécil hablándole bonito para convencerla de ser su novia no es algo que deba priorizar ahora mismo.

Eso espero.

Mientras volvemos a la residencia en silencio, saco con discreción el trozo de papel de mi bolsillo y veo que, de hecho, es un número de teléfono. El número de Noelle, estoy seguro.

Joder. Esta chica es atractiva, y sé que lo correcto sería tirar ese trozo de papel a la basura, pero no quiero hacer eso todavía. Me da curiosidad, pero incluso si está un año académico por delante de Rojita, no estoy seguro de que tenga dieciocho años, y si no los tiene, ahí es donde trazo la línea.

Esto es ridículo. No debería estar contemplando la posibilidad de involucrarme con una estudiante de la escuela de Rojita. Aaron tiene razón. Debería salir más en mis días libres.

Pero no lo hago.

Elijo quedarme en casa y emborracharme solo la mayoría de las noches. Libres o no. O beber en secreto con Annette en su habitación o en la mía cuando está peleando con el imbécil. Pero todo lo que hacemos es hablar, hablar, hablar, lo cual está bien. Es divertido estar con ella, me gusta y la respeto, así que no querría complicar más las cosas en su relación de lo que ya están acostándome con ella. De nuevo. Esa noche fue divertida, pero creo que ambos sabemos que es mejor dejar eso en el pasado.

Aaron está a punto de abrir la puerta del portón, y yo estoy perdido en mis pensamientos, pensando en cómo Noelle es técnicamente una estudiante universitaria ahora y ya no está en la preparatoria de Rojita, cuando un hombre aparece de la nada y comienza a golpear la ventana del auto con desesperación.

Ella deja escapar un grito de pánico, se desabrocha el cinturón de seguridad y se arrastra hacia atrás hasta que su espalda está presionada contra la otra puerta. Ahora está sentada detrás de mí. Por instinto, extiendo mi brazo y la cubro mientras mi otra mano alcanza mi arma.

—¡Por favor, ayúdenme! —grita el hombre, en apariencia desesperado. Por lo que sé, todo podría ser una actuación. Tiene una larga barba desordenada, y su rostro y ropa se ven sucios.

Antes de que nadie pueda parpadear, Aaron sale disparado del coche y tuerce el brazo del hombre detrás de su espalda, lanzándolo de cara contra el asfalto. El hombre sigue suplicando ayuda entre sollozos.

Estoy a punto de salir del coche para sacarla de allí cuando Rojita dice:

—¡Caleb, no! Por favor, no me dejes. —Su mano alcanza mi brazo—. Quédate conmigo. —Sus ojos se encuentran con los míos y están llenos de terror.

—Está bien, Rojita —digo con voz calmante—. Te tengo. No voy a ir a ninguna parte. —Presiono mi mano sobre la suya y asiento. Ella asiente en señal de comprensión—. Pero necesito llevarte adentro, ¿de acuerdo?

—Pero ¿cómo? ¿Qué vas a hacer?

Tres agentes del SSD salen corriendo y ayudan a Aaron a someter al hombre, que no deja de llorar, inmovilizado en el suelo mientras él rodea el coche hablándome por el auricular.

—Llevemos a la señorita Murphy adentro por el acceso peatonal. Es mejor no abrir el portón ahora mismo. No sabemos si este hombre está solo o no.

Salgo del coche y Aaron abre la puerta de la señorita Murphy. La escoltamos tan rápido como podemos cuando el hombre grita:

—¡Por favor! ¡Mi hijo! ¡Aún tienen a mi hijo!

Rojita mira por encima de su hombro al hombre que grita con los ojos entrecerrados, como si quisiera detenerse para mirarlo más de cerca.

—Necesita ayuda —dice con evidente aprensión—. No lo lastimen, qué—

—No hay de qué preocuparse, señorita. Nos encargaremos de ello —dice Aaron, apurándola a través del portón. Lo sigo de cerca, con el arma desenfundada. Rojita podría estar en peligro, y aún tiene la energía para preocuparse por el hombre. Mientras tanto, todo lo que puedo pensar es que este hombre podría estar creando una distracción, y necesito alejarla de aquí lo más posible.

Ahora estamos más allá del punto de control de seguridad peatonal y caminando por el estacionamiento.

—Llévala adentro —ladra Aaron, girando sobre sus talones y regresando por donde entramos.

—Vamos —digo, pero ella está mirando mi arma con los ojos muy abiertos, así que no tardo en enfundarla de nuevo. Ella está paralizada, y estoy a punto de cargarla hasta la puerta principal cuando sale de su trance y empieza a moverse.

La apresuro a entrar en la residencia, y cuando lo hace, se desploma en uno de los sillones del vestíbulo, hundiéndose en él.

—¿Todo bien, señorita Murphy? —Annette se apresura hacia nosotros. Rojita parece un poco pálida mientras mira la puerta. Annette me mira, sus ojos implorándome que le diga qué está pasando.

—Un hombre nos sorprendió fuera de los portones —explico—. Pero todo está bajo control. Traeré su mochila más tarde. Podrías—

—Sí, por supuesto —me interrumpe, anticipando mis pensamientos—. Venga, señorita. Vamos a tomar un vaso de agua.

—¡Caleb! —grita Rojita cuando estoy a punto de cerrar la puerta al salir.

—Sí, señorita Murphy.

Ella me mira durante unos segundos.

—Gracias —dice después de una pausa con un suspiro.

—Por supuesto. —Presiono mis labios y asiento. Salgo de nuevo para ver qué está pasando. Necesito asegurarme de que Rojita esté segura dentro de estos muros.

Eso es lo único que me importa.

CAPÍTULO 17

No le des cabida al miedo

8 de julio de 2006

Yo: Buenos días, señorita Murphy. ¿Va a salir a correr?

Hay una salida programada para correr a las 9 a.m. en su calendario, y no la canceló, así que supongo que su padre le explicó lo que pasó ayer con el hombre que apareció afuera de la residencia golpeando su ventana y, con suerte, le dio algo de tranquilidad. Pero son las 9:08 a.m., y ella no ha bajado todavía. No la culparía si cancelara. Odio que íbamos tan bien, avanzando con la ansiedad que le genera salir de la residencia, y luego pasa esto.

Unos minutos después, su respuesta llega, pero me está enviando un mensaje directo en vez de mandarlo al grupo.

Señorita Murphy: Lo siento, Caleb. Olvidé cancelar. No creo que pueda hacerlo.
Yo: ¿Tiene algo que ver con lo que pasó ayer?
Señorita Murphy: Tal vez.
Yo: Tu padre fue informado anoche sobre la situación en el momento en que aterrizó su avión. ¿Tuviste la oportunidad de hablar con él?
Señorita Murphy: Sí. Pero no dijo mucho. Solo que no debía preocuparme. Lo mismo de siempre.

Hijo de…
Rojita necesita saber qué fue lo que pasó, y seré yo quien se lo diga.

Me importa un carajo si hablar de ello me mete en problemas. ¿Por qué diablos a este hombre le gusta mantener a su hija en la oscuridad sobre absolutamente todo?

Yo: ¿Puedes bajar para que hablemos?
Señorita Murphy: Por supuesto.

Aaron está sentado al volante, así que me acerco a él y toco dos veces para que baje la ventana.

—La señorita Murphy acaba de enviarme un mensaje —digo—. Está consternada por lo que pasó ayer. No tiene ganas de salir a correr, pero bajará para hablar conmigo un segundo. Solo quería avisarte.

—¿No le informaron sobre lo que pasó? —Las cejas de Aaron se fruncen—. Pensé que el embajador Murphy ya habría hablado con ella.

—Si hablaron. —Me acerco y bajo la voz—. Pero ya sabes cómo es. No le explicó nada.

Aaron niega con la cabeza, apaga el motor y sale del coche.

—Al carajo con esto. —Cierra la puerta del coche de un golpe—. Cuéntaselo todo. —Se aleja, y sin volverse, dice—: Avísame si cambia de opinión sobre salir a correr. Voy a buscar algo de café.

Es agradable tener el apoyo de Aaron, aunque sea por una maldita vez. Lo aprecio, pero era tan molesto sentir que siempre estaba del lado del embajador Murphy. Sé que estamos legalmente obligados a guardar silencio sobre todos los asuntos relacionados con la madre de Rojita, pero si hay algo más que pueda hacer o decir que la haga sentir segura, ten por seguro que lo haré. O lo diré. Así que gracias a Dios que Aaron estuvo de acuerdo con esto porque, de cualquier manera, iba a contarle todo, y es más fácil sabiendo que me respalda.

Subo las escaleras y espero a Rojita afuera de la puerta.

Un par de minutos después, ella la abre, saca la cabeza y dice:

—Entra, hablemos aquí.

Sintiéndome ansioso, la sigo hasta el jardín. Entrar en la residencia siempre me pone nervioso, en especial si estamos los dos paseando juntos. Me hace sentir que no pertenezco aquí. Pero este lugar siempre está lleno de gente entrando y saliendo, así que no somos más que un par de personas más haciendo lo mismo.

Rojita se sienta en un banco bajo la sombra de un gran árbol y dice:

—¿Puedes sentarte conmigo? —Se aclara la garganta y traga saliva. Su frágil voz casi se quiebra.

—Por supuesto. —Desabrocho mi saco y me siento a su lado.

—¿Qué pasó ayer? —Sus ojos están redondos y vidriosos—. Merezco saberlo, Caleb. No es…

—Voy a contártelo todo. —Odio interrumpirla, pero está tan acostumbrada a luchar por respuestas que no puede ver que las tengo en una bandeja de plata junto con todo lo que quiere saber sobre lo que pasó ayer.

—¿De verdad? —Un atisbo de duda nubla sus ojos.

Asiento y empiezo a hablar.

—El hombre que se acercó a nosotros es ciudadano estadounidense y un empresario prominente. Él y su hijo de dieciséis años fueron secuestrados hace casi seis semanas afuera de un restaurante en el Barrio Latino después de cenar.

Rojita ahoga un grito y lleva la mano a cubrirse la boca.

—Pero logró escapar —continúo—. Su primer instinto fue venir a pedir ayuda a la Embajada, pero fue rechazado en el primer control de seguridad. Pensaron que era un vagabundo loco tratando de llamar la atención. Así que vino aquí, y cuando vio nuestro coche, aprovechó la oportunidad para acercarse. Entonces, tenías razón. En verdad necesitaba ayuda.

—¿Y qué hay de su hijo? —pregunta, su preocupación genuina grabada en sus rasgos.

—Se ha contactado a las autoridades locales y están elaborando un plan de extracción para recuperar a su hijo. Creen que este hombre tiene suficiente información para poder recuperarlo, y estoy seguro de que lo harán, así que no te preocupes por eso —le explico, con la mirada fija en su rostro, esperando que la información sea fácil de asimilar y, con suerte, la tranquilice.

—De verdad espero que sí. —Baja la mirada a sus dedos mientras los retuerce con nerviosismo sobre su regazo—. De todos modos, creo que lo mejor es que libere mi agenda para hoy.

Frunzo el ceño.

—Entiendo si te sientes cansada o no tienes ganas de salir a correr, pero tienes esa fiesta en la piscina hoy con tus amigos —le recuerdo. No hay necesidad de que canceles todo en tu agenda.

—No creo que tenga ganas de ir a eso.

—¿Rojita? —susurro. Intento que me mire, pero no está dispuesta a prestarme atención—. Mírame.

Lo hace, pero sus ojos parecen vidriosos. Vuelve a mirar sus manos, y la gravedad hace lo suyo mientras unas lágrimas se deslizan por sus mejillas.

—Lo siento —susurra—. No puedo… No puedo evitar sentir que mi padre me está ocultando algo. Algo malo. Y trato de no pensar en eso. Pero luego pasan cosas como esta, y me hace querer retroceder unos cuantos pasos y ser más cautelosa.

Verla en un estado emocionalmente vulnerable es una verdadera tortura. No puedo limpiar sus lágrimas de su rostro ni abrazarla para consolarla como sé que la haría sentir mejor. Hay demasiada gente deambulando por el lugar.

No puedo tocarla. Punto.

—No necesitas disculparte —digo por lo bajo, mis manos casi temblando de inquietud. Una urgencia por hacer desaparecer sus miedos de una vez por todas me invade. Por unos segundos estúpidos, juego con la idea de contarle todo. Pero sacudo la cabeza y reacciono. Solo conduciría al caos, a la bancarrota y a la deportación.

Ella respira lenta y profundamente, como si estuviera tratando de mantener la calma. Como si pudiera tener un ataque de pánico si no mantiene una respiración constante.

—No necesitas hacer nada que no quieras hacer —intento tranquilizarla sin éxito—, y respeto tu decisión de querer quedarte en casa el resto del día. Pero quiero que sepas que es seguro que salgas y vayas a donde quieras. Además, Aaron y yo estamos aquí para asegurarnos de que nadie se acerque a ti ni te toque.

Maldita sea. Quizás esté siendo demasiado intenso, pero es la verdad. Nadie puede ni mirarla de manera extraña. No mientras yo esté a cargo.

Rojita exhala y me mira. Sus labios se contraen.

—Y les romperé los dientes —extiendo la amenaza como una broma para hacerla sonreír. Ella lo hace.

—¿No eres el más aterrador de todos? —sonríe con picardía, pero es su inocencia la que la protege de verme por lo que soy: un hombre que ha matado antes y que lo haría de nuevo y sin dudar para mantenerla a salvo. Esos son los extremos a los que estoy dispuesto a llegar. El precio que estoy dispuesto a pagar.

No es como si no tuviera cuentas pendientes con los demonios que exigen que pague el precio por mis pecados libra por libra dentro de mi cabeza.

—Les avisaré sobre la fiesta en la piscina —se levanta y la sigo—. Te enviaré un mensaje más tarde. Y… gracias por ser honesto y contarme lo que pasó ayer.

—Por supuesto, señorita Murphy —digo con una sonrisa forzada. Unas cuantas personas están caminando por el jardín, planeando un evento, parece. Y no querríamos que nadie me escuche llamarla de otra manera que no sea «señorita Murphy»—. Estaremos al pendiente.

Asiento y ella asiente de vuelta.

Me empiezo a alejar, pero me detengo y me doy la vuelta.

—¿Señorita Murphy?

—¿Sí? —Inclina la cabeza con curiosidad.

—No le des cabida al miedo.

CAPÍTULO 18

Fiesta de piscina

EL MIEDO FUE derrotado. Estamos llegando a esta enorme propiedad vallada en las afueras de París. El lugar está atiborrado de coches y jóvenes bajando de ellos con grandes sonrisas en sus rostros emocionados. Todos llevan trajes de baño puestos.

—¡Estoy tan emocionada! —dice Sophie con un gritito de entusiasmo mientras Aaron estaciona el coche. Miro por encima del hombro y Cecile parece poco impresionada. Me cae bien. Parece una chica muy pragmática y segura de sí misma, y siento que es el tipo de amiga que Rojita necesita. El tipo que podría beneficiarle a largo plazo.

Recogimos a las amigas de Rojita en el camino. Ella no quería llegar aquí sin ellas. Es curioso cómo nunca está en realidad sola pero aun así me imagino que se siente sola todo el tiempo.

Una parte de mí desearía poder ayudarla a llenar ese vacío, y de alguna manera, me gusta pensar que he ayudado a aumentar su disposición a salir más, pero me rompe el corazón ver lo insegura y asustada que sigue estando, y más aún después de lo que pasó ayer. Incluso me hizo prometerle antes de salir de la residencia hoy que no dejaría que nadie la secuestrara, por el amor de Dios.

—*Rojita* —le dije, mientras colocaba mis manos en un puño delante de mí y una suave risa escapaba de mis labios—. *Nadie te secuestra. Nunca. Y mientras yo respire, nadie te tocará. Y no quieres saber qué pasa si lo hacen.*

Sus ojos se abrieron con sorpresa antes de asentir varias veces y subir al coche para que fuéramos a recoger a sus amigas.

Sí, es probable que Rojita se haya asustado después de haber dicho eso. O tal vez fue la manera en que se lo dije, pero es la verdad, y ella necesita saber que no estoy aquí para hacerla reír, ayudarla a relajarse y ser su amigo. Puedo hacer todas esas cosas también, pero estoy aquí primero que nada para su protección. Y el hecho de que le muestre mi lado más tierno la mayor parte del tiempo no significa que no voy a romperle la cara a alguien si se acerca demasiado o la mira de forma extraña. Ella sigue olvidándolo, y tal vez necesito mostrarle cuán intimidante puedo ser. Quizás esa sea la única forma en que entenderá que está segura conmigo y con Aaron.

Las chicas salen del coche, y yo las sigo de cerca mientras Aaron y tres agentes que nos siguieron en otro vehículo hacen una revisión perimetral. El embajador Murphy solicitó seguridad adicional el día de hoy. Y si me preguntas, esa acción hace que levante más sospechas y que Rojita se sienta más nerviosa por todo lo acontecido.

Pero nadie me preguntó.

Y nunca se sabe, tal vez ella fue la que pidió la seguridad adicional. No me sorprendería si lo hiciera.

Levanto una ceja ante la escena frente a mí. Chicos sin camiseta repartiendo bebidas a chicas en bikinis diminutos, una pareja besándose en la piscina contra una de las paredes, bocanadas de humo aquí y allá, y por el olor, no es solo tabaco.

Joder.

Sacudiendo la cabeza, encuentro un lugar donde tengo una visión clara de Rojita y ambas entradas al jardín trasero.

Sophie y Cecile se quitan sus vestidos de verano sin pensarlo dos veces y los dejan sobre sus bolsas, que dejaron en una de las sillas de la terraza. Rojita está torciendo su coleta y mirando alrededor del lugar. Lleva shorts de mezclilla y una camiseta sin mangas blanca. Puedo ver las tiras de su traje de baño atadas alrededor de su cuello, así que sé que lleva uno debajo de la ropa, pero está sosteniendo su bolsa y no parece convencida de quererse desvestir todavía.

Bien.

Algunos chicos ya están rodeando a las tres chicas como buitres codiciosos, listos para lanzarse, así que no me importaría si ella quisiera permanecer vestida por el resto del evento. Eso me facilitaría las cosas.

Pero lo dudo. Hace mucho calor y seguro querrá meterse en la piscina.

Demonios, no me importaría darme un chapuzón yo mismo si este fuera un universo alterno donde yo fuera un invitado en esta fiesta porque el calor está haciendo que mi traje se adhiera a mi piel mientras grandes gotas de sudor corren por la parte posterior de mi cuello. Solo añade a la irritación que me está costando ignorar con respecto a ver a Rojita en este tipo de fiesta.

A lo lejos, veo a Noelle sentada al borde de la enorme piscina en forma irregular, bebiendo algo y usando un bikini naranja brillante que acentúa su piel dorada y bronceada y su largo cabello rubio. Se ve espectacular. Siento que se me seca la boca. O tal vez es el calor. Pero tiene a un chico a cada lado, por supuesto, haciéndola reír. Estoy a punto de mirar hacia otro lado cuando ella dirige toda su atención hacia mí. Sus labios se curvan en una sonrisa con una mirada de complicidad en sus ojos.

Tirando del apretado y pegajoso cuello de mi camisa, me obligo a despegar mi mirada de ella. Esta chica es la encarnación de la tentación caminando sin control. O descansando junto a la piscina, en este caso.

Mientras arrastro mi atención de vuelta a Rojita, veo a Sophie quitándose su camiseta sin mangas y arrojándola sobre sus bolsas. Casi puedo ver las mejillas sonrojadas de Rojita desde aquí. O tal vez el sol ya está haciendo estragos en su piel color crema. Quién sabe. Pero es tan condenadamente linda, y ahora está semi desnuda y rodeada de un montón de adolescentes cachondos y algo borrachos.

No estoy equipado para lidiar con esta mierda. Noelle salta a la piscina y comienza un tonto juego de luchitas con uno de los chicos, que parece una excusa para acercarse más el uno al otro. Me molesta. No debería, pero lo hace. No quiero que estos chicos se aprovechen de ellas, sobre todo porque el chico en cuestión se ha secado la mano con una camiseta y ahora está pasándole un porro de marihuana. Ella lo toma entre sus dedos sin dudarlo y da una larga calada, tosiendo después.

Joder. No puedo mirar.

Forzándome a mirar hacia otro lado de nuevo, veo a un chico dándole a Rojita un vaso de plástico. Me distraje mirando a Noelle cuando el chico sirvió la bebida, así que salgo disparado en su dirección porque estos chicos están ofreciendo drogas abiertamente, y no puedo arriesgarme a que su bebida esté mezclada con alguna de esa mierda.

Antes de que pueda dar un sorbo, ya estoy de pie frente a ellos, arrebatándole el vaso de las manos y arrojando el contenido sobre el césped.

—Está bien, Caleb —dice ella, notablemente mortificada—. Solo era agua.

El chico sin camiseta con bañador de piñas me mira con una expresión de confusión y el ceño fruncido.

—Lo siento, señor. Necesito observar mientras sirve otro.

—¿En serio? —pregunta el chico con un fuerte acento francés.

—En serio —respondo con un leve movimiento de mi barbilla, tratando de mantener mis gestos neutrales.

Él resopla y se aleja, claramente molesto, hacia el área del bar improvisado que instalaron en la terraza. Lo sigo y lo observo llenar el vaso con agua. Me mira como si estuviera loco. Y lo estoy. Lo último que necesito es que droguen a Rojita, así que más vale prevenir que lamentar. Prefiero que estos chicos sepan que ella no está aquí sola y que estoy vigilando cada uno de sus movimientos.

—*Ton verre d'eau* —dice el chico con lo que supongo es su sonrisa más encantadora, entregando el vaso de agua a Rojita y mirándome por el rabillo del ojo.

—*Merci.* —Rojita se lleva el vaso a sus labios y le da un sorbo.

Merci, en efecto.

Asiento una vez a Rojita y procedo a retirarme. Ella asiente de vuelta y desaparezco hacia mi lugar sombreado a lo lejos, donde Aaron se une a mí unos minutos después.

Después de informarle a Aaron sobre la situación en la piscina, pasamos a una charla trivial, pero nuestros ojos están enfocados en Rojita y su entorno. No podemos distraernos. No se necesita más que un segundo para que alguien le eche algo en su bebida.

Ella parece un poco más relajada que cuando llegamos hace media hora, al menos. El chico francés sigue sacándole plática y sonriéndole. No diría que ella parece interesada en él tanto sino más bien parece... ¿entretenida?

La risa de Noelle resuena desde el otro lado de la piscina, haciendo que casi me tuerza un músculo del cuello por lo rápido que volteé a mirarla. Estoy seguro de que ya está colocada por la marihuana, y el chico del porro la está acercando a él por la cintura. Ella parece despreocupada y se mueve para envolver sus piernas alrededor de la cintura del chico y sus brazos alrededor de su cuello. Él presiona un beso en su mejilla que baja por el lado de su cuello.

Tiro del cuello de mi camisa otra vez.

—Esa es Noelle, ¿verdad? —Aaron inclina la cabeza hacia la piscina.

—Sí.

—Mmm. —De inmediato vuelve su atención a Rojita, que sigue hablando con el mismo chico.

No puedo dejar de preocuparme por Noelle, incluso sabiendo a la perfección que no deberían de importarme sus actividades recreativas en la piscina. Sigo diciéndome a mí mismo que mirarla es más que nada para asegurarme de que no se aprovechen de ella. Pero no puedo pretender que su presencia no es nada menos que magnética.

Han llegado más invitados, y hay más de veinte personas dentro de la piscina, todas bebiendo y pasándola bien. Noelle se da cuenta del hecho innegable de que la he estado mirando, y unos segundos después de nivelar mi mirada, me dispara una pequeña sonrisa y se inclina para besar al chico con el que está en la piscina.

Sus manos se mueven al cabello mojado del chico mientras él la presiona contra la pared más cercana de la piscina.

Esta mujer me está provocando. Sabe que la estoy observando.

Aaron me da un suave codazo en el brazo, tratando de captar mi atención.

—Perdón, ¿qué? —Sacudo la cabeza e intento sacar a Noelle de mi mente. Esto es una locura.

—Dije que dejes de babear por esa chica rubia. Eres demasiado obvio.

—No estoy babeando —replico—. El chico le dio marihuana, y estoy cerciorándome que esté bien.

—Claro —dice él riendo—. Tiene diecinueve años, ¿sabías?

«Gracias a Dios».

—¿Cómo lo sabes? —Hago mi mejor esfuerzo para disimular mis gestos porque, incluso si la idea de que tenga diecinueve años es tentadora, ya he decidido no actuar en consecuencia. ¿Qué pasaría si Rojita se enterara? Sería demasiado incómodo.

—Agradece al embajador Murphy y su aguda aprensión. —Levanta una ceja—. Me pidió que fuera minucioso sobre dónde se iba a celebrar esta fiesta y todos los que vivían allí.

—Mmm. —Me encojo de hombros, fingiendo indiferencia.

—No es que encuentres eso interesante, ¿verdad? —Aaron ríe, y me hace reír porque me conoce demasiado bien.

—Cállate.

—Ya estás de vuelta a salvo y en una sola pieza —le digo a Rojita mientras subimos las escaleras hacia la puerta principal—. A pesar de todas las drogas que había en aquel lugar.

Debe haber disfrutado la fiesta porque ya son un poco más de las veinte horas, lo que significa que estuvimos unas seis horas en la fiesta.

—¿Drogas? ¿Qué drogas? —Ella parece desconcertada. Como si le hubiera dicho que unos cerditos voladores estuvieron sobrevolando la piscina todo el tiempo que estuvimos allí.

—Bueno, ya sabes, había gente fumando marihuana y consumiendo quien sabe qué más —digo, tirando del picaporte y empujando la puerta solo un poco, preguntándome si mencionarlo fue una buena idea.

—Supongo que eso explica el olor terroso y penetrante. —Arruga la nariz para hacer un punto—. Y por qué hiciste que Gabriel volviera a llenar mi vaso de agua. —Levanta una ceja.

«Gabriel».

—Así es. No podemos ser demasiado precavidos —digo con un resoplido—. Nunca se sabe cuáles son las intenciones de estos chicos franceses.

Rojita sacude la cabeza y pone los ojos en blanco con actitud juguetona.

—¿Te sientes mejor? —me atrevo a preguntar—. Sobre todo lo que pasó ayer.

Ella frunce el ceño y mira sus pies.

—Sí. —Encuentra mi mirada y se pasa la lengua por el labio inferior—. Gracias por hacerme sentir segura todo el tiempo.

—Por supuesto. —Presiono mis labios con una sonrisa—. Es un placer.

—Y es tu trabajo —dice con un evidente tono de broma en su voz. Pero sus rasgos se tornan algo tristes. Puedo decir que está tratando de no demostrarlo. Y tiene razón. Es mi trabajo cuidar de ella, pero desearía poder decirle que nunca he encontrado más propósito en mi vida que dedicarme a protegerla. Es casi demasiado bueno para ser cierto. Tanto que incluso me pone ansioso pensar en que algún día quizás no podré seguir haciéndolo, por cualquier razón que sea.

Le diría tantas cosas y hablaría con ella sobre un millón de otras si pudiera. Nada de importancia, solo sobre la vida en general. Mi vida, su vida. Conocerla mejor. Y aunque las circunstancias no permiten tantas interacciones uno a uno como me gustaría, aún tenemos algo de tiempo a solas, más que nada cuando salimos a correr. Por eso es crucial que ella se sienta segura al salir. Es más que egoísta, lo sé. Pero es una situación de ganar-ganar. Ella se siente segura y yo puedo pasar más tiempo con ella.

Es difícil de asimilar, pero mis instintos de protección hacia ella crecen con cada día que pasa, y todo lo que puedo hacer es suprimir la necesidad de acercarme a ella a un nivel personal. Al menos, eso es lo que mi conciencia sigue diciéndome. Y Aaron también.

—¿Nena? —La voz del embajador Murphy resuena desde el interior de la residencia. Sale y me echa un buen vistazo antes de abrazar a su hija—. ¿Cómo está mi niña? ¿Qué tal estuvo la fiesta en la piscina?

Frunzo el ceño. No puedo evitar odiar a este hombre y su ridículo intento de ser un padre atento y disponible. Nunca está presente, pero aun así logra sofocar a Rojita manteniéndola controlada a la distancia con firmeza.

—¡Fue divertida! —dice ella emocionada. Es casi insoportable presenciar lo feliz que parece de verlo, sabiendo los secretos que él le oculta. No estaría tan contenta si supiera la verdad sobre la muerte de su madre. Sobre cómo todo fue un accidente y la confundieron con la esposa de un narcotraficante.

—Yo me encargo de eso, Caleb —dice con una sonrisa, extendiendo la mano para arrebatarme la bolsa de Rojita—. Eso es todo. Buenas noches.

Rojita me mira con los ojos muy abiertos, pero sabe cómo son las cosas y cómo funcionan.

—Señor Embajador. —Asiento—. Señorita Murphy.

—Buenas noches —dice por lo bajo—. Gracias de nuevo.

Giro sobre mis talones y huyo escaleras abajo, cruzando el estacionamiento hacia el edificio principal. No puedo alejarme más rápido. Detesto a ese hombre.

Mi temperamento sube por mi cuello mientras entro en mi habitación y me quito los zapatos de una patada. Luego, me arranco la ropa y salto a la ducha.

El descaro. La arrogancia.

El embajador Murphy es un hombre poderoso y lo sabe, pero incluso los hombres más poderosos tienen una debilidad. Y sé que Rojita es una de ellas, pero tiene que haber algo más. Alguna información comprometedora. No puede ser intachable.

Dando vueltas a esos pensamientos tontos en mi cabeza, salgo de la ducha, me cambio y agarro mi botella de vodka. Me siento en el borde de la cama, desenrosco la tapa y le doy un sorbo, dando la bienvenida al ardor en mi garganta, una típica noche de sábado.

Tengo el día libre mañana, así que podría salir hoy y desahogarme un poco, pero no tengo ganas de hacerlo. Haber visto a Noelle en la piscina todo el día me hace querer correr la extra-milla, vestirme, salir y tratar de sacarla de mi cabeza con otra persona. Y no puedo evitar preguntarme si está bien. Estaba colocada y tal vez borracha también.

Después de tomarme la mitad de la botella de vodka, termino por convencerme de que verificar que esté bien es lo mejor que puedo hacer. Así que abro el cajón de mi mesita de noche, agarro el papel con el número de teléfono de Noelle y le envío un mensaje de texto.

CAPÍTULO 19

En extrema necesidad de supervisión

Yo: Buena fiesta. Lástima que hayan invitado a esos adolescentes imbéciles que estaban ofreciendo drogas. Espero te encuentres bien.

Mientras espero a que Noelle responda, sigo bebiendo mi vodka. Tal vez está dormida o compartiendo su cama con el tipo de la piscina. Dudo que responda, pero al menos lo verá mañana por la mañana cuando esté sobria. Sin embargo, quiero saber si está bien. Malditos sean mis instintos protectores. Están tan fuera de lugar, pero no puedo evitarlo. Será mejor que no hablemos mientras estoy borracho.

Mientras guardo la botella de vodka mi teléfono suena en mi mesita de noche. Camino de regreso y agarro mi teléfono para ver si ha respondido. Lo hizo.

Noelle: Solo fue un poco de marihuana y vino. Estoy bien, gracias por preguntar. Ojalá hubieras podido quedarte más tiempo.
Yo: No te he dicho quién soy.
Noelle: No necesitas hacerlo, y puedo guardar un secreto. No sé cómo lo hace Billie porque me excité solo con verte mirándome así. Y veo que lo que más te llama la atención es cuando me porto mal. ¿Tengo razón, Caleb?

Suelto una risa y sacudo la cabeza mirando la pantalla.

Yo: Estabas siendo traviesa en esa piscina. Necesitabas supervisión.
Noelle: ¿Tú crees?
Yo: Lo sé.
Noelle: ¿Qué estás haciendo ahora mismo?
Yo: Hablando contigo.
Noelle: Petit malin.
Yo: No sé qué significa eso.
Noelle: ¿Por qué no vienes aquí y te lo digo en persona?
Yo: No es una buena idea.
Noelle: Sabes que quieres venir. ¿Entonces por qué me enviaste un mensaje?

«Esta chica».

Yo: Quería asegurarme de que estuvieras bien. Y no dije que no quiero ir. Dije que no es una buena idea. Y quizás no sea lo más inteligente.
Noelle: Bueno, soy muy, muy tonta. Por eso me gradué un año después.
Yo: Petite maline.
Noelle: Así que entiendes francés después de todo.
Yo: Si, un poco. Pero soy terrible hablándolo. Y ahora nos quedamos sin excusas para justificar vernos esta noche. Además, estoy seguro de que tienes compañía.
Noelle: Mis padres están en Toulon. Todos los invitados ya se fueron. Se pasaron a un bar. Les dije que los alcanzaría allí, pero no tengo ganas de ducharme todavía. Podría volver a meterme en la piscina, así que necesitaré supervisión. No es buena idea nadar sola en esta condición, y más aún sabiendo lo traviesa que puedo ser.

Joder. Puedo sentir que me pongo duro con solo imaginarme a Noelle en su diminuto bikini naranja, su cabello rubio mojado, mirándome con los labios entreabiertos desde la distancia.

A la mierda.

Yo: Estoy de acuerdo. Sería imprudente nadar sin supervisión.
Noelle: Sabes dónde vivo. No te molestes en traer tu traje de baño. Puede que no traiga puesto el mío para cuando llegues.
Yo: No te atrevas a quitarte ese bikini.
Noelle: Oh. Sí, señor. ¿Eso significa que vienes?
Yo: Depende. Solo si te portas bien. ¿Puedes hacerlo?
Noelle: Me portaré lo mejor posible, señor. Me dejaré el bikini puesto para que me lo arranques tú mismo.
Yo: Buena chica. Nos vemos en treinta minutos.

2007

CAPÍTULO 20

La epifanía del bastardo

22 de agosto de 2007

—*TIENES ALGO EN MENTE* —le digo a Rojita mientras subimos los escalones hacia la puerta principal. Parece distraída. Ambos estamos sudados después de salir a correr, pero su piel ligeramente pecosa está enrojecida por todo el sol. Necesita hidratarse. Salimos un poco más tarde hoy, así que el sol brilló con intensidad sobre nosotros todo el tiempo. Estaba cansada y tuvo problemas para despertarse, lo cual es inusual en ella. Es una persona madrugadora.

Algo está mal.

—No, estoy bien —dice con una sonrisa, pero frunce el ceño. Se lame el labio inferior y evita hacer contacto visual. Sabe que si me mira a los ojos, así es como me meto en su cabeza. Y eso es justo lo que estoy tratando de hacer, y ella lo sabe.

—Rojita. —La agarro del brazo y la hago mirarme. Lo hace, y trata de esconderse de mí, pero no se lo permitiré. No ahora. No cuando estoy percibiendo esta densa oleada de sentimientos emanando de ella—. ¿Qué pasa?

Ella mira mi mano en su brazo con una expresión desafiante, así que la suelto. Se ve tan madura en este momento. Es gracioso cómo ha pasado de parecer una niña a una joven tan rápido. Y también es en gran parte su actitud. Y el hecho de que cumplió dieciocho hace cuatro meses. Me alegra ver destellos del fuego dentro de ella queriendo salir y quemar todo a su paso. Está luchando contra ello, pero ahí está.

«Dale tiempo».

—No me vas a dejar ir hasta que hable, ¿verdad? —Suspira, y yo sacudo la cabeza con lentitud. Para esto estoy aquí. Mi trabajo favorito en el mundo: ella.

La mano de Rojita descansa en su cadera, y sacude la cabeza como si intentara alejar los pensamientos con el movimiento.

—No sé. El verano casi termina, y necesito empezar a pensar en mis planes para la universidad. Quería tomarme un semestre sabático después de graduarme, pero mi padre se negó cuando hablé con él anoche por teléfono. Mi plan era inscribirme en diferentes cursos de fotografía, y solo jugar con mi cámara por un tiempo antes de decidir qué hacer. —Deja escapar un profundo suspiro—. Me pone ansiosa tener que elegir una carrera cuando no tengo idea de lo que quiero hacer. ¿Sabes? Necesito estar segura porque mi papá no me permitirá cambiar de opinión más adelante. Lo conozco. Querrá que me comprometa con lo que sea que elija.

Un alivio me invade. Podemos hablar de esto. Son cosas normales de la escuela. Cosas importantes, por supuesto. Pero podemos resolverlas. Me preocupo cuando la veo así porque sé cómo a veces ciertas cosas suceden, o escucha una reunión de seguridad, o tiene otra discusión inútil con su padre sobre la muerte de su madre, y es como si retrocediera mil pasos en el progreso que ha hecho para sentirse segura. Y odio eso con todo mi ser. He trabajado tan duro estos últimos años para hacerla sentir que está bien salir de su habitación o encontrarse con sus amigos para cosas además de la cena semanal y uno que otro evento especial.

Todavía estamos trabajando en lo último.

—¿Por qué no estudias fotografía? —Me parece que eso es lo que le gusta hacer. La he visto jugar con su cámara. Parece disfrutarlo mucho, así que no entiendo por qué no es una opción viable para ella elegir la fotografía como carrera profesional.

—Mi papá no cree que sea una carrera seria —empieza a explicar—. Piensa que está bien como pasatiempo, pero me ha estado animando a pensar en otra cosa. Algo más 'real'. Dijo que debería inscribirme en una clase de fotografía los fines de semana.

Típico.

Como si fuera fácil para la gente darse cuenta de lo que les gusta hacer para que encima alguien les diga que no es aceptable o real en la medida necesaria. Es una tontería, por supuesto, y por completo ridículo si me preguntas.

Otra razón para odiar las entrañas de ese hombre.

—Si eso es lo que sientes que debes hacer, entonces creo que de verdad deberías hacerlo —digo, incapaz de contener la molestia—. Investiga tus opciones y demuéstrale que vas en serio con esto. Estoy seguro de que debe haber excelentes escuelas de fotografía aquí en París.

—De hecho, las hay, y ya lo he hecho.

No me sorprende en lo más mínimo. Rojita es una chica inteligente, y sabe lo que quiere. Es solo que no está acostumbrada a exigir las cosas que quiere para sí misma. Siempre depende de su padre elegir todo por ella. Incluso su maldito futuro. Y estoy tan harto de ser testigo de eso.

—Hay dos universidades que me gustan, pero una es mi favorita. Es más difícil ser admitido, pero estoy dispuesta a intentarlo.

—Estoy seguro de que no tendrías problemas para entrar. Necesitas dejarle claro que eso es lo que quieres. Tal vez hacer un álbum de fotos que hayas tomado o algo así, para que vea que hablas en serio. Podríamos salir esta tarde a tomar algunas fotos ya que el clima está agradable y tienes la agenda libre.

—Esa no es para nada una mala idea —dice, una sonrisa apareciendo en sus labios mientras mira a lo lejos—. Hay algunos lugares que he querido fotografiar, pero me pregunto si es…

—¿Seguro? —La interrumpo con una ceja levantada, terminando esa frase por ella. Ella asiente, y detecto una leve vergüenza en su gesto—. Vamos, Rojita. No me ofendas.

Ella suelta una risa nerviosa.

—Está bien, está bien. —Camina hacia la puerta, agarra el picaporte y mira por encima del hombro con una sonrisa—. ¿Nos vemos aquí a las cinco?

—Usted manda, señorita Murphy.

Ella sacude la cabeza y se da la vuelta para entrar a la residencia.

—Nos vemos, Cohen.

Son las 8 p.m., y acabo de acompañar a Rojita de vuelta a la residencia.

Pasamos tres horas conduciendo por la ciudad buscando lugares perfectos para que ella tomara fotografías. Parecía emocionada y, en general, feliz. Me mostró la mayoría de las fotos que tomó y todas se veían increíbles.

La forma en que fotografía escenas cotidianas de personas yendo y viniendo por la ciudad con la magnificencia de París como telón de fondo es asombrosa. Tiene un ojo para capturar la belleza en lo mundano, un talento natural. Espero que su padre escuche lo que ella quiere por una vez en su vida y le permita estudiar fotografía.

Rojita se despidió con una gran sonrisa y me prometió que lucharía hasta la muerte hasta que su padre aceptara dejarla estudiar fotografía. Y mi sexto sentido me dice que logrará salirse con la suya. Al menos sé que siempre lo hace conmigo. Sé que sucumbo a cada pequeña cosa que me pide, incluso cuando sé que no está permitido. Esta dinámica ha sucedido desde los primeros días de trabajar como su guardaespaldas, cuando ella comenzó a llamarme Caleb cuando sabía que no debería hacerlo. Así que no sé cómo lo hace ese hombre. Rojita es demasiado dulce para decirle que no.

Es terca, a su manera, pero lo es. De nuevo, sigo esperando que deje de tener miedo de ser ella misma. Sé que su padre deja poco espacio para que eso suceda con lo asfixiante que es su estilo de crianza para algunas cosas, mientras que, en otras, parece demasiado desapegado hasta el punto de parecer negligente.

¿Es prudente o saludable para mí involucrarme emocionalmente en tales asuntos? No. Pero no puedo evitarlo cuando se trata de Rojita. Necesito relajarme y tomar distancia crítica, pero se ha vuelto imposible no querer protegerla, así que sin lugar a duda seguiré involucrándome. Pero al menos intentaré ser consciente de ello.

Aaron y yo nos dirigimos a la sala común y tomamos un plato de comida. Hay otras personas allí, así que nos sentamos y nos relajamos con parte del personal y un par de agentes que fueron asignados al equipo de seguridad del embajador Murphy el día de hoy. Esto significa que está en la residencia, y espero que esta sea la oportunidad de Rojita para convencerlo sobre su elección de carrera.

Caminando de vuelta a mi habitación después de la cena, decido enviarle un mensaje a Noelle. No es fin de semana, así que no espero verla. Estoy seguro de que está ocupada. Además, no tengo el día libre mañana. Debo trabajar. Pero han pasado unos días desde que hablamos. Nos enviamos muchos mensajes, por lo general en la noche cuando estoy de vuelta en mi habitación. Y nos vemos de vez en cuando para sexo casual, lo cual he disfrutado, pero supongo que ambos sabemos que no va a llegar a nada más allá de eso, y esa es la belleza de nosotros. Al menos eso funciona para mí porque de ninguna manera estoy dispuesto, listo o buscando una relación seria. Y ella parece estar más que de acuerdo con nuestro arreglo.

Pero ha estado tan callada que ha logrado inquietarme.

Incluso después de tomar una ducha caliente y larga, todavía no hay noticias de Noelle. Me sirvo un trago de vodka y agarro un libro que comencé a leer hace un par de días. Aaron insistió en que tomara un libro de la biblioteca, y lo estoy disfrutando, pero soy un lector muy lento. Mi mente se distrae con facilidad si leo una palabra o frase que me recuerda a otra cosa, pero me ayuda a relajarme después de un largo día.

Unas páginas más tarde, alguien llama a mi puerta. Pero sé que es Annette por los tres golpes rápidos, una pausa y un golpe al final. Eso significa que debo apresurarme. Creamos un código para tocar la puerta y evitar quedarnos demasiado tiempo esperando en el pasillo. Solo somos amigos, y es mejor no dar a la gente ideas erróneas. Lo último que necesitamos es que se propague algún chisme.

—Hola —digo, abriendo la puerta lo suficiente para que entre. El cabello de Annette está suelto y sus ojos están enrojecidos y vidriosos. Ha estado llorando—. ¿Qué pasa?

Un momento después, ella me rodea la cintura con sus brazos y solloza contra mi pecho. La sostengo fuerte contra mí, y estoy seguro de que algo ha pasado con el bastardo, pero dejaré que llore hasta que esté lista para hablar, si es lo que quiere.

—Lo odio —dice entre sollozos ahogados—. *Connard*.

—¿Por qué es un imbécil? ¿Qué hizo esta vez? —Suelto el abrazo y la sostengo a un brazo de distancia. Ayuda si puedo ver su rostro mientras habla. Leer los gestos de las personas hace la mitad de la conversación.

—Haría cualquier cosa por él —dice, moviendo una mano a su rostro crispado para ocultar la evidente vergüenza detrás de él—. He sacrificado tanto. Mis reglas, mis límites, mi código moral. Y ahora que al fin tenemos un poco más de libertad para estar juntos, él sigue lastimándome, mintiéndome. Y sigo perdonándolo porque lo amo, Caleb. Estoy tan estúpidamente enamorada de este hombre.

—¿El bastardo está casado? —me atrevo a preguntar. Annette toma una respiración profunda y se sienta en el borde de mi cama, dejando caer la cabeza por unos segundos—. No voy a juzgarte. Solo quiero entender qué está pasando.

—Lo sé. Sé que puedo confiar en ti. —Pasa una mano por su largo cabello rubio para apartarlo de su rostro. Sus cejas se fruncen mientras levanta sus ojos tristes para encontrarse con los míos—. Lo estaba cuando comenzamos a vernos. Pero ahora su esposa está… maldición. —Annette deja caer el rostro en sus manos y lo sacude despacio.

—¿Es viudo?

Creo que sé por dónde va esto. Y ya puedo sentir mi cuello calentándose porque si esto es lo que me imagino, podría perder el control. Me importa demasiado Annette como para estar de acuerdo con que «ese hombre» sea responsable de su miseria.

Annette aprieta los labios, asiente varias veces y comienza a llorar de nuevo. Una confirmación silenciosa de mis sospechas.

—El agente Lewis me envió un mensaje hace un rato —dice entre jadeos—. Llegaron hace unas horas de Lyon, y Lewis y yo… somos amigos desde hace tiempo, así que sabe sobre nosotros y me reportó que él estaba con otra mujer allí. Que todo fue manejado de manera muy discreta, como de costumbre. Pero confirmó el hecho.

—Mierda —murmuro—. ¿El embajador Murphy?

—¡Shhh! —Se pone de pie y coloca un dedo en mis labios—. No digas su nombre. —Mira alrededor de mi habitación, luciendo perturbada y paranoica—. Le gusta mantenerme vigilada muy de cerca, y nunca se sabe quién está escuchando.

Agarro la botella de vodka, lleno mi vaso y me lo tomo de un trago. Luego, lleno un segundo vasito y se lo paso a Annette porque se ve que lo necesita. De inmediato inclina la cabeza hacia atrás y se bebe el trago en un segundo. Tomo el vaso vacío de sus manos y lo pongo de vuelta en mi mesita de noche.

El embajador James Murphy es el bastardo. Debería haberlo imaginado. Annette seguía insinuándolo, pero nunca quise verlo. Ella es mucho más joven que él, y temo que pueda haber un abuso de poder en juego en su complicada relación. Se está volviendo más difícil respetar a este hombre.

—Estoy agotada —dice Annette, dejándose caer en la cama—. No sé cómo seguir con esto. No puedo decirle que lo sé porque incriminaría a sus agentes. Sabrá que alguien lo delató. Y todos los agentes que viajaron con él a Lyon se meterían en problemas por esto. Le prometí a Lewis que no le diría nada.

—¡Entonces no lo hagas! —grito, incapaz de contener mi enojo—. Solo acaba con esto. No merece una explicación.

—Ojalá fuera tan fácil.

—Deja de someterte a esta mierda —replico—. Mereces algo mucho mejor. Mereces a alguien que te respete y te trate bien.

—Con este trabajo mantengo a mi familia —dice Annette, con lágrimas deslizándose por sus mejillas sonrojadas—. No será fácil encontrar otro trabajo que siquiera se acerque a igualar mi salario aquí.

—Así que en pocas palabras eres su...

—¿*Putain*?

—No. Mierda. Lo siento —digo, tratando de calmarme—. Odio sentir que se está aprovechando de ti.

—Soy una adulta, Caleb. Siempre he sabido en lo que me estaba metiendo. No creas ni por un segundo que soy inocente en esto. Soy la villana. O lo fui, en todo caso. —Mira hacia otro lado, y un sollozo casi la ahoga—. Cuando ella murió, cuando María murió... —Annette cierra los ojos como si quisiera olvidar las decisiones que tomó en el pasado y que la llevaron a este momento—. Me destruyó. También lo destruyó a él. Pero amarlo me ayudó a recuperarme. Y esperaba que nuestro amor nos permitiera lidiar con la culpa. Pero ahora él es el que me está destrozando. Y le estoy permitiendo hacerlo. Es que no sé cómo dejar de amarlo.

—No tienes que dejar de amarlo —digo enseguida—. Solo necesitas terminar con él, y con el tiempo, saldrás adelante.

Annette me mira, con los ojos oscuros y cargados de evidente desamor.

—La muerte de María destrozó a James hasta el punto de que se ha vuelto incapaz de amar de nuevo. O la amaba más de lo que se daba cuenta o no la amaba en absoluto. Lo cual dudo. Pero ahora, tiene que cargar con la responsabilidad de saber que… —Se aclara la garganta—. No me queda más que rezarle a Dios para que me dé la fuerza para evitar los errores que María cometió con respecto a él.

En definitiva, hay algo que no me está diciendo, pero ahora no es el mejor momento para orillarla a hablar. Debo centrarme en lo que es importante en este momento.

—Sobrevivirás a esto —le aseguro—. Será doloroso al principio, pero eres una de las mujeres más fuertes que conozco. Y se te hará más difícil irte cuanto más tiempo te quedes.

Annette resopla, y una triste sonrisa se asoma en sus labios. Extiende su mano y acaricia mi mejilla. Me inclino hacia el calor de su mano.

—Tienes tan solo veinticuatro años, *garçon* —murmura—. Pero el hombre en el que te convertirás… *Merde*, ojalá pudiera presenciarlo.

Su mano se desliza alrededor de mi cuello y me acerca para besarme. Puedo sentir sus lágrimas mojando mi cara, y me aparto de inmediato. Por más que sé que es una completa estupidez rechazar a una mujer como Annette, sé que no está emocionalmente estable. No se siente correcto permitir esto.

—Solo esta vez —dice, sus labios rozando la esquina de los míos.

—Eso fue lo que dijimos la primera vez, y hemos estado bien hasta ahora —le recuerdo. Nuestra amistad está en juego, y no voy a mentir diciendo que no he llegado a sentir algo más profundo o significativo por ella. Suficiente como para pensar dos veces antes de estropear las cosas entre nosotros.

Ella me mira a los ojos, inmóvil. Mientras evaluamos la situación en silencio, mi teléfono suena en mi mesita de noche. Y sé que es Noelle.

Annette se aparta. —Si necesitas atender eso…

—No, está bien —respondo con voz ronca—. Es solo un mensaje de texto.

Puedo sentir la tensión de querer leerlo, y me odio por no poder mantenerme del todo presente con Annette. Quiero saber si Noelle está bien ya que no he sabido nada de ella en varios días.

Se levanta, agarra mi teléfono y lo coloca en mi mano.

—Tu cara me dice todo lo que necesito saber, *garçon*. Léelo.

Suelto una risa y desbloqueo mi teléfono para leer el maldito mensaje.

Noelle: Siento haber estado desaparecida. Debería haberte escrito antes. Lucas y yo hemos formalizado nuestra relación. Me hubiera gustado decírtelo en persona.

Mi ego está recibiendo una paliza. No debería importarme, pero de alguna manera, lo hace.

Creo.

Dejando mi teléfono de lado, me acerco a Annette y la jalo contra mí. Mis labios chocan con los suyos. Respiraciones entrecortadas, pechos agitados, lenguas colisionando, y pienso para mí mismo: un beso nunca lastimó a nadie. Pero por la forma en que ella me está besando de vuelta, supongo que esto no termina aquí. Ella quiere más, y yo también.

—Necesito esto, Caleb —susurra contra mis labios.

—Esta es la *última* vez —le digo, desabotonando su blusa de seda. Y esta vez, lo digo en serio. Ambos nos estamos permitiendo entrar en esta burbuja temporal de una realidad alterna para satisfacer nuestras necesidades más urgentes. Pero me relaja saber lo transaccional que puede ser Annette para este tipo de interacciones.

Una suave risa escapa de sus labios.

—Por supuesto que lo es.

Empujo el encaje de su sostén hacia un lado y me inclino para capturar su pezón con mi boca. Ella echa la cabeza hacia atrás con un gemido.

—Y tenemos que ser muy silenciosos, *fille* —le recuerdo—. Igual que la vez pasada.

—Lo sé, *garçon*.

2008

CAPÍTULO 21

El exterminador malhumorado de pervertidos

4 de septiembre de 2008

HOY SALIMOS hacia Deauville, Francia. El Embajador asistirá al Festival de Cine Americano de Deauville, y esta es la primera vez que Rojita lo acompañará. Su primer día de clases en la universidad es el próximo lunes, así que apenas alcanzó a asistir al festival este año. Nunca pudo hacerlo en el pasado.

Deauville está a dos horas y media en coche, así que hoy manejaremos hasta allí ya que la inauguración del festival es mañana. Pero Aaron está en Tel Aviv, así que seguiré a cargo de la seguridad de Rojita durante el fin de semana sin él. Pero no seremos ella y yo nada más. Habrá muchos agentes del SSD en este viaje de todos modos.

El padre de Aaron volvió a escaparse de su casa, y cuando lo encontraron, tenía una muñeca rota y las rodillas muy magulladas. Al parecer, tropezó y cayó, según una mujer que lo ayudó cuando esto ocurrió. Ella fue quien lo llevó a urgencias, donde pudieron contactar a su familia. Ahora está de vuelta en casa, pero Aaron voló a Israel hace unos días tan pronto como se enteró de este incidente. Me alegra que al fin se haya tomado el tiempo para ir.

A veces me pregunto si debería haber ido con él para mostrar mi apoyo. La familia de Aaron es en esencia parte de la nuestra, y sé que me vendría bien ver a mis padres. Pero conociendo a Aaron, estoy seguro de que habría rechazado que lo acompañara. Quizás se sienta más tranquilo sabiendo que me quedé para cuidar de Rojita también. No es que este lugar no esté lleno de agentes capaces que nos habrían cubierto sin problema.

Y hablando de agentes, algunos de ellos están en el estacionamiento y tienen las camionetas negras listas para el viaje. Estoy esperando a que Rojita salga, y todavía no estoy seguro de quién va a viajar con quién a Deauville. Todo lo que sé es que estaré en el vehículo que le asignen a Rojita esta mañana.

No puedo evitar ponerme un poco tenso cada vez que estamos cerca del embajador Murphy. El aire se siente más denso, el protocolo se vuelve rígido y molesto, y Rojita vuelve a ser la señorita Murphy.

—Buenos días, Caleb —me dice Scott, uno de los agentes, con una sonrisa. Lo saludo con un firme apretón de manos. Me cae bien. Es un año mayor que yo, así que siempre hemos hecho buenas migas—. Estoy asignado a la señorita Murphy este fin de semana para cubrir a Aaron. Así que estaba pensando que podría conducir el coche hasta Deauville si te parece bien.

—Suena bien.

La puerta principal de la residencia se abre un momento después, y Annette es la primera en salir, seguida por algunos miembros del personal de la casa que llevan el equipaje. El embajador Murphy sale después y baja las escaleras con un aire de elegancia mientras revisa su teléfono.

Este hombre es un hijo de puta bien parecido.

Su cabello también es castaño rojizo, pero en un tono más oscuro que el de Rojita. Está mezclado con algunas canas aquí y allá. Le da un aspecto sofisticado.

No culpo a Annette por enamorarse de él.

De última, Rojita sale de la residencia, y el parecido con su padre es asombroso. Pero nunca he visto una foto de su madre, así que tal vez también se parezca a ella. Lleva una camisa blanca abotonada fajada en un par de jeans azules clásicos, un cinturón negro y un pañuelo de seda en el cuello que la hace lucir elegante, sencilla y francesa. Y mayor. La jovencita que conocí hace tres años quedó en el pasado. Y he visto cómo París ha influido en su estilo en los últimos meses. No es que sepa mucho sobre esos asuntos. Todo lo que sé es que se ve más como las chicas que veo caminando por la ciudad todos los días.

Este estilo parisino le queda bien. Demasiado bien.

Annette se para frente a mí, sacándome del trance en el que me encontraba.

—Hola, *garçon* —susurra con una sonrisa, inclinándose un poco. Parece feliz. Pero lidiar con su relación con el embajador Murphy ha sido difícil para ella, así que es agradable verla sonreír después de verla llorar por las noches en mi habitación cada vez que pasaba algo terrible con el bastardo.

El momento en que trató de terminar la relación, el embajador Murphy se puso como loco, o eso me dijo ella. Quería mantenerla solo para él mientras se daba el lujo de tener sus amoríos en secreto, el muy cabrón. Le tomó más de unos largos y dolorosos meses de terminar y volver para al fin terminar hace un par de meses. Y siendo la profesional que es, ha logrado separar los negocios del placer y mantener su trabajo.

El hecho de que todavía pueda trabajar aquí me dice que el embajador Murphy no ha terminado con ella a nivel personal, además de ser un miembro indispensable de su personal. Y es probable que ella lo sepa y lo use a su favor.

—Tú y el agente Scott llevarán al embajador y a la señorita Murphy en el primer vehículo —dice, señalándolo mientras el staff termina de subir el equipaje en el maletero—. Y yo viajaré con el resto del personal en el siguiente vehículo con el agente Lewis y el agente Martínez. Los demás agentes ya están en Deauville preparando el hotel.

Rojita está parada a lo lejos cerca de la camioneta. Me saluda con una sonrisa, y casi me derrite. No sé qué me pasa hoy, pero su presencia está revolviendo toda esta mierda extraña dentro de mí, y no sé qué hacer con ello.

Sonrío con discreción, tratando de no parecer un cachorro recién adoptado, y asiento de vuelta. Rojita y yo compartimos una mirada de complicidad durante unos segundos antes de que ella se vuelva torpemente y reajuste la correa de su bolso en su hombro.

Sabemos que no podemos ser nosotros mismos cuando toda la

corte celestial está presente entre nosotros. Comportarse es necesario porque nos encanta ser traviesos y llamarnos por nuestros nombres, hablar como amigos, bromear y compartir historias personales tanto divertidas como tristes.

El mejor trabajo del mundo.

Todos nos dirigimos hacia los vehículos asignados cuando Annette se acerca al embajador Murphy y le entrega una carpeta con documentos antes de que él suba a la camioneta.

—Gracias, Annette —dice con su encantadora sonrisa diplomática—. ¿Vas a viajar con nosotros esta mañana?

—No, señor embajador —responde ella cortésmente—. Estoy en el siguiente coche con el resto del personal.

—Buenos días, Caleb —dice Rojita detrás de su padre. Es tan hermosa. Unos mechones de su cabello rojo le están soplando sobre la cara, y desearía poder estirarme y apartarlos detrás de su oreja, pero en su lugar, sonrío. Solo que esta vez, estoy casi seguro de que parezco un idiota.

—Buenos días, señorita Murphy.

—Te necesito en el coche conmigo, Annette —responde el embajador Murphy con el ceño fruncido y un tono frío e impersonal, revisando los documentos que Annette le entregó hace un minuto—. Es mejor si me explicas de qué va esto antes de que los firme.

—Por supuesto. Lo que necesite, señor embajador. —Ella sonríe, pero sus ojos la delatan. Está molesta con él. Por el poder que tiene sobre ella. Annette lo permite al seguir trabajando aquí; sabe que no hay manera de evitarlo, y mucho menos en público. Pero conocer su situación hace que sea mucho más difícil no querer romperle los dientes. Y aunque esté molesta, sé que en el fondo todavía lo ama, así que estoy seguro de que debe ser difícil para ella lidiar con toda esta mierda.

Los rodeo y ayudo a Rojita a subir al vehículo. Annette la sigue porque no va a decirle que no a su jefe, y luego el embajador Murphy extiende su mano para saludarme.

—Buenos días, Caleb.

—Buenos días, embajador. —Tomo su mano y la aprieto con firmeza.

—Voy a necesitar que estés extra vigilante con mi hija este fin de semana —susurra—. Habrá mucha cobertura mediática internacional y, en general, mucha gente en el evento de mañana. Aaron es el que mejor sabe cómo hacerla sentir a gusto. No quiero que se sienta abrumada con él estando fuera.

«Derechazo al mentón».

Aaron ha estado cuidando de Rojita durante años, y sé que estuvo con ella cuando su madre fue asesinada, así que sé que comparten un vínculo especial. Pero el comentario del embajador Murphy me ha sentado mal. Me dan ganas de confesarle lo bien que me llevo con su hija. Cuánto la he ayudado a sentirse mejor después de perder a su madre porque él siempre está demasiado ocupado para preocuparse o incluso darse cuenta de lo que necesita para sentirse a gusto.

Pero mantengo la boca cerrada y trago las palabras y el tonto orgullo que las acompaña.

—Por supuesto, señor embajador. —Con calma, descanso mis manos en un puño suelto frente a mí.

—Bien. —Asiente con los ojos entrecerrados llenos de sospecha, dándome un rápido vistazo de arriba abajo como si le molestara que yo cuide de su hija todo el día, pero no puede quejarse de ello porque es justo lo que quiere que haga—. No la pierdas de vista —susurra, entrando en el coche.

—Me aseguraré de ello, señor embajador.

—Habitación 325, señorita Murphy —anuncia el sonriente botones con acento francés, abriendo la puerta de su habitación y llevando su maleta adentro. Le entrega la tarjeta de la habitación mientras Scott y yo nos mantenemos a una distancia segura.

—Muchas gracias. — Ella deja su bolso en una silla de terciopelo azul. Su habitación tiene un papel tapiz azul celeste ornamentado, lo que hace que el diseño interior luzca con un estilo francés muy tradicional.

—¿Necesita algo más, *mademoiselle*? —pregunta el botones, sosteniendo la puerta.

—Estoy bien, gracias —responde Rojita con un tono cálido y

amable. Se está aproximando a la puerta, pero el botones la cierra en su cara, sin darse cuenta de que se estaba acercando. Unos segundos después, ella abre la puerta un poco, asomando la cabeza cómicamente—. Eh… —Mira hacia abajo por un segundo y se ríe; sus mejillas sonrojadas adquieren un tono melocotón delicioso—. Quería decirles que quedé con mi padre para almorzar en el restaurante en veinte minutos. Voy a instalarme aquí, y los veré en un rato, ¿de acuerdo?

—Por supuesto, señorita Murphy —respondo, reprimiendo una sonrisa. Scott es genial, pero está de mal tercio. Es posible que estuviera parado afuera de su cuarto en este momento, platicando y riéndome con ella, si estuviéramos solo nosotros dos, como ha sido en los últimos días desde que Aaron salió del país.

En París, el embajador confió en mí para cuidar de su hija, así que la he estado llevando en coche sin que otro agente nos acompañe. Pero ahora que estamos fuera de la ciudad, y en un evento tan grande, no quiere arriesgarse. Y lo entiendo. Pero también podría haber manejado su seguridad yo solo este fin de semana.

—¿Están en mi piso?

—En el 324, señorita —responde Scott con un tono profundo, sus labios curvándose en una pequeña sonrisa.

—Oh. —Ella mira por encima de mi hombro hacia la puerta detrás de mí, una sonrisa nerviosa temblando en sus labios—. Entonces somos vecinos. —Mira su mano sosteniendo la puerta abierta y se lame el labio inferior. ¿Lo siente también? ¿La incomodidad de tener a Scott con nosotros cuando estamos tan acostumbrados a ser nosotros mismos sin tanto protocolo todo el tiempo?

Estoy seguro de que sí.

Rojita sacude la cabeza una vez como si intentara alejar sus pensamientos.

Los veré en un rato. —Cierra la puerta, y Scott se ofrece a recuperar nuestro equipaje de la camioneta para que yo pueda quedarme vigilando afuera de la habitación de Rojita.

Asiento y le doy las gracias. Cuando Scott se aleja, mi teléfono suena.

Rojita: Scott apesta.

Lo sabía. Le sonrío a mi pantalla del celular.

Yo: ¿Está siendo cruel, señorita Murphy?
Rojita: Me cae bien, pero ya sabes a qué me refiero.
Yo: Sé muy bien a qué te refieres.
Rojita: Aaron es mejor compinche. Lo extraño.
Yo: Yo no.

Mierda. Bueno, tal vez no debería haber dicho eso, pero al diablo. Es la verdad. Aaron es mi hermano, pero he disfrutado tener a Rojita para mí solo estos últimos días. Y me gustaría que ella lo supiera, aunque sea un comportamiento poco profesional. Aun así, siento que hay muchas cosas que podría decirle hoy, y no lo haré, así que al menos sé que no estoy siendo tan inapropiado como podría serlo.

Mentalmente me doy una palmadita en la espalda por ello.

Un par de minutos después de estar mirando mi pantalla, ella responde.

Rojita: ¿Está siendo cruel, agente Cohen?
Yo: Nah. Aaron es el cruel. Yo soy el de mal genio. Es importante ser preciso.
Rojita: ¿Tú? ¿De mal genio? ¡Ja! Estoy segura de que ese hombre en la heladería a la que fuimos hace dos días deseó no haber nacido.
Yo: En mi defensa, ese pervertido te estaba mirando a ti y a tus amigas de una manera que si no hubiera dicho nada para hacer que se detuviera y tu padre hubiera estado allí para presenciarlo, me habrían despedido por incompetencia.

Se escucha una risa amortiguada detrás de la puerta de Rojita, haciendo que mi mandíbula duela de tanto sonreír. La necesidad de tocar su puerta y continuar con esta conversación cara a cara late por mis venas con intensidad. Es real. Tan real que sé que es mejor ignorarlo.

Rojita: ¿Acabas de decir la palabra con D?

Yo: Lo hice. Así que déjame hacer mi trabajo en paz si no quieres que me despidan. Sabes que no puedes vivir sin mí.
Rojita: Sin duda entraría en pánico si te fueras.
Yo: Nada de pánico aquí. Estás atrapada conmigo y mi mal genio para siempre.

Estamos bromeando, pero es difícil para mí hablar sobre irme algún día porque el mandato del embajador en París está llegando a su fin, y esa es una conversación que Rojita y yo no hemos tenido.

Del mismo modo, Aaron y yo no hemos sido informados sobre el próximo movimiento del embajador y si estamos incluidos o no en esos planes. Así que sí, es muy probable que entraría en pánico si me pidieran que me fuera después de que termine su mandato en París.

Es mejor no pensar en esto ahora mismo. Cruzaremos ese puente cuando lleguemos a él.

Rojita: Cecile dijo que eres un exterminador de pervertidos.
Rojita: Y yo digo que eres un exterminador malhumorado de pervertidos. Es importante ser preciso.

Es mi turno de reír. Y mientras exhalo un suspiro para recomponerme, Scott sale del ascensor rodando nuestras maletas y acercándose con velocidad.

Yo: Eso suena bastante preciso.
Yo: El aguafiestas ha vuelto. Te dejaré instalarte. Estaremos cruzando el pasillo si necesitas algo.
Rojita: Gracias. Nos vemos en un rato.

CAPÍTULO 22

Una llave de estrangulamiento

5 de septiembre de 2008

ACABAMOS DE VOLVER de explorar el pueblo hace unos minutos. Rojita quería tomar fotos, por supuesto. Dijo que la arquitectura de Deauville le recuerda a la de Berna. Así que, como es de esperar, se sintió inspirada para fotografiar el pueblo. Incluso caminamos por las cabinas de baño del paseo marítimo que conmemoran a celebridades poniendo sus nombres en las barreras que separan cada habitación.

Rojita pudo reconocer solo unos cuantos nombres de los famosos que se muestran allí, la mayoría de ellos de películas populares de finales de los 90. No me sorprendió, sin embargo, dado que está inmersa en sus libros y no se le permite ir al cine, otra decisión sin sentido de parte de su padre. Pero al menos podrá ver una película hoy, así que debe estar emocionada por eso. Sé que lo está deseando.

Rojita está en su habitación descansando antes del evento de inauguración del Festival de Cine Americano que comienza en unas horas, y yo me encuentro de pie afuera de su puerta. Scott y yo nos turnamos para poder comer. El embajador Murphy quiere que vigilemos su habitación las veinticuatro horas del día, los siete días de la semana. Así es como se comporta su paranoia exacerbada cuando estamos lejos de la fortaleza que es la residencia en París.

El ascensor suena a lo lejos, y Annette sale de él con un joven que lleva una pequeña maleta negra detrás de él. Tiene el cabello rubio platino hasta los hombros y unas gruesas gafas de acetato de carey. Ambos caminan hacia nosotros mientras conversan.

—Hola, *garçon*. —Annette sonríe cuando se acercan a nosotros—.

Él es Christophe. Christophe, este es Caleb.

—Encantado… *garçon* —dice con una sonrisa, mirándome de pies a cabeza y ofreciéndome su mano. Annette se ríe por lo bajo. Sacudo la cabeza, incapaz de contener una sonrisa, y tomo su mano para saludarlo.

—Christophe está aquí para peinar y maquillar a la señorita Murphy.

—Suena bien. Solo necesito revisar su maleta —le informo a Christophe.

—Los chicos ya lo revisaron abajo —dice Annette, tocando la puerta de Rojita.

—Aun así, me gustaría echarle un vistazo.

—Por supuesto. —Christophe desliza la maleta hacia mí—. Lo que necesites.

Rojita abre la puerta.

—Hola, ¿qué pasa? —Parece confundida mientras nos mira a los tres. Su cabello está húmedo, como si acabara de salir de la ducha, y lleva leggings con una sudadera con capucha holgada. Se ve tan linda y cómoda que me dan ganas de acurrucarme y ver películas con ella el resto del día.

«En tus malditos sueños».

—*Bonjour*, señorita Murphy —canta Annette—. Este es Christophe, y está aquí para arreglarla para el evento.

—Eh… encantada de conocerte, Christophe. —Rojita abre los ojos y parece que podría entrar en pánico.

—Encantado, señorita Murphy. —Christophe sonríe y le estrecha la mano.

—Yo… puedo arreglarme sola, Annette. —Las mejillas de Rojita se sonrojan por la evidente vergüenza—. Lamento mucho haberte hecho venir hasta aquí.

—¿Estás segura? —pregunta Annette—. Tal vez él pueda secarte el cabello. Algo simple. Lo que te haga sentir cómoda.

—Oh. Supongo que eso podría funcionar. Sí, está bien. Por favor, pasa.

Reviso la maleta de Christophe, y está llena de productos para el cabello y maquillaje, así que lo dejo pasar. Annette entra después.

Scott llega veinte minutos más tarde y me releva, así que bajo a buscar algo de comer.

A mi regreso, me encuentro con Christophe y Annette cuando las puertas del ascensor se abren en mi piso.

—¿Todo listo? —pregunto.

—Todo listo —repite Annette—. Vendré a buscar a la señorita Murphy en unos treinta minutos. El embajador ya está en el lugar, así que me pidió que la escoltara al evento.

—Suena bien. Un placer conocerte, Christophe. —Asiento mientras entran al ascensor.

—El placer es mío.

El chico me guiña un ojo un segundo antes de que las puertas del ascensor se cierren frente a mí, y no puedo evitar resoplar mientras camino de regreso a mi puesto donde Scott está de pie junto a la puerta de Rojita, como si fuera una estatua. Hago una parada rápida para cepillarme los dientes y vuelvo a salir para charlar con él mientras esperamos a que Rojita esté lista.

Treinta minutos después, Annette aparece para escoltar a Rojita al evento, que se llevará a cabo en el Centro Internacional de Deauville justo frente al hotel, así que todos vamos a caminar hasta allí.

—Se ve genial, señorita LeRoux —dice Scott a Annette, relajándose un poco de su habitual seriedad.

—*Merci* —responde Annette, mirando por encima del hombro hacia él con una sonrisa traviesa. Luego su mirada se dirige hacia mí, como si se preguntara si tengo algo que decir. Pero somos amigos, y ella sabe lo que pienso de ella. Y no voy a lanzarle cumplidos frente a Scott.

Annette lleva un simple vestido negro de manga larga que muestra la cantidad perfecta de escote. Cae justo por debajo de sus rodillas y abraza sus curvas femeninas en todos los lugares correctos. Su cabello rubio está recogido en un moño suelto, y sus labios son de un rojo intenso. Se ve sofisticada y sexy como el infierno. Y lo sabe.

Scott está babeando por ella. Y no lo culpo, pero es mejor que deje en paz a la ex de su jefe. Estoy seguro de que al embajador no le gustaría que la mirara como un perro a un trozo de carne fresca. Y tampoco le gustaría saber que me la tiré. Dos veces. Pero mi jefe no es un santo, y no me arrepiento de nada.

Annette toca la puerta de Rojita y de inmediato ella la abre lo suficiente para que Annette entre. Unos minutos después, ambas salen de la habitación, y puedo sentir mi corazón latiendo con fuerza en mi pecho al ver a Rojita.

—Lamento haberlos hecho esperar aquí un rato —dice con una sonrisa tímida. Ella no tiene ni idea de lo perfecta que es. Lleva un vestido cruzado de manga larga color marfil en una tela sedosa y fluida que la hace lucir como una diosa griega etérea pero moderna. Sus largas y tonificadas piernas están a la vista desde la mitad del muslo hasta sus delicados tobillos. El vestido es lo suficientemente corto como para incomodarme, y sé que estoy listo para morir justo ahora.

Su cabello se ve diferente. Lo lleva suelto, como de costumbre, pero cae en ondas suaves por su espalda, haciéndome desear poder pasar mis dedos por él.

La realización de que solo podré admirar la belleza de Rojita desde la distancia golpea mi realidad con violencia.

Paso saliva para mantener la compostura.

—No necesita disculparse, señorita.

Ella me mira de reojo, y sus labios brillantes de color albaricoque se curvan en la sonrisa más dulce. Desearía poder decirle lo hermosa que se ve mientras guarda su tarjeta del cuarto en su bolso dorado.

Annette aplaude una vez y dice:

—Deberíamos irnos.

Rojita asiente y camina hacia el ascensor con Annette a su derecha.

Scott y yo las seguimos mientras el familiar aroma dulce y cítrico de su perfume deja una estela, pero de alguna manera esta vez, me tiene en una llave de estrangulamiento.

Que me jodan.

Las últimas trazas de la niña que solía ser han desaparecido por completo.

Rojita ha florecido en la joven más hermosa que he visto justo ante mis ojos, y hoy es el día en que me percato de este hecho innegable.

No es que pueda hacer algo con estos sentimientos que palpitan en mi pecho y revolotean en mi estómago. Pero hay una cosa que puedo hacer, y es evitar pasarme de la raya para mantener mi trabajo el mayor tiempo posible. Esa es la única manera en que podré quedarme en su órbita, y eso es lo que pretendo hacer porque sé que puedo cuidarla de la manera en que necesita ser cuidada sin hacerla sentir asfixiada o insegura.

—Está buenísima —susurra Scott mientras caminamos detrás de Rojita y Annette hacia el centro de convenciones.

—¿Perdón? —respondo, obligándome a salir de mi cabeza. Estaba inmerso en mis pensamientos y concentrado en Rojita y en todos a su alrededor, como suelo hacer cuando la seguimos a pie. Pero lo escuché bien.

—Ambas están buenísimas —dice, inclinándose más cerca—, pero no tengo problema en imaginar las piernas de la señorita Murphy envueltas alrededor de mi cintura o su boca alrededor de mi…

—Cállate la puta boca —le respondo, mirándolo con una expresión de por favor-atrévete-a-terminar-esa-maldita-frase.

Scott sonríe y levanta un poco las manos como si intentara calmar la tensión entre nosotros, pero falla miserablemente.

—¿Te gusta la chica o qué? —Me da una palmada casual en el brazo con el dorso de la mano, lo cual no hace nada para calmar mi molestia porque no está equivocado.

Levantando la vista, me doy cuenta de que solo tomó unos segundos de distracción para perder de vista a las chicas entre la multitud.

—Mierda —murmura Scott, percatándose de lo mismo—. ¿Lo reporto? Tal vez alguien más las tenga a la vista.

—No. Espera. —Acelero el paso y escaneo el mar de personas que llegan al evento mientras se agolpan en la entrada principal. Lo último que necesito es que su padre piense que soy incompetente sin Aaron.

Las palabras del embajador Murphy resuenan en mi cabeza. «No la pierdas de vista».

Es oficial: las hemos perdido, y me siento como un imbécil.

Después de unos exasperantes minutos chocando con la gente mientras intentamos adelantarnos, distingo a lo lejos una larga melena ondulada y rojiza.

Dejo escapar un suspiro profundo, sintiéndome aliviado al verla.

—Voy a tomar eso como un sí —dice Scott con una risa.

Lo fulmino con la mirada de reojo. Estoy harto de esta conversación.

—Tranquilo, hombre. No es como si fuera a hacer algo al respecto.

Como si yo permitiera que se acercara a ella.

Sobre mi cadáver.

CAPÍTULO 23

Engreído bien parecido hijo de puta

6 de septiembre de 2008

—¿*CÓMO ESTÁ MI HIJA?* —dice el embajador Murphy en un pánico sutil, pasando una mano preocupada por su cabello—. ¿Está en su habitación?

Todos estamos preocupados. Al menos sé que yo también lo estoy.

Rojita se despertó temprano en la mañana sintiéndose mal y vomitando. Aún no sabemos qué es lo que lo está causando, pero he estado parado afuera de su puerta desde el momento en que Annette me informó de esto, esperando poder entrar en lugar de mirar su puerta como un inútil.

—Está adentro con la señorita LeRoux, señor embajador —responde Scott—. Un médico vino a verla y se fue hace unos treinta minutos, pero no nos informaron sobre un diagnóstico.

El embajador Murphy agradece a Scott por la información y llama a la puerta.

—¿Puedo entrar? —pregunta desesperado cuando Annette la abre. Ella asiente y abre la puerta lo suficiente para que él entre. Con los labios apretados, hace contacto visual conmigo por un par de segundos, y luego cierra la puerta detrás de ella. Me dan ganas de derribarla y entrar para ver a Rojita yo mismo. No soporto la incertidumbre.

Todo lo que hago es suspirar y caminar de un lado al otro por el pasillo. Scott no emite sonido alguno. Está en modo estatua mirando la puerta de Rojita.

Bien.

Unos veinte minutos después, el embajador Murphy sale con Annette y se dirige a nosotros.

—Necesito que lleven a mi hija de vuelta a casa de inmediato —ordena—. He hablado con nuestro médico en París, y él piensa que es una intoxicación. Pero me sentiría más tranquilo si él pudiera verla. Y también creo que sería mejor que se recupere en casa. Estoy seguro de que fueron las malditas ostras que comimos ayer en el almuerzo.

Mi necesidad de hacer más preguntas se siente casi insoportable dentro de mi pecho, pero necesito mantener un semblante serio. No puedo permitir que el embajador Murphy note cuánto me importa ella.

—Voy a empacar mis cosas —dice Annette—, y luego volveré para ayudar a la señorita Murphy a prepararse para que nos vayamos. Dejó de vomitar después de que el médico le administró la inyección. Con suerte, estará estable durante el viaje de regreso.

—Te quedarás en Deauville, señorita LeRoux —dice el embajador Murphy con un aire de indiferencia, sacando su teléfono del bolsillo interior de su saco después de que sonó dos veces.

—Pero... —comienza a decir Annette, pero el embajador la interrumpe de inmediato.

—Por favor, ayúdala a empacar. —Su tono es más duro esta vez—. Te necesito aquí para el resto del evento.

«Imbécil».

El abuso de poder no es la mejor técnica para convencer a tu ex de volver contigo, pero qué sé yo. Y eso es justo lo que el embajador quiere. Annette me envió un mensaje de texto anoche después del evento para decirme que él le estaba rogando por volver. Supongo que ve esto como su oportunidad de tener un tiempo a solas con ella para lograrlo.

Puede que Annette esté teniendo problemas para lidiar con sus emociones. No sentí que estuviera muy segura de rechazarlo. Es como si estuviera pidiendo mi bendición para intentarlo de nuevo, pero nunca bendeciría esa relación. Él la hace sentir como una basura, y me importa demasiado Annette como para ignorar el pasado.

—Por supuesto, señor embajador. Entonces, prepararé las cosas de la señorita Murphy —dice con un suspiro, entrando de nuevo en su habitación después de pasar la tarjeta por el lector.

—Caleb, te quedarás en París con mi hija. —Sus cejas se fruncen un poco—. Scott, regresarás mañana a primera hora para llevarnos, a la señorita LeRoux y a mí, de vuelta a París.

—Por supuesto, señor embajador —respondemos al unísono.

—Necesito atender esta llamada —dice, mirando su teléfono—, pero los veré abajo en el vestíbulo tan pronto como estén listos.

Se aleja y desaparece dentro de uno de los ascensores, llevándose su nube oscura y tormentosa con él.

La vibra siempre mejora cuando ese idiota se va.

—Odio esto —murmura Rojita mientras nos dirigimos al vestíbulo. Deja caer su cabeza contra mi brazo, y la acerco más hacia mí tomándola por la cintura para ayudarla a caminar los últimos pasos hacia el vehículo. Es la primera vez que la veo tan enferma. Desde que empecé a trabajar aquí hace tres años, se ha resfriado a lo mucho dos veces; no se enferma a menudo.

—Ya casi llegamos. —Desearía haberla podido cargar en mis brazos y traerla hasta aquí.

—Lamento no poder acompañarla de vuelta a París, señorita Murphy —dice Annette, disculpándose con un tono genuino.

—No te preocupes, Annette. —Sus labios se curvan en una pequeña sonrisa—. No creo que mi padre sepa cómo funcionar sin ti.

Un momento de silencio se mantiene en el aire.

—Oh, tonterías. —Annette se aclara la garganta con un toque de nerviosismo.

Scott está al volante con el motor encendido mientras un botones carga el maletero con el equipaje de Rojita. Ayudo a Rojita a subir al vehículo y cierro la puerta detrás de ella.

—*Garçon* —susurra Annette detrás de mí. Sus ojos parecen vidriosos, y sé que debo elegir mis próximas palabras con cuidado. No querría hacerla llorar en este momento, pero tampoco puedo irme sin decir lo que pienso.

—Quedarse es opcional —le recuerdo, mi voz apenas audible—. Si ese imbécil te hace sentir incómoda, siempre puedes…

—Caleb… por favor. —Levanta una mano frente a ella—. Él está a cargo aquí, no yo. —Su mirada cae al suelo—. Siempre lo ha estado.

Ella suspira.

—Tú… quieres quedarte —digo, percatándome de ello. No me importa si quiere quedarse o no, pero sé cómo termina esta historia: con Annette llorando inconsolable en mi habitación hasta que se desploma de agotamiento o hasta que salga el sol al día siguiente. Lo que pase primero.

—Por favor, no me juzgues, *garçon*. —Su voz es casi una súplica.

—No te estoy juzgando —respondo con voz ronca. Ella me mira de una manera que no entiendo. Es casi como si quisiera que la salvara del estúpido deseo que aflige su corazón. Pero ella es la única que puede terminar con su miseria. No yo.

«Esto no es tu problema», me recuerdo a mí mismo.

—Cuídate, ¿de acuerdo?

Ella asiente.

—Y cuida de ella. —Inclina su cabeza con elegancia hacia la camioneta y me abraza después; el gesto es suave pero cálido. La abrazo de vuelta—. Envíame un mensaje cuando lleguen a Par…

—¡Señorita LeRoux! —la voz del embajador Murphy resuena a lo lejos, interrumpiéndola antes de que pueda terminar la frase.

Annette presiona sus labios con una triste sonrisa y aprieta mis brazos antes de dejar caer sus manos a su lado. Mira por encima de su hombro para verlo marchando hacia nosotros. Doy un paso cuidadoso hacia el lado y adopto de nuevo mi postura de guardaespaldas.

—Quiero despedirme de mi hija —dice el embajador Murphy, golpeando dos veces la ventana de Rojita. Cuando se abre, se dirige a Annette—. Señorita LeRoux, la veré en la Sala de Conferencias número 2.

—Por supuesto, señor embajador.

Ella da media vuelta y se va sin volver a mirarme, y le agradezco por eso porque no es hasta que está a unos pasos de nosotros que la mirada abrasadora del embajador Murphy se posa en mi rostro. Lo veo con claridad en mi visión periférica. Está molesto por ese abrazo, claro.

Mantengo una expresión neutra y hago mi mejor esfuerzo por no cruzar mi mirada con la suya.

«Que te jodan».

—¿Nena? —Aparta su atención de mí y se asoma por la ventana. Rojita está recostada de lado, descansando, pero se incorpora con torpeza al escuchar la voz de su padre. Parece adormilada entre las preguntas de su padre sobre cómo se siente y las múltiples promesas de mantenerse en contacto hasta que regrese.

Miro hacia otro lado.

—Por favor, dile a Caleb que se siente a mi lado —la escucho decir—. Por si me mareo en el camino.

Mierda.

—Por supuesto, nena. —Casi puedo saborear la acidez que gotea de sus palabras, incluso cuando suenan dulces y melódicas al salir de su boca. Luego, se despiden y lo escucho tocar dos veces la puerta—. Scott, la ventana, por favor.

Escucho como la ventana se desliza hacia arriba detrás de mí, pero estoy comprometido a ser una estatua.

—¿Puedo confiar en ti para cuidar de mi hija? —pregunta el embajador Murphy, la pregunta sin duda viene cargada.

Me doy la vuelta y encuentro su mirada. Su rostro está casi contorsionado con… algo. Estoy seguro de que no le gustó ver a Annette abrazándome, y ahora su hija está pidiendo viajar conmigo. No es ideal.

¿Soy su persona favorita en el mundo? No.

¿Me importa? No.

Pero debería.

Debería querer ser el guardaespaldas favorito del embajador Murphy. Este trabajo es demasiado importante como para entretener esta dinámica mezquina. Él es el jefe.

—Siempre, señor embajador.

—Llámame en cuanto lleguen. —Me regala su habitual mirada incisiva de arriba abajo y se dirige de vuelta al hotel con la barbilla en alto como si fuera un maldito semidiós.

«Hijo de puta arrogante y bien parecido».

Rojita acaba de despertarse después de dormitar durante la primera hora del viaje. Oficialmente, aún queda un poco más de una hora antes de llegar a París, pero Scott va muy por encima del límite de velocidad, así que es probable que lleguemos en tiempo récord. Scott sabe que estamos a salvo de la policía y de las multas de velocidad con las placas diplomáticas.

—Hola —dice por lo bajo.

—Hola. —Sonrío y la miro mientras se lame los labios, que están un poco más pálidos de lo habitual.

—Sé que me veo fatal —dice riendo.

«Te ves hermosa».

Aprieto mis manos en un puño para recordarme a mí mismo que no debo estirar la mano y apartarle el cabello detrás de la oreja—. Ciertamente no es así, señorita Murphy. —Agarro una botella de agua y se la ofrezco—. ¿Tienes sed?

—No lo sé. —Toma la botella con vacilación—. Siento que debería hidratarme, pero me temo que no podré retenerla.

—Intenta con pequeños sorbos y ve cómo te sientes. —Agarro una pequeña cubeta de plástico que Annette empacó para nosotros y se lo muestro—. Además, trajimos esto, así que estamos listos para cualquier cosa.

—Oh, por Dios —dice riendo y escondiendo su rostro detrás de sus manos. Dejo la cubeta a un lado, sonriendo—. Recemos para que no lo necesite.

—Bueno, no me importaría si lo hicieras.

Rojita se estremece y se abraza a sí misma, dejando caer su cabeza contra el reposacabezas.

—¿Cómo te sientes? —pregunto, algo ansioso—. ¿Tienes frío?

Quiero que se sienta lo más cómoda posible.

—No, no es nada. Yo… estoy bien. —Toma un pequeño sorbo como le dije y pasa su lengua por sus labios agrietados.

—¿Puedo? —Extiendo el dorso de mi mano hacia ella. Asiente, y la coloco contra su frente.

«Maldita sea».

—Rojita, estás ardiendo de fiebre.

—Estoy bien —dice con el ceño fruncido—. Solo es una intoxicación. Ya me siento mejor que esta mañana.

«Claro».

Saco mi teléfono para enviar un mensaje a Annette, sacudo la cabeza e ignoro la narrativa de Rojita donde insiste que «estoy bien y me siento mejor». Quiero que Annette sepa que Rojita tiene fiebre y asegurarme de que el médico esté en la residencia cuando lleguemos.

—Te vendría bien dormir un poco más —murmuro, dejándome llevar por mi temperamento. Odio verla así y sentirme tan impotente, atrapado en un coche sin medicinas ni un lugar adecuado para que descanse. No hay nada que pueda hacer ahora, y eso me irrita muchísimo.

—No tengo ganas de dormir —dice desafiante. Terca hasta la médula—. Hablemos. Tenemos tiempo.

Mi boca se tuerce a un lado mientras miro a Scott por el espejo retrovisor y considero mis decisiones. Está haciendo como si no escuchara, pero sé que está prestando atención a nuestra conversación. Y no es Aaron. Un detalle que ella también está fallando en recordar.

No sé si puedo confiar en Scott.

Sintiéndome como un completo idiota, decido ignorarla.

Mis conversaciones con Rojita tienden a volverse bastante profundas la mayoría de las veces, y aunque me encantaría distraerla en el camino de vuelta a casa con una buena plática, creo que es mejor mantener mi distancia.

—Deja de actuar raro —dice con voz lánguida, su cabeza aún relajada contra el reposacabezas.

Miro el espejo retrovisor de inmediato para ver a Scott devolviéndome la mirada. Me lanza un guiño y vuelve a centrar su atención en la carretera.

—No lo hago —contesto, frunciendo el ceño y mirando por la ventana, aún reacio a entablar una conversación con ella.

—Scott, ¿podrías poner algo de música, por favor? —dice Rojita.

—¿Qué le gustaría escuchar, señorita?

—Lo que tú prefieras.

Scott pulsa los botones del tablero y sintoniza una estación de radio francesa que toca música pop.

—Estoy preocupada por ti —dice Rojita ahora que la música puede ahogar nuestras voces de los oídos curiosos de Scott. Rojita es una joven inteligente que siempre se sale con la suya.

Sacudo la cabeza, la miro de reojo y resoplo.

—Hablo en serio, Caleb —dice tratando de sonar convincente—. He querido hablar contigo sobre esto, pero me costaba encontrar el valor para mencionarlo.

Está preocupada por mí. Aquí vamos.

—Créeme cuando te digo que no hay nada de lo que debas preocuparte —le digo, tratando de mantener mi voz baja a pesar de que la música camufla nuestra conversación—, sobre todo cuando se trata de mí. Y no ahora, no hoy, de todos los días, cuando te sientes enferma. Así que si quieres platicar, ¿por qué no me dices qué te pareció la película que viste ayer en el festival?

—Escucha, sé que prometí que nunca volvería a sacar el tema después de que hablamos…

—Entonces no lo hagas —la interrumpo con gentileza. Quiere hablar de Yonathan.

Cuando me abrí con ella sobre él hace unos años, le hice prometer que nunca volvería a mencionarlo ni a él ni al tema. Y por alguna razón, ¿algo le preocupa? Tengo curiosidad por saber qué está pensando, pero al mismo tiempo, no sé si quiero abrir esa puerta de nuevo.

Rojita se inclina y acerca su boca a mi oído. La proximidad por sí sola hace que mi sangre bombee más rápido y mi piel hormiguee. Necesita quedarse detrás de la línea invisible que siempre se ha trazado entre nosotros.

—Caleb —susurra en mi oído—, puedo notar que has estado bebiendo.

CAPÍTULO 24

Yonathan

VAYA MIERDA.

Rojita se desliza un poco más cerca de mí.

—Rojita… —respiro su nombre, casi rogándole que se detenga.

—Déjame decir lo que tengo en mente, y luego podemos volver a fingir que todo está bien, ¿de acuerdo? —Ella mira hacia otro lado, notándose molesta.

—De acuerdo —suspiro, antes de que su mirada penetrante se pose en mí. Estoy a su merced, una vez más.

—Fui demasiado ingenua para darme cuenta al principio —empieza a decir—, pero ahora que he estado pasando tiempo con Sophie y Cecile, reconozco el olor del alcohol filtrándose por tus poros a la mañana siguiente.

—Rojita…

Ella levanta la mano, pidiéndome en silencio que la deje terminar. Así que lo hago.

—Lo noto cuando salimos a correr —explica—. Una vez que empiezas a sudar, es cuando puedo detectarlo. Al principio, pensé que olías raro. —Arruga la nariz de una manera simpática que me hace sonreír—. Pero ahora ya lo sé.

Avergonzado, sostengo su mirada en silencio.

—¿Todavía estás teniendo problemas para lidiar con la muerte de Yon? —pregunta después de un momento.

—No lo sé. —Estoy siendo tan honesto como puedo—. Digamos que me he mantenido distraído desde que comencé a trabajar aquí.

—Con el alcohol.

«Contigo».

—Supongo —concedo, desviando la mirada—. Lo siento, no sé qué más decir. Pero sí, he estado bebiendo más de lo que debería.

—Sabes que siempre podemos hablar de lo que sea. —Coloca su mano en mi brazo para llamar mi atención; está tan caliente que puedo sentir el calor a través de mi saco.

—Eres muy amable. Pero no deberías preocuparte por eso. Por mí —digo—. Estoy bien. Eres tú la que tiene fiebre ahora mismo.

—Estoy bien.

—Si ambos estamos bien, entonces no hay nada más de qué hablar.

Ella deja escapar un largo suspiro por la boca.

—Eres tan terco —se atreve a decir.

—Dime que no acabas de decir eso. —La miro boquiabierto—. La chica más terca de este y de todos los universos.

—¡No me hagas reír! —se queja, dejando escapar una risita—. Estoy preocupada y molesta y tratando de hacer un punto aquí.

—¿Y cuál es?

—Que estoy aquí para ti.

Mi pecho se calienta, y mi garganta se seca. Desearía poder acercarla más a mí y apoyar mi barbilla en la parte superior de su cabeza y quedarme así hasta que lleguemos o me queme vivo con su piel febril.

—Yo también estoy aquí para ti —le recuerdo, tomando unos segundos de más para responder. Me quedé atrapado allí por un minuto, soñando despierto—. Sé que tú también tienes tus propias cosas que procesar y...

—Por favor, no hagas esto sobre mí —dice, negando con la cabeza en movimientos rápidos y bruscos. Cubre mi oído con su mano y se inclina de nuevo para susurrar—. O le diré a mi papá que has estado bebiendo.

Sonríe y arquea las cejas.

—Siempre podrías hacer eso en el momento en que te canses de mí, ¿sabes? —bromeo, riendo y rezándole a Dios que nunca lo haga.

—No es mala idea.

—¿Qué cosa?

—Tener algo con lo que pueda amenazarte. —Me lanza una sonrisa traviesa—. Ya sabes, tener una ventaja.

Resoplando, me paso una mano por el pelo y pongo los ojos en blanco, fingiendo molestia.

—Solo bromeaba —dice con voz lánguida.

—Claro, claro. —Esta chica tiene más poder sobre mí de lo que se imagina.

—Sabes que nunca lo haría. Somos un equipo.

—Supongo que sí.

Permanecemos en un silencio cómodo durante un par de minutos, pero siento que la conversación no ha terminado porque no deja de retorcer sus dedos en su regazo.

—Una vida por una vida —susurra Rojita.

Escuchar esas palabras en voz alta de nuevo después de tanto tiempo me hace entrar en pánico.

—He pensado en esa frase más de lo que me gustaría admitir —dice—. Yon hubiera querido que vivieras tu vida, Caleb. Así que deja de intentar ahogarte en tu culpa.

«Maldita sea, esta chica».

—Recuérdeme su edad, señorita.

—Cállate. Estoy hablando en serio.

Yo Suspiro. Ella suspira.

—Lo sé. Yo también pienso en las últimas palabras de Yon todo el tiempo, y tienes razón… todo lo que siento es culpa.

—Sé que no hay nada más que pueda decirte para que dejes de sentirte así porque sé cómo es esto. Sentirás lo que quieras sentir. Y sabes que no sé mucho sobre beber y esas cosas, pero mi primera suposición es que no ayudará mucho a resolver tus conflictos internos.

—Tienes razón otra vez.

Irónicamente, en lo único que puedo pensar es en llegar a casa y servirme un poco de vodka. Es enfermizo. Pero es la manera más rápida de dejar de sentir la injusticia de estar viviendo mi vida mientras Yon se pudre seis pies bajo tierra.

Por mi culpa.

Que Rojita diga todas estas cosas me hace querer ser mejor. Hacerlo mejor. Pero soy débil en ese sentido, y he fallado en forzarme a creer lo contrario. Estoy agotado en lo que respecta a este tema. Es algo con lo que debo aprender a vivir durante toda mi vida. Sabiendo que, por más que lo intente, nunca haré las paces con la muerte de Yon.

Nunca estará bien. Y estoy bien con eso.

—Eso es todo lo que quería decir. —Su voz es suave y somnolienta—. Prometo que nunca volveré a sacar el tema. Jamás.

—¿Como prometiste la última vez? —la molesto.

—No me arrepiento de nada —dice con una sonrisa.

—No lo dudo. —Sacudo la cabeza con falsa desaprobación.

—Dejando a un lado las bromas —agrega, frunciendo el ceño—, prometo no volver a sacar el tema si tú prometes dejar de beber así.

Levanto una ceja en su dirección.

—Así que así va a ser, ¿eh?

—Más o menos. —Inclina la cabeza—. Si hueles a alcohol cuando salgamos a correr, se me permitirá sacar el tema para ver cómo estás.

Mientras la miro asombrado, admito para mí mismo cuánto me importa esta chica. Más de lo que pensé. Es hermosa por dentro y por fuera, y sé que de alguna manera ha logrado preocuparse por mí también en el camino.

Y desearía no ser su guardaespaldas. Desearía que su padre no fuera un psicópata que no dudaría en aniquilarme si me atreviera a acercarme a ella de alguna otra manera. Llamarla mi amiga ya es empujar los límites de lo que se nos permite ser. Pero ella es diferente a cualquiera que haya conocido antes, y verla crecer y transformarse de esta forma tan exquisita me hace querer dar un paso hacia atrás.

Ella es el fruto prohibido.

«No arruines esto».

Todo lo que necesito es seguir haciendo mi trabajo, que sé que puedo mantener durante mucho tiempo si juego bien mis cartas.

Si no cruzo más líneas de las que ya he cruzado.

La idea de dejar a Rojita algún día me hace estremecer. Me provoca ansiedad. Me pone nervioso. Con frecuencia finjo discutir con el embajador Murphy en mi cabeza, defendiéndome de acusaciones ficticias que no han sido lanzadas hacia mi persona.

Todavía.

En mi cabeza, siempre gano la pelea, pero no soy tan ingenuo, eso nunca sería el caso. Me echaría como a un perro, y un nuevo y reluciente agente me reemplazaría antes de que pudiera siquiera decir: Rojita.

La idea de que alguien más me reemplace y siga a Rojita todo el día hace que mis entrañas se retuerzan en nudos.

—La película fue genial —dice Rojita, sacándome de mis pensamientos—. Ya que preguntaste antes y cambié de tema.

Estamos cruzando Nanterre, lo que significa que estamos a veinticinco minutos de la residencia. Pero al ritmo de Scott, tal vez quince. Y por más que me encantaría charlar con ella todo el día, está enferma y un médico necesita verla de inmediato. Así que me tranquiliza que estemos casi allí, para variar.

—Me alegra que la hayas disfrutado —le digo con una sonrisa—. Vi a un montón de celebridades allí anoche. Estoy seguro de que tu padre estaba encantado de tener una excusa para enviarte de vuelta antes de lo programado. No querría que un actor famoso te sonsacara.

Ella sonríe, pero se evapora tan rápido como llegó.

—Mierda —murmura Rojita, mirando hacia abajo.

—¿Qué pasa?

—Solo estoy un poco mareada.

Y con justa razón. Scott está conduciendo como un loco, pero ya no estamos en la autopista. Está manejando a gran velocidad por las calles y haciendo giros bruscos que de seguro están afectando el estómago de Rojita.

—Scott —llamo a través de la música. Él baja el volumen—. Tómalo con calma, ¿quieres? La señorita Murphy se está mareando un poco.

—Mis disculpas, señorita.

Él disminuye la velocidad y vuelve a subir el volumen, pero no tan alto como antes. Incluso cambió la estación a un programa de música clásica.

Rojita se agarra a mi brazo y apoya su cabeza en mi hombro. Me hace sentir algo. Y sin pensarlo dos veces, mi mano se mueve a su cabeza y acaricia su cabello unas cuantas veces.

Me obligo a detenerme y aparto las manos.

—Como si una celebridad pudiera fijarse en mí —dice Rojita con una risita somnolienta, respondiendo a mi comentario anterior. Miro hacia abajo, y tiene los ojos cerrados.

«Si que lo harían».

2009

CAPÍTULO 25

Muerte por privación autoinfligida del sueño

8 de marzo de 2009

TRES GOLPES RÁPIDOS seguidos de una pausa y un golpe en mi puerta hacen que arroje mi corbata sobre la cama. Me apresuro a abrir porque sé quién es.

—Buenos días —le digo a Annette, que entra con paso firme, luciendo genial como siempre. Cierro la puerta detrás de ella y vuelvo hacia la cama para agarrar mi corbata. Es la Semana de la Moda de París y el embajador Murphy está organizando una cena en honor a un diseñador de moda estadounidense aquí en la residencia.

—Bonjour, *garçon*. —Me arrebata la corbata de las manos, me la pasa por el cuello y la anuda con facilidad. Ha hecho esto varias veces, puedo notarlo.

—¿Qué pasa? —pregunto mientras ella da el ajuste final a la corbata negra.

—Tengo noticias —dice—, sobre lo que está por venir. ¿Puedo sentarme un segundo?

—Por supuesto.

Hemos estado esperando un tiempo para saber cuál será el próximo movimiento del embajador Murphy. Ni siquiera le había compartido nada a Annette, lo que nos ha mantenido en un estado constante de suspenso. Hasta ahora.

—James al fin habló conmigo anoche.

«James».

Cada vez que lo llama por su nombre en lugar de embajador Murphy, él, o el bastardo, sé que las cosas van bien entre ellos. Me molesta. Él me molesta.

—¿Y?

—Y lo están llamando de vuelta a los Estados Unidos —revela—. Sus días como embajador han terminado. Al menos por ahora.

El pánico fluye por mis venas, haciéndome contener la respiración.

—¿A dónde? —pregunto, tratando de sonar indiferente—. ¿Y qué significa esto para todos nosotros? —Carraspeo, sin estar seguro de si estoy haciendo un buen trabajo ocultando mi angustia frente a Annette, que ya me mira con los ojos entrecerrados, analizando cada uno de mis gestos con aparente sospecha.

—Nueva York —dice al fin, inclinando un poco la cabeza—. Cuando le sugerí que era ridículo que la señorita Murphy mantuviera su equipo de seguridad una vez que salieran de París, se molestó y dijo que estaba loca por pensar que ella andaría por las calles de Nueva York sin supervisión. Ya sabes, considerando que James va a estar viajando todo el tiempo y la va a dejar vivir sola.

Esa afirmación casi me ahoga porque, aunque estoy de acuerdo con Annette en que Rojita eventualmente debería poder vivir su vida sin seguridad, una parte de mí no sabe si está lista para ello.

Yo no estoy listo para ello.

Va a vivir sola, por el amor de Dios. No creo que sea prudente que esté desatendida del todo. Pero el recordatorio de los planes del embajador Murphy de tenerla vigilada por el resto de sus días mientras él respire me calma y me irrita a la vez. Es increíblemente egoísta de mi parte, lo sé.

Y es impactante pensar en cómo cambiarían las cosas si pudiera hacerle saber a Rojita cómo su madre fue asesinada por accidente y que no es una amenaza directa para su seguridad.

¿Cómo reaccionaría si lo supiera? Me he hecho esta pregunta demasiadas veces. Pero, en última instancia, siento que, en el fondo, ella no quiere vivir así para siempre. Enjaulada. Vigilada.

Pero mi egoísmo profundo gana de nuevo. Ese contrato de

confidencialidad tan estricto que firmé hace casi cuatro años es lo que me mantiene junto a ella.

—¿Entonces, nos vamos a Nueva York? —pregunto, esperando que sea un sí rotundo.

—Bueno, para empezar… yo sí voy.

La sonrisa más cálida y optimista ilumina sus ojos. Y desearía poder estar feliz por ella, pero el embajador Murphy tiene un historial sólido de ser un imbécil con ella una y otra vez. Así que mi suposición es que ella terminará volviendo a Francia después de unos meses de soportar su comportamiento incorregible.

Al menos aquí tiene un sistema de apoyo confiable. Su familia. Sus amigos. Pero ¿qué hará cuando las cosas vayan mal en Nueva York? Porque lo harán. Yo seré su único amigo allí, al menos al principio, y no estoy seguro de poder soportar más de eso. Es frustrante verla sufrir cada dos meses.

—Él quiere que vaya con él, no como empleada, sino como… yo —añade con una sonrisa—. Quiere que lo intentemos sin el peso de su rol diplomático sobre nosotros.

—Ya veo. —No puedo evitar la respuesta cortante. Y tampoco puedo estar de acuerdo con que esta decisión sea lo mejor para ella. Si nota el desacuerdo en mi rostro, que así sea.

—Por favor, no me juzgues, *garçon* —dice, su sonrisa desvaneciéndose.

Y ahora me siento como una mierda.

—No es eso, Annette. Nunca te he juzgado. Solo odio verte sufrir —digo con honestidad—. ¿Y qué hay de la señorita Murphy?

—¿De qué?

—¿Le anunciarán su relación?

Por alguna razón, no creo que a Rojita le gustaría que su padre empezara una relación con alguien, y mucho menos con Annette. O tal vez sí, quién sabe. Solo quiero que esté bien. Pero ella es muy curiosa. Demasiado inteligente. Sin duda sospecharía que tenían algo desde hace un tiempo, y le dolería mucho si descubriera que esta relación ha estado activa desde antes de que su madre muriera.

—¿O cómo funcionará eso una vez que regresen?

—Lo hemos discutido —responde sin titubeos, bajando la barbilla—. Planeábamos hacer que pareciera que estoy allí por trabajo. Y ella lo creerá porque piensa que James no puede funcionar sin mí. Así que, en parte es cierto. Y esa es también la razón principal por la que la señorita Murphy no vivirá con James, para que podamos tener el apartamento para nosotros solos. Pero el plan es darle la noticia en algún momento una vez que esté establecida allí. Y quién sabe, tal vez piense que nos enamoramos en Nueva York.

Cierro los ojos y me aprieto el puente de la nariz. El embajador Murphy no es un hombre enamorado. ¿Un hombre con lujuria? Por supuesto. Pero un hombre enamorado no trata a una mujer de esa manera. Es un pedazo de mierda; eso es lo que es.

—Caleb, por favor —murmura ella—. Ten un poco de fe.

—Claro. —Aprieto los labios en una sonrisa de disculpa—. Tienes razón. Eso me suena a un plan sólido.

Annette se ríe y sacude la cabeza.

—Ojalá pudiera hacerte ver que tan en serio vamos con esto —agrega.

—No necesitas convencerme de nada, ¿vale? —digo, esforzándome por sonar reconfortante porque todo lo que puedo hacer como su amigo es apoyarla en su decisión. Parece decidida, y no está pidiendo mi opinión—. ¿Y qué hay de nosotros? Me refiero a Aaron y a mí.

Es mejor cambiar de tema. Además, necesito saber qué va a pasar. Mi ansiedad se dispara mientras hago la pregunta de nuevo.

—No discutimos eso, pero te dije cómo se alteró al hacer hincapié sobre la necesidad de la señorita Murphy de tener supervisión las 24 horas en Nueva York, así que parece que, por obvias razones, te pedirá que vayas. La señorita Murphy se siente cómoda contigo y con Aaron, y eso es importante. James piensa que eso es importante.

—Está bien —digo con un suspiro—. Supongo que habrá que esperar a ver qué pasa.

—Amas tu trabajo, ¿no es así? —Ella me mira con conocimiento de causa, y me pongo de pie como un reflejo de evasión y agarro mi saco.

—El sueldo es excelente, y la señorita Murphy es fácil de manejar —respondo, deslizando mis brazos en las mangas de mi saco, asegurándome de que mis ojos no se encuentren con los de ella. Pero Annette no es tonta. Al menos me está dando un respiro al no insistir con el tema.

—Mmm.

—Vamos a llegar tarde. —La tomo de las manos y la ayudo a levantarse—. Anda.

La cena ha terminado, y ahora están llegando más invitados para el cóctel. Hay al menos cien personas aquí, y Aaron y yo seguimos a Rojita con discreción por las diferentes salas de la residencia. Está más que segura aquí, pero al embajador Murphy le gusta que la vigilemos todo el tiempo.

Rojita se ve preciosa. Tuve que apartar la mirada durante unos segundos para evitar que una reacción indeseada se filtrara en mis rasgos cuando salió con ese vestido verde esmeralda ajustado. Su cuerpo ha cambiado mucho en los últimos años. Y sus suaves y elegantes curvas están un poco más acentuadas. Todavía tiene esa figura esbelta, pero su trasero ahora es la cantidad perfecta de redondo y firme. Y ese vestido hace que sea difícil apartar la vista de la curva entre su trasero y su cintura.

«Dios ten piedad de mí».

—Oficialmente estás babeando —dice Aaron con una risita burlona.

—Cállate.

—No te culpo.

Miro a Aaron con una ceja levantada. Me siento un poco territorial con ella, aunque sea ridículo hacerlo. No sé qué diablos me está pasando.

—No lo digo de esa manera, así que no me levantes la ceja —dice, reajustando su auricular—. Sabes que ella es como la hermana menor que nunca tuve, así que… —Parece incómodo con la conversación que él mismo inició—. Lo que quiero decir es que sé que ya no es una niña. Y estoy seguro de que tú también lo has notado.

—Cumplirá veinte el próximo mes, así que sí, lo he notado.

—Pero no te hagas ideas, ¿eh? —mascullanea Aaron.

—No sé de qué hablas. —La miro mientras habla con una mujer que le toca el cabello. A Rojita le molesta eso. Siempre se queja de que la gente se siente inclinada a tocarle el cabello mientras le elogian sus mechones rojizos y de cómo eso la hace sentir incómoda.

—*Pero solo me molesta cuando es alguien que no conozco* —aclaró Rojita la primera vez que me lo mencionó—. *No me importa cuando lo hacen mis amigos.*

Se sonrojó después de decir eso. Me pareció dulce que intentara aclarar el punto. Y confieso que tocar su cabello o pasar mis dedos por él es algo en lo que pienso querer hacer todos los días.

Un profundo sentido de molestia se desliza por mi cuello y nubla mi cerebro. Que Rojita sea mayor ahora no significa nada. No cambia nada. Y sentirme atraído por ella físicamente además de adorar a la persona increíble que es hace que sea más difícil aceptar la realidad de las cosas.

Sigue siendo la hija de mi jefe. Sigue siendo intocable.

Suspiro, y Aaron deja escapar una risa baja. Sabe que estoy colado por ella, pero confía en que no actuaré al respecto, y no puedo defraudarlo. Tampoco puedo defraudarme a mí mismo ni a Rojita. Hacerlo arruinaría todo porque, aunque mi mente insiste en que podría estar interesada en mí, no puedo arriesgarme a que sea un producto de mi imaginación. Pero lo que sí sé con certeza es que somos amigos, y eso es algo que no estoy ni estaré nunca dispuesto a arriesgar.

Después de un par de horas observando a Rojita hablar con las personas que el embajador le presentó, ahora está sentada sola, bebiendo a pequeños sorbos su segunda copa de vino de la noche. Sí, he estado monitoreando su consumo de alcohol. Siempre lo hago cada vez que sale con sus amigos o asiste a un evento como este. Admito ser un obsesivo con la idea de que le pongan algo en la bebida también. Eso ocurre en un segundo, y puede suceder en cualquier momento, sin importar el lugar o las personas, pero admito ser un neurótico.

A Rojita le encanta el vino, pero no es una gran bebedora de todas formas. Y nunca ha probado licores, lo cual agradezco. No sé qué tan bien podría manejarlo sin emborracharse tanto después de una o dos copas. La idea de que esté intoxicada y viéndose como se ve ahora representaría un desafío diferente para mí. No permitiría que nada con un pene se acercara a ella. Y de seguro me odiaría por ser tan fastidioso, pero estoy seguro de que su padre entendería y no tendría una sola queja.

Es una locura cómo la dulce e inocente chica que conocí hace cuatro años vistiendo ese uniforme escolar ahora bebe vino en eventos, usando elegantes vestidos ajustados y tacones. Sigue siendo dulce e inocente, pero ahora también es sexy como el demonio. Eso es nuevo. Y no estoy seguro de que ella sea consciente de eso, pero la gente a su alrededor parece estarlo por la forma en que la miran.

Me pone celoso. Celoso de que nunca seré parte del estilo de vida que ella lleva. Siempre estaré ahí, acechando en las sombras. Pero aceptaré eso. Estaré ahí para ella en cualquier capacidad que sea.

Siempre.

La mayoría de la gente se ha ido, y parece cansada. Su padre salió al jardín con algunas personas a fumar puros. Así que ella está sentada, girando el tallo de la copa de vino con los dedos, mirando alrededor y esperando a que le den permiso de irse. No puede hacerlo hasta que su padre se lo indique, y lo sabe.

Rojita saca su teléfono, y unos segundos después, mi teléfono suena en el bolsillo de mi saco. Lo agarro para ver un mensaje de ella.

Rojita: ¿SOS? Jaja.

La miro, y arruga la nariz de una manera linda como siempre lo hace. Un suspiro escapa de mis labios. Es tan condenadamente hermosa.

Yo: Ojalá pudiera ayudarte con eso.
Rojita: Lo sé. Solo estoy cansada y aburrida y quiero quitarme estos tacones. ¡Me están matando!

Ella vacía su copa de vino de un trago y la deja en la mesa a su lado. Ojalá pudiera besarle las piernas mientras le ayudo a quitarse esos tacones. Y ese vestido.

Mierda.

Si Rojita pudiera ver los pensamientos que pasan por mi cabeza en este momento, no me estaría enviando mensajes con esa sonrisa tranquilizadora en su rostro.

Yo: Cuando empiezan a fumar puros es una señal de que los invitados están a punto de irse, así que lo más probable es que pronto te den permiso para retirarte tan pronto como terminen con eso.

Rojita: ¿Quieres salir a fumar?

Yo: No fumas, señorita.

Rojita: Lo sé. Quería decir que tú podrías fumar, y yo podría acompañarte.

Yo: No creo que sea una buena idea.

Rojita: Nada nunca lo es. Sígueme.

Antes de que pueda responder, se levanta, se pone el abrigo sobre los hombros y sale de la habitación hacia la entrada principal. Aaron me mira como si quisiera que le dijera qué está pasando mientras yo actúo desentendido, así que la seguimos afuera.

Rojita empieza a bajar las escaleras hacia el estacionamiento.

—¿Señorita Murphy?

—¿Sí, Aaron? —Se detiene a medio camino, mirando por encima del hombro.

—¿Va a algún lado, señorita?

—Solo necesitaba un poco de aire fresco —dice con un tono casual, reanudando su caminata. Gira a la derecha y se detiene junto a la escalera—. Caleb, ¿podrías acompañarme un segundo?

—Por supuesto, señorita.

Como siempre, mirar a Aaron es mi manera de pedir permiso para acercarme a ella. Él presiona un poco los labios y asiente con un lento parpadeo. «Adelante». Pero no es idiota. Aaron sabe que planeamos esto, pero no es ajeno a hacerse el de la vista gorda de vez en cuando. Sabe que somos amigos y que estos momentos robados son lo único que mantiene nuestra amistad a flote.

Cuando la alcanzo, Aaron nos da la espalda mientras permanece de pie junto a la escalera que conduce a la entrada principal. Así que saco mi cajetilla de cigarrillos y enciendo uno.

—Hola —digo, dando una calada a mi cigarrillo—. Te ves lista para ir a la cama.

Sus ojos se ven cansados, pero eso no le resta nada a su belleza.

—Uf, lo sé. —Se apoya en la pared detrás de ella, cerrando las solapas de su abrigo y cruzando los brazos sobre su pecho. La noche es fría, pero su abrigo parece bastante grueso como para mantenerla caliente por un rato. Eso me tranquiliza. Bosteza y se cubre la boca—. No puedo esperar a volver a Nueva York y terminar con todos estos eventos de una vez por todas —agrega, mirando hacia otro lado como si analizara sus propias palabras.

—¿Sabes… algo? —pregunta Rojita unos segundos después, su voz casi en un susurro. La pregunta es abierta, pero sé a qué se refiere.

«¿Iré a Nueva York con ella?».

Sacudo la cabeza, llevo el cigarrillo a mi boca y le doy una larga calada.

—Todavía no hemos sido informados. Pero quizás deberíamos empezar a despedirnos —digo a modo de broma. Una pésima broma.

La mandíbula de Rojita se tensa y sus cejas se fruncen.

—Como si mi papá me dejara andar por Nueva York sin seguridad —dice con tristeza. No puedo decir si está triste porque su papá quiere que siga teniendo seguridad o por la idea de que yo no vaya a Nueva York. Conociéndola, diría que es un poco de ambas cosas.

Espero que sí.

Espero que ella quiera que vaya tanto como yo quiero ir. Y una parte de mí piensa que es un hecho, pero luego una pequeña voz dentro de mi cabeza sigue diciéndome que no debería hacerme falsas esperanzas porque todavía no es algo seguro.

—Ya veremos. —Mi atención se desvía hacia cómo su cabello sopla contra su rostro, recordándome todas las veces que tocaron su cabello en la fiesta. —Vi a esa mujer intentando tocarte el cabello —bromeo.

—No quiero ser pesada. Sé que tienen buenas intenciones y que están tratando de ser amables, pero no lo soporto —dice encogiéndose de hombros. —Siento que así es como se sienten las mujeres embarazadas cuando todos tocan sus barrigas sin permiso. Sé que también odiaría eso. Pero algunas personas no conocen los límites.

—Tu cabello es muy llamativo —admito, dejando caer mi cigarrillo al suelo y aplastándolo con mi zapato. —¿Qué le vas a hacer? —Le doy un golpecito a uno de sus mechones de manera juguetona, y este roza su mejilla.

—Qué atrevido —dice ella con una sonrisa que casi me hace caer de rodillas.

—Estoy intentando hacer que me odies por si mis servicios no son requeridos en Nueva York —le digo con una sonrisa pícara—. Así no me extrañarás.

Ella muerde su labio inferior y puedo ver sus mejillas sonrojándose.

—Eres tú el que me va a extrañar porque es *tan emocionante* seguirme a todas partes.

Se acomoda el cabello detrás de la oreja y pone los ojos en blanco, alargando la broma.

—De hecho, lo es.

«Cállate, Caleb».

—Los días más emocionantes sin duda fueron cuando pedí un SOS para huir de una fiesta o cuando tuvimos que correr a la sala de emergencias —dice entre risas.

—Ese mensaje de SOS fue emocionante —digo cruzando los brazos sobre mi pecho—, pero llevarte a urgencias no lo fue. Odio verte lastimada o enferma o ambas cosas.

—Bueno, tenlo por seguro que estaré enviando mensajes SOS en Nueva York, así que tu presencia ahí será necesaria.

Sonríe con un aire de melancolía, como si también comprendiera que hay una gran posibilidad de que no vaya a Nueva York.

—Te ves... bien... esta noche —digo, tropezando con mis propias palabras. Miro mis zapatos y sonrío por un segundo. Avergonzado. Porque resulta que olvidé cómo halagar a una mujer hermosa sin sonar como un idiota.

—Gracias —dice, su voz casi un susurro.

La miro de nuevo, sintiendo ganas de darme una bofetada, pero no lo hago.

—Y el vestido, es verde. Tu color favorito.

«Como tus ojos».

Mátenme ahora. Por suerte, dije esa última parte en mi cabeza.

Ella se mira a sí misma y dice:

—Lo sé, me encanta. El diseñador me envió el vestido para que lo usara esta noche. Me hizo sentir tan especial, como esas modelos o celebridades que reciben cosas todo el tiempo. Más vale que cuide bien de este vestido porque esto no va a volver a suceder.

Arruga la nariz de manera linda. Pero sus dientes empiezan a castañetear.

—Te estás congelando. —Doy un paso hacia adelante—. Regresemos adentro.

—Estoy bien. Fue un escalofrío momentáneo.

—¿Un qué? —Hago una mueca—. Te estás congelando. Vamos.

Pongo mi brazo sobre su hombro para guiarla de vuelta. Ella abre la boca para discutir, sin duda, cuando Aaron carraspea.

—¡Nena! Ahí estás —dice el embajador Murphy con una sonrisa inquietante, caminando hacia nosotros. Quito mi mano del hombro de Rojita. Pero no tan rápido como para agradar al embajador, porque ya está lanzándome su mirada de rayo láser que atraviesa mi torso. —¿No tienes frío? ¿Qué haces aquí afuera?

Le habla a ella, pero me mira a mí. Es tan perturbador.

—Necesitaba un poco de aire fresco —responde ella con indiferencia. Es como si no pudiera ver cómo su padre me arrancaría la cabeza si pudiera. O tal vez estoy imaginando cosas porque no me gusta el tipo, y considero todo lo que dice y hace como un ataque. Quizás ella está acostumbrada a que sea un bastardo insufrible.

—¿Puedo subir a mi habitación ahora?

—Por supuesto, nena —dice él, echando su brazo alrededor de sus hombros y guiándola de vuelta a las escaleras. Se detiene un segundo y se da vuelta para dirigirse a nosotros—. Yo me encargo. Ha sido un largo día.

—Por supuesto, señor embajador —dice Aaron. Pero yo ni siquiera me molesto en responder. Me limito a asentir una vez, apretando fuerte la mandíbula.

—Buenas noches, chicos —dice ella, mirándome.

Los labios del embajador Murphy se aplanan mientras asiente antes de darse la vuelta y reanudar su camino hacia las escaleras. Aaron y yo estamos esperando a que desaparezcan dentro de la residencia, y una vez que Rojita está adentro, el embajador nos mira por encima del hombro y dice:

—Ah, y los espero a ambos en mi oficina mañana a las 9:00 en punto. Tenemos mucho de qué hablar.

Aaron y yo compartimos una mirada de complicidad antes de dirigirnos de vuelta a nuestros dormitorios en silencio.

Causa de muerte: privación autoinfligida del sueño.

CAPÍTULO 26

De arriba abajo

9 de marzo de 2009

MI ALARMA ACABA de sonar, y son las 5:45 a.m. Mi cabeza late y mi respiración se entrecorta en mi pecho. Mi mente no se apagó en toda la noche: la desventaja de estar sobrio. La única manera de detener mis pensamientos fue convenciéndome de lo absurdo que era pensar que el embajador Murphy no nos pediría ir con ellos a Nueva York. No dormí más que un par de horas.

No hay ninguna razón para que me despida.

Eso es lo que sigo diciéndome a mí mismo.

Me cambio a mi ropa de ejercicio y bajo al gimnasio. Menos mal que está vacío. Ir al gimnasio o salir a correr es lo que, por lo general, me ayuda a desahogarme y despejar la mente. Y ahora mismo, necesito eso. Pero no hay tiempo para correr esta mañana.

Esas son las consecuencias de prorrogar la alarma tres veces consecutivas esta mañana. Levantar pesas tendrá que ser suficiente. Rojita tiene una clase temprano, así que estamos programados para salir a las 6:45 a.m. para llegar a la escuela a las 7:15 a.m.

Una vez duchado, con la cara afeitada y vestido con un traje completo, me dirijo al salón para tomar una taza de café. Todos están allí, charlando, y no estoy de humor para nada de eso. Así que tomo mi taza y me paro frente a la ventana para ver los autos pasar por Saint-Honoré.

—Buenos días —dice Aaron, parándose a mi lado.

Le saludo con un movimiento de la barbilla.

—No te van a despedir, así que no te hagas el taciturno.

Casi escupo mi café. Aaron es, a grandes rasgos, un anuncio

ambulante de un hombre taciturno, pero yo no puedo estar inmerso en mis pensamientos por dos minutos sin que me lo señalen.

—Mmm —es todo lo que digo.

Fue una larga noche sin vodka, tratando de convencerme a mí mismo de que no me iban a despedir, y en verdad lo creí. Pero ahora que lo dice en voz alta, estoy de vuelta al punto de partida. De vuelta a pensar que el embajador Murphy me odia, o que cambió de opinión y decidió que su hija ya no tendrá seguridad, y yo seré desechado como un trapo viejo.

Estaré sin trabajo al mediodía.

Le recordamos al embajador que su hija va a la escuela por la mañana, y los lunes sale a las once, así que no podíamos reunirnos con él a las 9 a.m. como solicitó en un inicio.

Esperar un par de horas adicionales para hablar con él aumenta la ansiedad abrumadora.

Suspiro.

—Vamos —dice Aaron. Me termino lo que queda de mi café y dejo la taza en el fregadero.

Siento la mirada de alguien quemándome la cara, me doy la vuelta para encontrar a Annette mirándome con el ceño fruncido. Está untando mantequilla y mermelada de bayas en su croissant, como lo hace todas las mañanas.

Con dificultad, fuerzo una sonrisa y le hago un gesto con la barbilla.

Ella no me devuelve el saludo. En su lugar, vuelve su atención a su plato, haciendo que mi sangre se enfríe.

Ella sabe algo.

Y no es bueno.

—Caleb —dice Aaron, poniéndose su auricular. Hago lo mismo, negándome a apartar la vista de Annette, como si mirarla me concediera acceso a su mente. —Vamos.

Aaron me da dos golpecitos en el hombro, así que abotono mi saco y lo sigo.

Rojita ya está esperándonos en el estacionamiento, y odio cuando eso pasa. No contribuye en nada a mejorar mi estado de ánimo, que ya está decayendo. Me gusta estar allí cuando baja esos escalones. Pero no puedo dejar que lo note. Es mi trabajo hacerla sentir cómoda y segura en todo momento. Ver a tu guardaespaldas preocupado o molesto no es lo ideal. Además, sé lo curiosa que es, así que no puedo arriesgarme a que haga preguntas porque no estoy seguro de cuánto tiempo puedo fingir una sonrisa o desviar sus preguntas con mentiras.

Hoy no.

Mi futuro está en juego.

Esta podría ser una de las últimas veces que la lleve a la escuela, la escolte a clase, hable con ella y la haga reír. Maldita sea.

—Buenos días, señorita Murphy —digo con una sonrisa.

—¿Qué pasa? —Parece reacia a subirse al auto mientras mantengo la puerta abierta para ella.

—Nada. Todo bien, señorita.

Miro mi reloj. Debemos irnos ahora si queremos llegar a clase a tiempo.

—¿Caleb?

Sigo sonriendo, así que no entiendo por qué insiste.

—Se está haciendo tarde, señorita Murphy.

Sus ojos se entrecierran con sospecha, y hago un gesto rígido hacia la puerta, invitándola a entrar en el vehículo. Por suerte, lo hace, y la llevamos a la escuela en silencio.

—Todo está bien, hermano —susurra Aaron al salir de la oficina del embajador Murphy. Sentí náuseas todo el tiempo que esperé a que saliera con noticias sobre lo que nos espera. Cualquier noticia. Todavía siento ganas de vomitar la única taza de café que tomé esta mañana. —Nos vamos a Nueva York.

Echo la cabeza hacia atrás y miro al techo con una sonrisa.

«Gracias a Dios».

Aaron me aprieta los hombros.

—Es tu turno —dice—. El embajador Murphy te está esperando.

Asiento, le estrecho la mano a Aaron con una sonrisa, pero me niego a sentirme emocionado. ¡Ah! Cuánto necesitaba esto. Necesitaba saber si nos pediría ir a Nueva York o no. Y lo hará.

Bien.

Paso mis manos por las solapas de mi saco, camino hacia la oficina del embajador Murphy y llamo a la puerta.

—¡Adelante! —grita, su voz amortiguada por las gruesas puertas de madera. Entro sintiendo que puedo respirar tranquilo y tomo asiento frente a él, siguiendo su indicación después de ofrecerle un firme apretón de manos.

El embajador Murphy entrelaza las manos sobre el escritorio y se inclina hacia adelante para decir:

—Caleb, sé que eres consciente de que nos mudamos de regreso a Nueva York el próximo mes, y por mucho que me gustaría decir que mi hija está lista para empezar a vivir su vida sin seguridad, sé que no lo está. En especial ahora que vivirá sola. Es un gran paso para ella, así que no quiero que se sienta abrumada con la transición.

Mis manos descansan en mi regazo mientras hago un esfuerzo consciente por evitar sacudir mis pies contra el suelo. En lugar de eso, asiento con la cabeza.

—Estoy seguro de que Aaron te dijo cuando salió que le pedí que continuara como jefe de seguridad para mi hija en Nueva York —continúa—, pero ya he contratado a otro agente, estadounidense, para reemplazarte. Así que esto significa que no renovaré tu contrato.

«¿Qué demonios?».

Mi visión se vuelve borrosa y no estoy seguro de si sigue hablando. Creo que lo hace, pero el sonido de su voz se distorsiona y las paredes se cierran sobre mí. Mi cuello se siente caliente. ¿Es esto un ataque de pánico? Siento que podría serlo. Debería entrar en pánico, pero también no puedo porque no estoy listo para aceptar esto.

«¿Cómo?».

—No —digo para mí mismo.

—¿Perdón?

Se recuesta en su silla de cuero, con los codos apoyados en los gruesos reposabrazos, sus dedos entrelazados sobre su estómago.

—Mis disculpas, señor embajador —sacudo la cabeza en un movimiento brusco y me acomodo en mi asiento, los rastros de pánico se transforman de inmediato en ira.

Al darme cuenta de que mis manos se han convertido en puños apretados, logro relajarlas una vez más y esparcir mis dedos sobre mis muslos, deslizándolos sobre mis pantalones negros para quitarme el sudor que emanan.

Hasta aquí llegué. Este es el final del camino. Y me niego a aceptar que no volveré a ver a Rojita nunca más. ¿Lo sabrá? No creo que lo sepa. Y no puedo ser yo quien se lo diga. No podría soportar la mirada en su rostro.

«Dios, ayúdame».

Un repentino entumecimiento me invade hasta el núcleo de mi ser. Es como si estuviera atrapado en este momento, en esta silla, sin querer aceptar mi destino. Y Annette lo sabía. Ella lo sabía, y estoy seguro de que no había nada que pudiera hacer para cambiar la opinión del bastardo porque quiero pensar que luchó por mí. Ella sabe lo importante que es este trabajo para mí.

Lo importante que es Rojita para mí.

Ella tiene que saberlo.

—Sé que esto puede tomarte por sorpresa, Caleb —dice él.

«No me digas».

—Y sé que tú y mi hija se han vuelto… muy unidos —apoya sus antebrazos en el escritorio de nuevo y se inclina, su mirada penetrante, casi una amenaza—. Pero no me gusta ni un poco.

Trago saliva con fuerza, pero mantengo el contacto visual.

—No es…

Me interrumpe con un sutil movimiento de su mano antes de que pueda decir algo más. Ni siquiera sé lo que iba a decir. No creo que haya algo que pudiera decir que ayude a mi caso o que cambie su opinión. Me queda claro que desaprueba la amistad que se ha desarrollado entre nosotros. Y fui demasiado ingenuo al pensar que no estaba al tanto de lo unidos que nos hemos vuelto en los últimos cuatro años.

—No tiene sentido explicar la naturaleza de tu relación con ella —dice, levantando una ceja desafiante hacia mí—. Lo hecho, hecho está. Pero no quiero que pienses que no estoy agradecido por tu compromiso. Y no te dejaría ir sin asegurarte un trabajo primero. No soy así. Valoro y recompenso la lealtad. Siempre lo he hecho. Siempre lo haré.

Nunca había querido eliminar la arrogancia y prepotencia de alguien de un golpe más de lo que quiero ahora. Ni siquiera estoy pensando en lo que sigue para mí. No me importa un carajo asegurar un trabajo. Todo lo que me importa es Rojita, y la idea de dejarla me está carcomiendo por dentro. No puedo abandonarla, incluso si me están obligando a hacerlo.

Me niego a aceptar esto.

—Entonces, este es el trato —dice, tocando su escritorio dos veces con el puño—. El embajador George Bailey asumirá el cargo como el nuevo embajador de los Estados Unidos en Francia, y tiene dos hijos adolescentes, muy rebeldes, que podrían usar a alguien como tú en su equipo de seguridad.

Mi mandíbula se flexiona. El embajador lo nota y se aclara la garganta.

—Me encantaría recomendarte para el puesto principal —continúa con las tonterías—, siempre y cuando le hagas saber a mi hija que no vas a Nueva York porque te han ofrecido un mejor puesto con el embajador Bailey.

Me río con desprecio y miro hacia otro lado.

«Cabrón».

¿Así que así va a ser? Este tipo debe estar de joda. Es más cobarde de lo que pensaba.

«¿O qué?», quiero responder, pero no lo hago. En lugar de eso, me trago las palabras y mantengo su mirada.

—No me siento cómodo mintiéndole a su hija —elijo como respuesta, enfatizando la palabra «mintiéndole», sabiendo que estoy caminando sobre hielo muy delgado. Pero no le tengo miedo. Ya me la ha quitado, así que no es como si tuviera algo más que perder.

Riéndose por lo bajo, se pone de pie, abre de un tirón su cajón para sacar una carpeta de manila y la deja caer sobre el escritorio frente a mí.

Por supuesto. Un contrato.

—Mi relación con mi hija es una de las cosas que más valoro —arroja una pluma Montblanc sobre la carpeta—. Así que créeme cuando te digo que estoy dispuesto a hacer lo que sea necesario para mantener una dinámica pacífica y armoniosa entre nosotros.

Mi ceja se eleva. Esto es una mierda de otro nivel.

—El documento es bastante estándar —continúa, como si no estuviera desquiciado—. Es algo similar al acuerdo de confidencialidad que firmaste cuando fuiste contratado.

Su tono es grave, un recordatorio de que me tiene con las manos atadas con un triple candado detrás de mi espalda.

«No quieres meterte conmigo», dirían sus ojos si pudieran hablar. Y no quiero meterme con él. Lo único que quiero es mi trabajo. Pero este es un hombre poderoso y ambicioso sentado frente a mí.

—Nos vamos el 12 de abril, el día después de su cumpleaños —me informa—. El contrato indica que eres libre de compartir la noticia sobre tu decisión de rechazar la oferta de trabajo para ir a Nueva York en una ventana 72 a 12 horas antes de que nos vayamos. No antes de eso. No después de eso.

Esto es una pesadilla.

—No quiero que mi hija se estrese por eso cuando aún quedan unas semanas —explica—, o darle tiempo para tratar de convencerme de lo contrario porque es inútil. Así que, si pregunta, puedes decirle que vas a ir, pero cambiarás de opinión unos días antes de que nos vayamos.

Vuelve a sentarse, mira su reloj de pulsera y se sirve un whisky. Se me hace agua la boca. Sé que me serviría tomarme un trago. Da un sorbo y coloca el vaso en el escritorio de caoba antigua.

Miles de posibles escenarios invaden mi tren de pensamientos mientras examino el documento. Tiene tres páginas, y estoy seguro de que puede oler la duda.

«¿Qué pasa si no quiero firmar esto?».

«¿Qué pasa si le digo la verdad?».

«¿Qué pasa si le doy un puñetazo en la cara?».

«¿Qué pasa si, qué pasa si, qué pasa si…?».

—Si no firmas este documento ahora mismo, te juro por Dios que te pondré en el primer avión de regreso a Israel, y no volverás a verla. Jamás. —Sonríe, apenas, y da otro sorbo a su trago.

«Supongo que eso lo resuelve».

—Te estoy ofreciendo un nuevo trabajo, la oportunidad de mantener tu dignidad intacta y la oportunidad de despedirte de mi hija.

Diría que es una oferta generosa.

Sin dudarlo, agarro la pluma y firmo ambas copias del contrato, arrojando una de ellas en el escritorio en su dirección. La pluma va después. Ni siquiera me molesto en leerlo porque no tengo otra opción. Podría estar vendiendo mi alma, y aun así no importaría. No me voy sin despedirme.

—Agradezco la cooperación. —Guarda el contrato en el mismo cajón de donde lo sacó en primer lugar, el superior derecho—. Te sugiero, sin embargo, que eches un buen vistazo al contrato en tu tiempo libre —añade—. Hay algunas pautas que deben seguirse, y sabes cómo me gusta ser minucioso.

—Por supuesto, señor embajador —digo, las palabras quemándome la lengua como ácido.

Se pone de pie, me lanza su característico desdén y dice:

—Te enamoraste de la chica equivocada, Caleb. —Se toma su whisky hasta el fondo y coloca el vaso vacío en el escritorio con un golpe seco—. Estás despedido.

Agarro mi copia del contrato, me dirijo a la salida, sin preocuparme por mirar atrás o darle mi atención antes de casi cerrar la puerta. Afuera, Aaron me espera, y cuando nuestras miradas se encuentran, sabe que se ha desatado el infierno.

—Cuida de ella por mí, ¿quieres? —digo, presionando las páginas que poseen mi alma contra su pecho y dejándolas caer allí. Atrapa el documento en el aire mientras yo me alejo.

—¡Caleb! —grita Aaron, pero no me detengo.

No puedo estar dentro de este edificio. Necesito salir de aquí y regresar a la casa. Necesito hablar con Annette. Necesito pensar en algo.

«¿Qué diablos pasó ahí dentro?».

Me agarra del brazo, deteniéndome.

—No voy a Nueva York. —Quito su mano de mi brazo.

—Dime qué pasó.

—No aquí. Vamos.

Estamos empezando a atraer la atención del personal de la embajada. Así que es mejor irnos. Aprendí por las malas que las paredes, los pisos y las puertas tienen oídos aquí, y todos informan al embajador. Y físicamente no puedo soportar estar bajo el mismo techo que ese cabrón.

Salimos del edificio principal de la embajada y caminamos de regreso a la residencia en silencio. Y no es hasta que estamos de vuelta en mi habitación que me siento cómodo hablando.

—¿Por qué no aceptaste la oferta para ir a Nueva York? —Aaron insiste mientras me dejo caer en mi cama y paso mis dedos por mi cabello.

—Porque no la hubo —digo, levantando la mirada hacia el techo por un momento—. Me despidió.

—¿Qué? —casi grita la palabra—. ¿Por qué?

—¿Por qué crees? —Me siento derecho en el borde de la cama, con los codos apoyados en las rodillas y mis manos frotando mi rostro—. Y por favor no me digas «te lo dije» o te juro por Dios, Aaron…

—¿Esto es… por ella?

Asiento, con las manos aún en la frente.

—Joder… ¿y de qué se trata esto?

Lanza el documento sobre la cama junto a mí.

—No lo sé —digo, levantándome y recogiéndolo—. Lo firmé, pero aún necesito leerlo.

—¿Lo firmaste a ciegas? —Sus ojos casi se salen de sus órbitas. Asiento. Arrebata el documento de mis manos y empieza a leerlo—. ¿Te has vuelto loco?

No descarto esa posibilidad.

—No lo sé, Aaron. ¡¿Qué diablos quieres que diga?! —grito de vuelta. Él me mira, impasible. Respiro hondo, apoyo las manos en la cómoda y dejo caer la cabeza—. Hojeé el documento, y él me explicó las condiciones generales, por así decirlo, y las consecuencias de no acatar las mismas.

Abro mi cajón superior y miro la botella de vodka. Me devuelve la mirada. El intercambio dura unos segundos antes de que la voz de Aaron me haga volver a nuestra conversación. Cierro el cajón con un golpe de ira.

—Ventana de 72 a 12 horas —murmura Aaron, el resto es ininteligible—. ¿No puedes expresar, declarar, hacerle saber tus sentimientos hacia ella de ninguna manera? Caleb, ¿qué demonios es esto? ¿Qué no me estás diciendo?

Riendo, subo las manos y las apoyo detrás de mi nuca.

—Ridículo, eso es lo que es.

—No me digas —desafía.

—¡Lo es! —respondo con un chasquido. No voy a hablar de esto con Aaron. No cuando necesito salir y mentirle a la cara a Rojita, hacerle creer que voy a ir a Nueva York cuando no es así, y luego tener que darle la noticia de que rechacé la oferta de trabajo porque «surgió algo mejor». Que se joda esto. Tal vez debería haber dejado que me enviara de regreso a Israel sin despedirme. Eso habría sido más fácil. Menos doloroso.

«Te enamoraste de la chica equivocada». Las palabras aún reverberan en mi cabeza.

—Solo somos amigos —agrego, molesto, queriendo creer que eso es cierto para mí cuando sé que un constante tirón en mi pecho me sigue llevando hacia ella. Siempre es ella. Su rostro y su dulce olor son lo último que pienso cada noche antes de cerrar los ojos.

Es difícil admitir cómo mis sentimientos hacia ella han cambiado a lo largo de los años mientras Aaron me observa, su mirada pesada e inquisitiva.

—Aaron —insisto—. No está pasando nada entre nosotros. Pero su paranoico y despreciable padre piensa que sí cuando no es así.

—Ella estará devastada cuando se entere de que no vienes —dice Aaron después de una breve pausa, su mirada perdida mientras observa por la ventana.

—Ella depende demasiado de mí y de nuestra amistad —admito—. ¡No puedo ser descartado así! ¡Estará devastada! —Estoy gritando, y necesito calmarme, aunque no sé cómo. Alguien podría estar escuchando nuestra conversación. Al final, así fue como llegué aquí: gente escuchando y reportándole a él.

—Estoy devastado —digo, modulando mi voz lo mejor que puedo—, pero esto no se trata de mí. Puedo lidiar conmigo mismo. Esto se trata de ella y lo que necesita, de cómo a su padre no le importa un carajo, y de cómo prefiere seguir con las mentiras y maquinaciones «por su propio bien».

Aaron me abraza. Lucho contra ello durante unos segundos hasta que termino cediendo al abrazo fraternal.

Logrando tragar el enorme nudo en mi garganta que amenaza con asfixiarme, logro encontrar consuelo en su apoyo. Luego, me sostiene por los hombros, presiona el contrato contra mi pecho y dice:

—Leamos a este hijo de puta de arriba abajo.

CAPÍTULO 27

Retrato

13 de marzo de 2009

—¿**PODRÍA ALGUNO** de ustedes posar para un retrato? —dice Rojita, con las manos aferradas a su teléfono y el rostro marcado por la preocupación.

Miro a Aaron con una ceja levantada porque, a estas alturas, ya no puedo distinguir entre lo correcto y lo incorrecto. Saber que no la volveré a ver en un mes me hace querer decir sí a cada una de sus peticiones sin importar las consecuencias. Pero sería estúpido pensar que las cosas no pueden empeorar para mí.

No puedo arruinarlo. Pero al mismo tiempo, quiero aprovechar el poco tiempo que nos queda, más que nada porque ella no sabe que nuestra amistad está conectada a un respirador y que su padre va a desconectar el enchufe muy pronto.

—¿Por favor? —insiste después de que ninguno de los dos responde—. No tengo a nadie más a quien pedírselo y la clase comienza en cinco minutos.

—No creo que sea apropiado, señorita —dice Aaron, resuelto.

Ante su negativa, Rojita dirige su atención hacia mí, sus ojos amplios como platos.

—¿Caleb, por favor? —suplica—. Tienes que ayudarme.

Humedezco mis labios y miro a Aaron, pidiéndole amable y telepáticamente que permita esto. Ella necesita ayuda. Mi ayuda. ¿Cómo puedo rechazarla?

—Aaron —Rojita ensancha los ojos hacia él, en una súplica silenciosa.

—Está bien, señorita Murphy —cede con un suspiro—. Solo esta vez —dice, con una gran dosis de duda en sus palabras—. Estacionaré el coche y el agente Cohen la acompañará a su clase.

—No hagas nada estúpido —me dice Aaron en hebreo—. Y no hables con sus compañeras de clase.

Asiento en lugar de poner los ojos en blanco y sigo a Rojita hacia el edificio principal de la universidad. Noelle también estudia aquí. Y nos hemos cruzado más de unas cuantas veces en los pasillos. Pero ha estado callada, comportándose. Hasta que volví a recibir mensajes de texto de ella. Debe haber terminado con Lucas, su novio, porque está insistiendo en que nos veamos. Y yo también quiero verla, pero solo para despedirme.

He decidido no aceptar el trabajo con el embajador Bailey, pero aún no se lo he informado al embajador Murphy. Aceptar cualquier cosa de él significa que siempre le deberé algo, así que al diablo con eso. Planeo volver a Israel. Aaron ha estado haciendo algunas llamadas y puede que me ayude a encontrar un trabajo allí. Los cuatro años que he trabajado aquí se ven bien en mi currículum. Al menos puedo contar con eso.

Rojita se inclina y susurra:

—¿Podrías quitarte el auricular una vez que estemos en el aula?

—Claro —le guiño un ojo, tratando de ser mi yo habitual y de evitar que note algo raro en nuestras interacciones. Además, actuar normal está estipulado en el contrato. Así que no es como si tuviera otra opción—. A Aaron no le gustará la idea, pero no tengo ganas de discutir contigo cuando siempre te sales con la tuya.

Siempre lo hace.

Un pequeño grupo de chicas cuchichean mientras caminamos por el pasillo con prisa. Una de ellas gesticula con el pulgar y el meñique, llevándolo cerca de su oído como un teléfono y moviendo los labios diciendo: «Llámame».

Sacudiendo la cabeza, me río entre dientes y una pequeña sonrisa se dibuja en mi rostro. Estas chicas no son nada sutiles. Y por más incómodo que siempre sea, no puedo evitar amar los pequeños gestos de molestia que aparecen en el rostro de Rojita cada vez que algo así sucede.

Odia cómo la hacemos demasiado notoria, o eso me ha dicho en el pasado. Estoy seguro de que desearía poder perderse entre los pasillos abarrotados de la universidad, pero eso es difícil de imaginar. Ella es el tipo de chica que no puede pasar desapercibida, pero podría ser que no entienda ese simple, pero muy verdadero hecho.

Entramos en el aula de Rojita y nos sentamos en una mesa alta de trabajo mientras el resto de sus compañeros se va acomodando y su instructor termina de montar el equipo de iluminación para la sesión de fotos.

Me siento fuera de lugar aquí.

Todos llegan un par de minutos después y la clase comienza después de que el profesor explica la tarea. Creo. Habla francés, rápido, así que es difícil para mí seguirle el ritmo.

Uno a uno, sus compañeros toman turnos para fotografiar a sus modelos en los diferentes escenarios que su profesor preparó para ellos.

—Voy después de él —susurra Rojita—. Necesito que te quites el saco.

Pausa la preparación de su cámara para mirarme.

Levanto una ceja juguetona hacia ella.

—¿Por favor?

Rojita no necesita rogarme, eso es lo que no sabe. Estoy más que dispuesto a hacer lo que ella quiera. Ahora y siempre. Pero jugar con ella siempre es divertido.

—Eso no es posible y ya sabes por qué —me inclino contra la mesa, cruzando los brazos sobre mi pecho, con la mirada fija en ella. Olvida que porto un arma oculta bajo el saco.

—Ah, claro —presiona los labios como si estuviera pensando en qué hacer o decir a continuación—. Entonces quítate el auricular.

—Aaron se va a enfadar —le recuerdo, sin hacer ningún movimiento para quitarlo. No creo que Aaron se dé cuenta si lo hago, pero puedo decir que ella está disfrutando de esta interacción. También parece un poco nerviosa, lo que ha sucedido con más frecuencia cuando hablamos. Pero he tratado de no darle muchas vueltas al asunto ni de tratar de descifrar lo que significan todas estas nuevas reacciones.

Simplemente disfruto de su compañía y de poder ayudarla.

Es agradable estar a solas con ella mientras Aaron espera afuera.

Estoy seguro de que se lo está pasando en grande.

—Que se enfade. Al menos así tendrán una razón real para discutir, en vez de esas peleas de la UFC y cosas por el estilo —dice Rojita, poniéndose de puntillas para quitarme el auricular. Mierda. Puedo oler las notas cálidas, especiadas y florales de su perfume que emanan de su cuello y muñecas, que están justo frente a mí.

«Respira». O más bien, «aguanta la respiración».

—Esto parece muy incómodo —dice— y nada discreto, por cierto.

—En realidad, ese es el punto. —Desvío la mirada de sus labios y me aclaro la garganta para obligarme a alejarme de mis pensamientos inapropiados—. La seguridad debe ser obvia. —Le quito el auricular de la mano, nuestros dedos rozándose y enviando una onda electromagnética de *algo* que necesito ignorar—. Espera.

Me pongo el auricular de nuevo por un segundo para avisar a Aaron que estaré desconectado por unos minutos. Después de eso, me lo quito de nuevo y ella lo agarra para esconderlo dentro de mi camisa justo detrás de mi cuello con una cómoda familiaridad, como si eso fuera algo que hiciera todos los días.

Un dolor nostálgico me golpea en el pecho mientras la observo moverse y preparar su cámara para la sesión de fotos, sabiendo que nuestro tiempo se está acabando, deseando poder decirle la verdad sobre eso y muchas cosas más.

—Acordamos que no lo usarías durante la sesión de fotos —me mira de reojo—. Así que no me mires así.

No me queda más remedio que sonreír, así que eso es lo que hago. —Está bien, ¿qué más?

—También necesito que te quites la corbata —sonríe, arrugando su nariz de la manera más boba y adorable.

Miro hacia otro lado para contenerme de tocarle la nariz mientras aflojo mi corbata y me la paso por la cabeza.

—Y un par de estos. —Me desabrocha los dos primeros botones de la camisa—. No queremos que parezcas un hípster.

Tragando saliva, la miro a los ojos. El deseo ardiente de agarrarla por la cintura y acercarla hacia mí rasga cada fibra de mi ser.

Parece nerviosa y yo miro hacia otro lado. De nuevo.

Saber que no la volveré a ver en menos de un mes lo empeora todo. Mis pensamientos, deseos y necesidades están fuera de control. Pero necesito moderarme. Estamos en un aula, por el amor de Dios, y sin duda se asustaría si pudiera ver dentro de mi cabeza.

—¿Necesitas que me quite la camisa también? —bromeo para relajar el ambiente. Funciona. Ella sonríe, y me pregunto qué estará pasando por su mente para que sus mejillas se sonrojen así.

Después de una larga espera, es el turno de Rojita para fotografiarme.

Me indica que me siente en un taburete frente a un fondo blanco. Una luz brillante me pega en la cara, haciéndome fruncir el ceño. Ella ajusta las luces, y el instructor la ayuda a configurar la cámara.

Antes de empezar a sacar las fotos, se acerca un momento, me desabrocha otro botón de la camisa y se apresura de vuelta a su lugar para montar su cámara en el tripié frente a mí.

Me río, y ella hace una mueca. Esto es divertido. Luego me dice que mantenga una cara seria y mire hacia su cámara. Las compañeras de clase de Rojita se han reunido detrás de ella y ahora la observan fotografiarme. Susurran entre ellas en francés, pero no puedo entender ni una sola palabra de lo que dicen.

Rojita revisa las fotos en la pantalla de su cámara con su instructor, y ambos parecen satisfechos con los resultados. Me levanto después de que ella me indica que hemos terminado. Después de unas últimas palabras del instructor, todos recogen y empacan sus cosas para irse.

Ambos salimos del aula, y me pongo el auricular justo cuando veo a Aaron, quien ya está mirando mi apariencia desaliñada con desaprobación. Y tiene razón. No puedo andar por la vida de esta manera, así que me coloco la corbata alrededor del cuello y la ajusto lo más rápido posible.

Veo a Rojita mirándome y ella me dice con los labios: «gracias».

—Puedes darme las gracias con un gran regalo de cumpleaños la próxima semana —le susurro con un guiño. Esto de intentar ser yo mismo no está saliendo tan bien como esperaba. Seguro que parezco un idiota.

Mi teléfono suena. Es Noelle.

Debe haberme visto.

Después de silenciar la llamada, guardo el teléfono en el bolsillo de mi saco. Detrás de Rojita, veo a Noelle parada a lo lejos. Está apoyada contra una pared, con su mochila colgando de su hombro.

La ignoro. Este no es el momento ni el lugar para hablar con ella, y ella lo sabe.

Agarro la mochila de Rojita en contra de su voluntad y la acompaño a su próxima clase.

Mi teléfono vuelve a sonar mientras Aaron se estaciona en la residencia. Es Noelle de nuevo, pero lo envío al buzón de voz y salgo del vehículo para abrir la puerta de Rojita.

—¿Por qué no contestas la llamada? —dice ella al bajar del coche—. Podría ser importante.

—No, no lo es. —Pretendo que su insistencia no me pone nervioso. La idea de que Rojita descubra que he estado en contacto con Noelle me molesta—. Puedo devolverle la llamada a esa persona más tarde.

Me está dando vueltas la cabeza. Necesito hablar con Noelle de una vez por todas. Sé lo intensa que puede ser cuando quiere mi atención, así que prefiero resolver eso porque no puedo permitir que se acerque a mí en la escuela, y sé que lo hará si la sigo ignorando. Y no quiero que Rojita se entere de Noelle. Así que ahora más que nunca, necesito mantener distancia entre ellas.

Mi cerebro analiza lo extraño que es que Annette haya estado escondiéndose de mí durante los últimos cuatro días. Me saluda con una sonrisa nerviosa cada vez que nos cruzamos y no tarda en mirar hacia otro lado. Pero algún día la encontraré sola para que podamos hablar. Todavía espero que haya algo que pueda hacer para que el embajador Murphy cambie de opinión.

Me niego a aceptar mi destino.

Rojita acaba de decir algo sobre un profesor, creo. Pero no presté atención a lo que estaba diciendo. Estoy enterrado en lo más profundo de mis pensamientos.

—Qué bien, Rojita —digo, sintiéndome como una mierda por no estar atento. Pero hay tantas cosas pasando en mi cabeza que estoy tratando de juntar todas las piezas y al mismo tiempo comportarme como de costumbre. Me está consumiendo.

Ella me empuja el hombro de manera juguetona y dice:

—¿Te parece bien que el señor Pernot se haya bajado los pantalones?

—¿Qué? —Vuelvo mi atención al presente después de su broma. Hacia ella. Parece satisfecha de tener toda mi atención, pero sospechosa de mi comportamiento.

—¿Qué te pasa? —pregunta mientras alcanza la manija de la puerta.

Me quedo sin palabras. Al parecer, estoy haciendo un trabajo de mierda de actuar con naturalidad porque pedirle a alguien que sea él mismo es el camino más rápido hacia la incomodidad. Pero al embajador Murphy no le llegó el memorándum cuando redactó ese contrato.

—¿Por qué no le devuelves la llamada a quien sea que te está llamando? —Frunce el ceño—. Tengo tarea que hacer de todos modos. Nos vemos luego.

Mejor me retiro.

Después de asentir una vez, me disculpo, camino de regreso al estacionamiento y saco mi teléfono del bolsillo. Ha estado quemando un agujero dentro de mi saco desde que Noelle me llamó por primera vez.

Le envío un mensaje de texto.

Yo: Hola. Lo siento. Estaba ocupado y no pude contestar el teléfono.

Su respuesta aparece cuando estoy de vuelta en el salón. Acabo de sentarme con Aaron y un par de agentes a comer.

Noelle: Está bien. Te vi en la escuela hoy. Te he extrañado. ¿Estás libre esta noche?

Frunciendo los labios, miro mi teléfono y considero mis opciones. No estoy seguro de si ver a Noelle sea una buena idea o no. Una parte de mí quiere despedirse, pero al mismo tiempo, no sé si me importa tanto como antes. No éramos más que un rollo casual, pero ella ha dejado claro en repetidas ocasiones que su prioridad siempre será su novio o ex, como sea que lo llame estos días. Han terminado y regresado tantas veces que es difícil seguirles el ritmo. La única constante es que ella viene a buscarme cada vez que terminan.

Estoy conflictuado.

—¿Qué hay en la agenda para hoy? —le pregunto a Aaron, que está apuñalando un trozo de brócoli y llevándoselo a la boca.

—Hay un evento en la residencia esta noche, pero sé que la señorita Murphy no asistirá a esta función. Y no ha añadido nada para esta noche, así que dudo que tenga planes —dice, tomando un sorbo de agua—. Ella nos habría notificado ya. Sabes que es organizada con su horario.

—Está bien, gracias.

—¿Haciendo planes? —Aaron se limpia la boca con la servilleta y me mira con los ojos entrecerrados—. Sabes que estás de guardia de todos modos.

Acostumbro a ser honesto con Aaron sobre mis actividades extracurriculares. Pero no hoy. No cuando ni yo sé qué voy a hacer todavía. Y estoy seguro de que le resulta extraño que esté siendo tan discreto, pero compartir mis cosas con él por lo general viene acompañado de su opinión.

—No, en realidad no.

Yo: Estoy libre, pero no es una noche libre. Aún necesito estar de guardia. No estoy seguro de que hoy funcione.
Noelle: ¿Y si yo voy? Solo quiero hablar.
Yo: No lo sé.
Noelle: Podemos encontrarnos afuera de la boutique Apostrophe como solíamos hacerlo antes.

—Tu comida se está enfriando —dice Aaron—. ¿Con quién estás hablando?

Odio cuando Aaron actúa como si fuera mi padre. Ha estado haciendo eso últimamente. Sé que se preocupa por mí y está tratando de ayudar, pero puede ser asfixiante.

—Es Noelle.

—Mmm —es todo lo que dice y vuelve a conversar con los otros dos agentes.

Yo: Nos vemos allí a las 7:30 p.m.
Noelle: Ok.

Noelle: Estoy afuera.
Yo: Ya voy.

Después de dejar el libro que estaba leyendo a un lado, le envío un mensaje a Aaron para informarle que estaré afuera con Noelle y salgo a encontrarme con ella. El guardia me deja salir por la puerta de acceso peatonal y veo a Noelle a lo lejos, con su cabello rubio y suave enmarcando su rostro. Lleva jeans, una camiseta blanca y un blazer de tweed en tonos pastel.

Se ve muy bien.

—Hola —digo, acercándome a ella con una sonrisa.

—Hola. —Me besa las mejillas—. Hace mucho que no nos vemos.

—Bueno, te he visto casi todos los días en la universidad —bromeo.

—Sabes a lo que me refiero. —Coloca su mano en mi mejilla durante unos segundos, escaneándola, y no me provoca nada. Solía excitarme con verla, pero las cosas han cambiado desde que la conocí hace casi tres años. Más que nada desde que se enredó en una relación inestable y solo me busca cuando se siente sola o necesita reafirmación externa. Funcionaba para mí entonces. Pero ahora se siente inútil.

—Sé a lo que te refieres —digo—. ¿Cómo está Lucas?

Ella gime y sacude la cabeza.

—No lo sé.

—Ya veo. —Meto las manos en los bolsillos de mis pantalones—. ¿Estás bien?

—Sí, supongo. —Mira hacia el suelo y se recoge el cabello detrás de la oreja. Luego suelta un suspiro exasperado y me mira—. Lo siento mucho, Caleb.

—¿Por qué? —Sé a qué se refiere, pero no necesita disculparse. Estaba bien con el arreglo sin ataduras que teníamos. Y digo teníamos porque no es algo que podamos seguir haciendo. Ya no. El hecho de que me marcho pronto es la razón más apremiante. Pero hay otras razones también. Razones que no me atrevo a admitir ni a mí mismo.

—Ya sabes —dice con un encogimiento de hombros—. Por todo.

—Todo está bien. —Sacudo la cabeza—. Estamos bien.

Esto es lo que hace cada vez que rompe con Lucas. Viene a buscarme, actuando toda arrepentida y demás. Y yo solía seguir el juego porque es divertida y me gusta y el sexo es genial, pero sé que ahora es inútil. Me voy a ir de Paris.

Ella necesita saberlo.

—Te extraño, Caleb —dice, dando un paso hacia adelante, con una voz tan suave que en el pasado me habría vuelto loco. Pero de nuevo… nada. Y sí, es hermosa, pero mi mente está en otro lado.

Noelle me toma la cara y me besa. Mis manos se mueven a su cintura y la acercan a mí. La familiaridad de su cuerpo es innegable.

Soy un hombre débil, de sangre caliente, estúpido. Sobre todo, estúpido.

Sus labios se separan, permitiendo que mi lengua se encuentre con la suya. Nuestros cuerpos chocan cuando la presiono contra la pared detrás de nosotros. Por un momento, me encuentro sin preocupación alguna en el mundo.

Hasta que no.

—Noelle —susurro, alejándome del beso—. No podemos.

—¿Por qué? —Ella muerde mi labio inferior con sus dientes—. No tienes idea de cuánto extrañaba estos deliciosos labios tuyos.

Me besa más apasionadamente esta vez, como si no acabara de detenerla hace unos segundos. Pero no puedo dejarme llevar por el beso por completo.

Necesito mantenerme enfocado, así que me aparto de nuevo del beso.

—Noelle, me voy —logro decir, nuestros labios a un centímetro de distancia, aún húmedos por el intercambio.

—Oh, claro. —Sus brazos están aferrados a mi cuello—. ¿Cuándo puedo verte de nuevo?

—Lo que quiero decir es que me voy de París el próximo mes —revelo, retrocediendo un paso.

—¿Qué? —Sus manos se deslizan de mi cuello y sujetan las solapas de mi abrigo—. ¿Por qué?

—Nuestro tiempo aquí se ha acabado —digo, con un tono que sale más frío de lo que pretendía—. Nos vamos a Nueva York.

Decirle esta media verdad me recuerda que la herida aún está demasiado fresca. Mi estómago se siente caliente, enredado. Duele físicamente aceptar mi destino y aceptar que Rojita se va sin mí. Ese pensamiento me hace despertar del hechizo temporal en el que Noelle me tenía.

Y ella no puede saber que voy a Israel. Al menos, no todavía. No puedo arriesgarme a que le cuente a alguien y que esa información llegue a Rojita. Noelle es amiga de la hermana mayor de Cecile. Eso hace que infringir mi contrato y arruinar mis posibilidades de despedirme de Rojita como se debe estén a un chisme de distancia.

—Sabía que te irías algún día —dice, acercándome más a ella—, pero no esperaba que fuera tan pronto.

—Ya llevo aquí cuatro años —le recuerdo—. Y tú y yo nos conocimos hace tres.

El tiempo se nos ha escapado de las manos y han pasado tantas cosas en estos últimos cuatro años. Pero siempre atesoraré los recuerdos, tanto los buenos como los malos. No puedo evitar sentir la melancolía extendiéndose por mi pecho como un incendio forestal.

—¿Tres años ya? —Sus cejas se fruncen y sacude la cabeza unas cuantas veces.

—Casi tres años.

—Siento como si hubiera perdido tanto tiempo. —Su mirada se pierde en la calle detrás de mí mientras sujeta con fuerza las solapas de mi abrigo—. ¿Entonces esto es una despedida?

Puedo ver la sinceridad en sus ojos cuando me mira.

—Supongo que sí —digo sin más—. Va a ser un mes ocupado con la transición y todo eso.

Sus manos se deslizan arriba abajo sobre mi pecho. Parece perdida en sus pensamientos.

—Billie es una chica afortunada —dice, rompiendo el cómodo silencio, apoyando su mejilla en mi pecho y abrazándome con fuerza—. Siempre la he envidiado en secreto, ¿sabes? Te tiene todos los días, cuidándola. Mirándola.

—¿En secreto? —bromeo.

—Cállate. —Noelle aprieta su agarre de mi abrigo y me acerca más a ella.

—Bromas aparte, estoy seguro de que debe estar harta de Aaron y de mí. —Me río, esperando en el fondo que no sea el caso. No creo que nunca me cansaría de seguir a Rojita, hablar con ella y tan solo… verla convertirse más en ella misma cada día. Pero todo eso está llegando a su fin, y muy pronto. Así que, con suerte, ella ha disfrutado los momentos que hemos compartido tanto como yo.

Despedirme de Noelle está resultando ser más angustiante de lo esperado. Parece triste, y no puedo negar que mi pecho se siente apretado con una emoción abrumadora.

—Eso es imposible. He visto cómo te mira, y no está harta de ti.

Las palabras de Noelle parecen genuinas, pero no sé si tiene las emociones a flor de piel por su reciente ruptura o porque me marcho. Tal vez por ambas razones, pero no quiero que se sienta así.

—Podemos mantenernos en contacto —ofrezco, cambiando de tema. Hablar con Noelle sobre Rojita en ese sentido no es algo con lo que me sienta cómodo, sobre todo desde que firmé un contrato donde no puedo expresar ninguno de mis sentimientos hacia ella. No que haya podido descifrarlos, de todos modos. Pero de nuevo, Noelle está un grado demasiado cerca de los amigos de Rojita. No quiero hablar de ella. Punto—. Siempre estaré aquí si me necesitas.

Ella humedece sus labios y un pesado suspiro escapa de su boca.

—Eres el mejor —dice con un puchero triste—. ¿Podemos… seguir siendo amigos?

Es tan boba por pensar lo contrario. Me hace sonreír.

—Por supuesto. —La abrazo y aprieto sus hombros, balanceándonos.

Noelle se pone de puntillas y busca mi boca una vez más. Nos besamos. Es un beso lento, suave. Un beso de despedida.

Mi teléfono suena con un mensaje entrante. Y otro. Lo ignoro y agarro la cintura de Noelle, acercándola contra mi pecho.

Quienquiera que esté enviando mensajes puede esperar. Aaron sabe que estoy aquí. Le dije que estaría afuera, así que bien podría salir y venir a buscarme si fuera una emergencia. Sé que no lo es. Nunca lo es.

Es nuestro último beso, y no quiero apresurarlo.

Supongo que no me sentía tan indiferente hacia Noelle como pensaba.

Mi teléfono suena con una llamada entrante, pero deja de sonar antes de que pueda siquiera pensar en responder. Y luego suena otro teléfono a poca distancia, la distracción me saca de mi estupor.

Mis labios se separan de los de Noelle. Hay una presencia flotando cerca, como una alarma de detector de humo tratando de llamar mi atención a toda costa. Diciéndome que algo está mal.

Y es entonces cuando la veo, parada a unos pocos metros, con el teléfono en la mano, los labios entreabiertos de asombro.

—Señorita Murphy.

CAPÍTULO 28

Prens soin

AL SOLTAR MIS MANOS de la cintura de Noelle, una sensación de pavor me invade.

—*Bonsoir*, Billie —dice Noelle, con la cara sonrojada por la vergüenza de ser descubierta y quizás por todos los besos también. Rojita la saluda de vuelta. El intercambio es incómodo.

—Caleb, en verdad necesito irme —dice Rojita, sonando nerviosa. No la culpo. Se topó con una situación muy incómoda para todos los involucrados. Pero sobre todo para mí—. No los encontraba, pero Aaron acaba de enviarme un mensaje y él también está listo para irse. No era mi intención interrumpir.

Asiento.

—*Ah*—*revoir* —le digo a Noelle—. *Prends soin*.

No sé por qué intenté hablar francés. Noelle parece confundida, pero yo también estoy nervioso, y supongo que quería que nuestra interacción pareciera más casual. Solo lo empeoré porque Rojita se está riendo por lo bajo. Sé que soy pésimo hablando francés. Me lo recuerda todos los días.

Rojita dice un alegre adiós a Noelle y se aleja.

Capturo a Noelle para darle un rápido abrazo.

—Yo…

—Anda —me dice al oído, presionando un beso en mi mejilla. Se aparta—. *Prends soin*.

Tomo las manos de Noelle y beso el dorso de ellas.

—Adiós.

—Adiós, Caleb.

Suelto sus manos y me paso las mías por la frente, corriendo detrás de Rojita, que ya está adentro, más allá del punto de control de seguridad de la puerta principal. No sé cómo diablos pasó esto. Debió hacer planes de último minuto porque no había nada en el calendario para esta noche.

Una vez dentro, veo que Aaron ya tiene el motor en marcha.

—Señorita Murphy, lamento la confusión del horario —dice disculpándose, abriendo la puerta para ella. Lleva una falda corta de cuero que muestra sus piernas tonificadas y una blusa negra de manga larga fajada dentro de ella. Parece tan adulta, y se ve tan jodidamente sexy.

—No, por favor, es mi culpa —dice Rojita mientras entro al asiento del pasajero de un salto. Decir que estoy agitado y mortificado es quedarse corto—. Olvidé mencionarles mis planes para la cena.

«¡Sí, lo hiciste!».

Y ahora mira lo que pasó. Tuvo que verme besando a Noelle después de años de ocultárselo con eficiencia. En el peor momento posible. Justo cuando estamos a punto de despedirnos para siempre. Y no puedo decirle cómo me siento, porque ni siquiera lo sé yo mismo. Pero sé que no quiero que piense que Noelle es en quien estaré pensando cuando me vaya. No cuando ella es quien ocupa mi mente en estos días.

—Aunque supongo que no todos estaban decepcionados de tener la noche libre —bromea Rojita—. Entonces, te gustan las rubias, ¿eh?

«Me gustas tú».

Acomodándome en mi asiento, esquivo una de las miradas mortales de Aaron.

—Lo siento mucho, Rojita. No era mi intención que vieras eso —digo. Y ahora la he llamado Rojita frente a Aaron. ¿Qué diablos me pasa? Es como si me hubiera golpeado una avalancha de errores—. Yo... No sé qué decir.

Aaron aprieta el volante como si pudiera pulverizarlo, y me queda claro que yo soy el siguiente en su lista de pulverización, pero sé que tiene todo el derecho a estar furioso. Soy un idiota.

—No te preocupes. Estoy bromeando.

Sé que lo está, pero solo empeora las cosas para mí con Aaron.

—Además, Noelle es muy bonita —añade, sus palabras un poco

menos efervescentes, como si hubiera dejado de bromear y quisiera que reconsiderara mis acciones. Y lo estoy haciendo.

—Mmm —es todo lo que puedo ofrecer como respuesta. Pero ¿qué se supone que debo decir? Todo lo que quiero hacer es arrojarme por la ventana al tráfico que se aproxima.

Pero espera, ¿está celosa? No puedo evitar sentir que podría estarlo mientras viajamos en silencio al restaurante.

Aaron se detiene en la acera, y antes de que detenga el coche por completo, ya estoy saliendo de mi asiento y abriendo la puerta para ella.

La sigo adentro como es habitual y la escolto a su mesa. Sophie y Cecile ya están allí.

—Perdón por llegar tarde —dice con un tono despreocupado, saludándolas con besos en ambas mejillas.

—Buenas noches, señoritas. —No puedo evitar fruncir el ceño mientras la ayudo a sentarse. Soy parte de la razón por la que llegamos tarde. Estaba buscándome. Enviándome mensajes y llamándome mientras yo estaba afuera besando a Noelle.

Cuando me disculpo, ya estoy metiendo la mano en el bolsillo de mi abrigo para sacar mis cigarrillos. Dando la bienvenida al frío, enciendo uno en el momento en que pongo un pie afuera.

—¿Rojita? —se burla Aaron, observándome dar una larga calada a mi cigarrillo. Una gruesa nube de humo se cierne sobre nosotros. Es una mezcla de humo y mi aliento condensándose en el frío de la noche—. ¿Desde cuándo la llamas así?

—No lo sé —estoy demasiado ocupado observando a Rojita chismorrear con sus amigas, pensando que quizás les está contando lo que vio antes. O tal vez no le importa.

Rojita me pilla mirándola como un idiota. Aparto la vista y le doy otra calada a mi cigarro.

—¿Qué quieres decir con que no lo sabes? —insiste Aaron.

—Unas semanas después de conocerla, ¿de acuerdo? —admito—. Ella me llamaba Caleb, y yo quería llamarla de otra manera que no fuera señorita Murphy.

—Pero claro —dice él, sacudiendo la cabeza con decepción—. Mírame, Caleb.

Encuentro su mirada, y ha pasado un tiempo desde que vi a Aaron tan alterado por algo.

—¿Con qué se encontró cuando salió a buscarte? —me está interrogando duro, y no sirve de nada evadir sus preguntas porque siempre llega al fondo de las cosas. Ya no hay necesidad de mentir o esconder nada.

¿Qué importa, de todos modos?

—Estaba besando a Noelle.

Dejando salir la última bocanada de humo hacia un lado, dejo caer mi cigarrillo al suelo y lo aplasto con el talón.

—Nos queda menos de un mes antes de que nos vayamos —me recuerda—. Intenta comportarte, joder. Y deja de llamarla así. Su padre se pondría furioso si supiera que la llamas de cualquier otra forma que no sea señorita Murphy. Sabes cuánto le gusta que las cosas se hagan a su manera, y con mayor razón después del drama que ha ocurrido.

—De acuerdo.

—No quieres probar hasta dónde está dispuesto a llegar.

—No, no quiero.

—Bien.

—¿Qué fue eso? —le digo a Aaron, nuestras miradas se dirigen sin demora a la ventana del restaurante donde vemos a Rojita sentada con sus amigas. Un profundo alivio me invade cuando me doy cuenta de que al parecer fue Sophie quien emitió ese sonido agudo. Parecen emocionadas por algo.

Rojita niega con la cabeza y levanta una mano en señal de disculpa hacia nosotros, dejándonos saber que todo está bien, así que Aaron y yo reanudamos nuestra conversación inconsecuente sobre el evento de UFC de la semana pasada. Estamos emocionados de ver pelear a Anderson Silva el próximo mes.

Unos minutos después de estar discutiendo sobre los peleadores, Aaron dice:

—Creo que te está llamando.

Mirando por encima del hombro, veo a Rojita gesticulando para que entre.

—Vuelvo enseguida.

Rodeo las mesas para llegar a ella.

—¿Sí, señorita Murphy?

—Acabo de hablar con mi padre —dice con firmeza, lo cual es muy diferente a su habitual forma más dulce de hablar. Me hace entrar en pánico por un segundo. Estoy demasiado paranoico estos días—. Y accedió a dejarme ir a un bar después de la cena con mis amigas.

Mis ojos se abren de par en par. Ella nunca ha estado en un bar, y sé que tiene casi veinte años, pero creo que es mejor que se mantenga alejada de esos lugares. Al menos por ahora.

—Debo estar de vuelta en casa a la una de la mañana—añade. Sin duda, sus amigas son las que están empujando esta agenda. Sé que han estado saliendo casi todos los fines de semana desde que cumplieron dieciocho, y Rojita siempre me ha dicho que nunca le ha atraído acompañarlas.

Hasta esta noche.

—Sí, señorita Murphy. —Intento, sin éxito, ocultar la sorpresa en mi semblante—. Informaré a Aaron y me encargaré de cualquier detalle necesario.

Ella me agradece con una sonrisa, y me disculpo para informarle a Aaron sobre esto.

—Van a un bar después de la cena —le digo a Aaron, con evidente molestia en mis palabras.

—¿A cuál bar? —Aaron tampoco parece estar emocionado.

—No lo sé —digo, sacando mi cajetilla de cigarrillos del bolsillo—. Creo que aún lo están decidiendo.

Aaron frunce los labios y agarra su teléfono mientras enciendo uno.

Llama a uno de los conductores de la embajada, pidiéndole que nos encuentre más tarde esta noche para mantener el coche afuera para que ambos podamos entrar al bar con Rojita y sus amigas. Siempre es mejor tener a alguien con el coche listo, por si llegara a haber una razón para irnos repentinamente. Y sé que ofrecerme a entrar solo mientras Aaron espera afuera hoy no es una buena idea. Él también quiere entrar y supervisar las cosas. Supervisarme a mí.

Una vez que piden la cuenta, Aaron entra al coche y enciende el motor mientras yo espero a que ellas salgan del restaurante. No me siento cómodo con este plan. Sé que tiene la edad suficiente para salir, beber y divertirse con sus amigas. Pero no puedo quitarme esta extraña sensación de no querer que vaya. Hay hombres, hombres borrachos en estos lugares, y muchos de ellos no tienen las mejores intenciones.

Necesito asegurarme de que todo salga bien esta noche. No puedo permitirme tener una situación en la que ella beba demasiado, o que alguien se le acerque de una manera que la haga sentir incómoda. O ambas cosas. Sé que estoy exagerando, pero esto es nuevo para mí. Estoy actuando como si esto nunca fuera a pasar. Pero pasará. Está pasando. Ella está creciendo, y como es de esperar, querrá empezar a salir más. Estoy seguro de que así será en Nueva York, y la idea de no estar allí para cuidarla me provoca una gran ansiedad.

Siempre ha sido tan fácil cuidarla. Y sé que se merece vivir su vida, pero el sentido de sobreprotección es abrumador.

Una vez que estamos todos dentro del coche, saco mi teléfono y no puedo evitar enviarle un mensaje. Estoy abrumado.

Yo: Sé que tu padre te dio permiso, pero hay un montón de tipos raros en los bares. Si planeas beber, asegúrate de vigilar tu copa. Alguien podría fácilmente echarle algo sin que te des cuenta. De todas formas, me aseguraré de que eso no pase.

Ella lo lee casi de inmediato.

Rojita: Caleb, cumplo 20 en unas semanas. Sobreviviré. Y no me importaría si al menos pudieras pretender confiar en mí y darme un poco de espacio mientras estemos allí.

Demonios, ha crecido. Y me pregunto si esta nueva actitud tiene algo que ver con haberme visto besando a Noelle antes. Por mucho que odio que haya tenido que ver eso, otra parte de mí se pregunta si la hizo sentir celosa o no, y en cierto modo deseo que sí, por enfermo que suene. O tal vez no le importa. Pero ahora que lo pienso, es probable que me volviera loco si la viera besando a alguien. No, no solo probable. Sin duda alguna.

Decidido a iniciar una discusión con ella, escribo una respuesta, pero borro el mensaje porque tiene razón. Tiene casi veinte años. Sobrevivirá porque lo contrario no sucede bajo mi vigilancia, y no necesito pretender confiar en ella porque lo hago. Los hombres en los bares son en quienes no confío, así que lo de darle un poco de espacio dependerá de Aaron y de mí, no de ella. No es como si pudiera descuidar mi trabajo. Y ella es mi trabajo.

El mejor maldito trabajo que he tenido.

Quedan veintinueve días antes de que esté oficialmente desempleado, pero ¿quién está contando?

Prends soin, escribo en mi teléfono. Pero, de nuevo, lo borro porque yo soy quien cuida de ella.

Esta noche, está a salvo. Y sé que estará a salvo en Nueva York con Aaron, pero desearía poder ser yo quien se asegure de eso para siempre.

CAPÍTULO 29

Armados hasta los dientes

ROJITA Y SUS AMIGAS están sentadas en una mesa donde Paul, que creo que es el novio de Cecile, y tres de sus amigos han pedido algunas botellas de alcohol, pero Rojita está bebiendo vino tinto. Su tercera copa de la noche. Tomó una en la cena y dos aquí. Lo que significa que ha superado su regla autoimpuesta de dos copas de vino que sé que le gusta seguir.

Perfecto.

Rojita se levanta, luciendo aburrida, y bebe su vino mientras mira el lugar. No parece incómoda, sino indiferente y poco sorprendida, como si esto no fuera lo que tenía en mente para la noche. Cecile está bailando con Paul, y Sophie ha estado charlando con un tipo que acaba de conocer esta noche.

Le envío un mensaje.

Yo: ¿Aburrida?
Rojita: Es la mejor noche de mi vida.

«Sí, claro».

Le sonrío a mi pantalla. Es terca, así que no va a admitir que está aburrida, pero su rápida respuesta es suficiente para confirmarlo. Y no es que me alegre de que lo esté, pero digamos que me da tranquilidad ver que todo está bajo control, que no hay ningún tipo raro acosándola o queriéndole echar algo en su bebida. Y que, con suerte, no querrá visitar un bar de nuevo en un rato porque ya lo ha hecho y no fue tan emocionante como pensaba.

Yo: ¿Quieres irte?

Estoy seguro de que está escribiendo **Sí**, pero su mensaje nunca llega porque un tipo está ahora de pie detrás de ella, rozándole el brazo, distrayéndola. Ella se da la vuelta, lo mira y guarda su teléfono.

Le dice hola; leo sus labios. Es alto, tal vez mida una o dos pulgadas menos que yo. Está bebiendo whisky, creo. Ella se da la vuelta, y parece que se están presentando.

Si tan solo le hubiera enviado un mensaje cinco minutos antes, ya estaríamos en camino a la residencia, y esto no estaría pasando.

Molesto, doy un golpe con el dorso de mi mano al brazo de Aaron. Una protesta inútil.

—Soy consciente de que está hablando con ese joven, Caleb —dice—. Estoy parado justo a tu lado y mirando en su dirección también. Déjala.

Me froto la cara con un suspiro. La noche iba tan bien.

A la mierda con esto.

Avanzando unos pasos hacia ella, ignoro por completo la parte del plan de darle un poco de espacio porque ya ha tenido suficiente de eso esta noche.

Todo lo que quiero es una confirmación visual de Rojita de que está cómoda hablando con ese tipo. Una mirada rara de ella, y puedo hacer que desaparezca de su vista.

Y ahora me ha dado la espalda. Fantástico.

El Tipo del Whisky le ofrece más vino, vino que no puede beber sin ser considerada oficialmente borracha. Le acaba de quitar la copa de la mano y ha hecho un gesto a la camarera para que le traiga otra.

—Esa es su cuarta copa de vino —le digo a Aaron, que hasta ahora ha decidido pararse junto a mí—. Nunca ha bebido tanto.

—Se ve bien —me gruñe—, y estamos a unos pasos de ella. Relájate.

Suelto un resoplido.

—¿Esta es tu idea de cuidarla? —Estoy ofendido. Preocupado—. Necesito saber que la cuidarás en Nueva York cuando me haya ido.

—Ya no tiene quince años, Caleb —me recuerda—. ¿Te acuerdas de todo lo que hacías a los veinte?

Sus palabras me duelen. No solo son ciertas, sino que también son un recordatorio flagrante de que ella ha crecido y es capaz de salir con sus amigas y tomar unas copas. Incluso tiene derecho a cometer errores y aprender de ellos, aunque yo quiera ser quien se asegure de que eso nunca pase. Es parte de la vida y el aprendizaje. Ella necesita vivir, y yo seré un testigo, por el poco tiempo que me queda con ella, al menos. Estoy seguro de que puedo manejar eso.

Trago saliva y me decido a mantener la boca cerrada. Recuerdo cómo era yo a los veinte y desearía no hacerlo. No era la persona más responsable del mundo. Pero ¿quién lo es, en realidad? Todos estamos haciendo lo mejor que podemos con las cartas que nos han tocado. Y eso significa que este razonamiento también debería aplicarse a ella. No debería querer mantenerla dentro de una burbuja de seguridad.

No debería querer ser como su padre.

Mientras repito este último pensamiento para mí mismo como un mantra, Aaron y yo observamos la interacción de Rojita con el joven. Desearía saber su nombre o tener acceso a alguna forma de identificación.

Él tiene su mano en la cintura de ella y la jala hacia él. Maldigo en voz baja.

Están bailando y girando. Ella sonríe, y me siento muerto por dentro. Pero al mismo tiempo, mi alma arde de celos; del tipo que nunca había sentido antes en toda mi vida. Crudos. Desquiciados. Salvajes.

Injustificados.

Estoy a punto de estallar a causa de esta emoción pesada y desenfrenada. Mirando hacia otro lado por un segundo, me dispongo a respirar lenta y profundamente, tratando de calmarme.

—¡Diablos! —dice Aaron, haciendo que vuelva mi atención hacia Rojita. Parece que un hombre borracho se ha tropezado con ella. Aaron lo confirma. El Tipo del Whisky parece enojado y le da un empujón al hombre intoxicado.

Nos estamos moviendo en su dirección, pero Rojita nos detiene en seco con un sutil movimiento de cabeza y una mirada de pánico en su rostro.

Conociéndola, apuesto a que no quiere que El Tipo del Whisky sepa que tiene guardaespaldas. Pero él está enredado en una acalorada discusión con el borracho, y esta mierda puede escalar a los golpes en cualquier momento. No quiero que ella esté en medio de eso.

No me siento cómodo sin poder manejar esto yo mismo. Además, el hombre casi la derriba. Así que no me importaría canalizar parte de la energía mal dirigida que se agita dentro de mí hacia ese hombre. Hacia cualquier cosa.

Necesito desahogarme, y ese borracho tiene un objetivo en la frente. El Tipo del Whisky también.

Aaron coloca una mano en mi pecho, deteniéndome.

—¿Vas en serio? —Mi irritación está aumentando y no pinta que sea saludable.

—Quédate jodidamente quieto —dice con aspereza—. El borracho se fue. La situación está bajo control. No hagas esto más grande de lo que tiene que ser.

—Mírala, Aaron —sacudo la cabeza con incredulidad. Esta versión relajada y excesivamente desapegada de Aaron con respecto a la seguridad de Rojita no me da la paz que necesito para aceptar que no voy a Nueva York, que no estaré allí para supervisar situaciones como esta—. Ella se ve asustada, y el tipo con el que está parece estar a punto de ponerse violento. Tampoco me gusta eso.

—Déjalos, Caleb —suena resuelto—. Estamos justo aquí al lado de ella. Está a salvo. El chico parece inofensivo.

«Déjalos». Pongo los ojos en blanco.

El Tipo del Whisky agarra la mano de Rojita y la aparta de la mesa.

«¿A dónde diablos cree que va con ella?».

Esto es una pesadilla, y quiero despertar.

Después de agarrar el abrigo de Rojita de su mesa, los seguimos—con discreción—de acuerdo con la petición de Aaron. No sé si está pensando en irse con ella, pero si lo hace, es el mayor idiota que ronda por París.

Me relajo cuando me doy cuenta de que va al baño de mujeres. El Tipo del Whisky espera afuera, apoyado contra una pared, mientras merodeamos en las sombras esperando a que ella salga.

Ella sale después de unos minutos.

Él extiende su mano y la atrae hacia sí. No me gusta cómo la sigue moviendo a su antojo, especialmente cuando parece un poco afectada por el alcohol. Sus movimientos son lentos y cuidadosos, pero no se aparta de él.

«¿Le gusta?».

—Es hora de irnos —le digo a Aaron, revisando mi reloj. Su toque de queda se acerca. No queremos meternos con el embajador Murphy. No esta noche. Y no durante el próximo mes.

—Tienes razón. —Está de acuerdo, para variar.

Sus rostros se están acercando. Él le toma la barbilla y se acerca poco a poco a ella, como un depredador que está listo para abalanzarse sobre la presa perfecta.

Está humedeciéndose los labios y colocando sus manos en la parte baja de su espalda.

—Te juro por Dios, Aaron —digo entre dientes, escuchando los segundos pasar como una bomba de tiempo que está a punto de explotar. Y en este momento soy una ojiva nuclear.

Si la besa, voy a perder la cabeza. Pero, por suerte, las palabras no necesitan salir de mi boca; Aaron es el mejor para leer la situación. Termina con mi miseria y se interpone en su campo de visión, carraspeando.

Rojita ensancha la mirada y da un medio paso hacia atrás, pero las manos del tipo aún están pegadas a su cintura.

—¿Novio? —pregunta el idiota.

Es mi turno de presentarme, y no estoy en mi modo más amigable. El evidente disgusto está grabado en mi rostro, y no estoy tratando de ocultarlo. No soporto verlo tocarla.

—¿Novios? —Sonríe el tipo al verme como si no se sintiera intimidado en absoluto por la presencia imponente de dos agentes de seguridad frente a él.

—Guardaespaldas —corrige Rojita en voz baja.

«Y estamos armados hasta los dientes, imbécil».

CAPÍTULO 30

El guardaespaldas encaprichado

—**SEÑORITA MURPHY,** ya es más de la una de la mañana —dice Aaron, con un tono plano, casi mandón—. Hemos estirado el tiempo tanto como pudimos. Necesitamos cumplir con el toque de queda.

—Es hora de irnos, señorita Murphy. —Una sonrisa de satisfacción se dibuja en mi rostro mientras mantengo mi atención fija en la cara de El Tipo del Whisky. Es hora de despedirse y quitar esas manos de su cintura.

Él cumple con lo último y le promete a Rojita que regresará en unos minutos, mientras yo solo puedo pensar en sacarla de ahí lo más rápido posible.

Ayudo a Rojita a ponerse su abrigo y veo al Tipo del Whisky pagando su cuenta a uno de los camareros. No tarda en regresar y agarrar la mano de Rojita de inmediato para guiarla hacia afuera.

Rojita se detiene un segundo y le dice algo, pero no puedo escuchar gracias al nivel de la música. Intercambian algunas palabras hasta que él se ríe y continúa saliendo del bar con los dedos de Rojita entrelazados con los suyos.

Nuestro conductor tiene el Mercedes negro listo y estacionado junto a la acera. Aaron camina delante de nosotros y le abre la puerta a Rojita mientras yo me quedo unos pasos atrás porque no puedo soportar verla interactuar tan de cerca con este sujeto.

—¿Quién eres? —pregunta el tipo con una sonrisa, como si tratara de ser juguetón con ella. Apuesto a que puede darse cuenta de que ella es alguien importante: el coche, el conductor, la seguridad. Es obvio que no es una chica cualquiera.

—Fue un placer conocerte —dice ella, luciendo mortificada. Sé que odia la atención que resulta por ser la hija de un embajador.

—¿Cómo que fue un placer conocerme? —responde el tipo con una sonrisa—. Me encantaría verte de nuevo cuando te mudes de regreso a Nueva York.

«Tienes que estar de joda».

«¿El tipo vive en Nueva York?».

Está sacando su teléfono para obtener su número, estoy seguro.

Un escalofrío helado recorre mi columna porque la amarga verdad de que no estaré allí para darle seguimiento a esta situación y asegurarme de que Rojita esté a salvo de él o de cualquier otro tipo me golpea duro en la cara.

Rojita está tecleando su número en su teléfono, y ahora estoy paseando por la acera porque no puedo soportar la mirada engreída en la cara del tipo. Luego le devuelve su teléfono y le ofrece llevarlo a donde sea que vaya, pero por suerte, él declina la oferta porque eso no va a suceder, de todas formas. No vamos a recoger a un extraño de un bar y ponerlo en el mismo coche que ella, incluso si ella piensa que es lindo.

Él le besa la mejilla, demorándose demasiado, prometiendo verla pronto, y yo espero que eso nunca suceda.

Una vez que Rojita está sentada y segura dentro del coche, rodeo el vehículo y me siento a su lado mientras Aaron se sube al asiento del pasajero. El ambiente es jodidamente incómodo. Ella está en silencio, retraída, con la mirada pegada a la pantalla de su teléfono. Menos mal que estamos a unas pocas cuadras de la residencia. No puedo soportar la tortura de haber presenciado todo eso y no poder decir lo que pienso o expresar los sentimientos que están burbujeando en mi pecho, incluso si no puedo nombrarlos. Todo lo que sé es que poco a poco van tomando forma y ocupando cada vez más espacio dentro de mí.

Nos acercamos a la puerta principal de la residencia, y un taxi se estaciona detrás de nosotros, demasiado cerca para mi gusto. ¿Qué diablos? Salto del coche, mi mano moviéndose hacia mi pistola enfundada, pero sin sacarla. Todavía no. Pero lo haré si es necesario. No estoy de humor para tonterías esta noche.

El Tipo del Whisky sale del taxi y se acerca hacia nosotros. Aaron ya está parado a mi lado, pero mi mano sigue en mi pistola. Nunca se sabe quién es este tipo o sus intenciones, pero planeo averiguarlo.

—Buenos días, señor —digo con un tono diseñado para que sepa que no es bienvenido, y un recordatorio de que ya es la una y media de la mañana—. ¿A dónde se dirige?

—Yo… —Un profundo pliegue se forma entre sus cejas, dejándome saber que está confundido. Está mirando mi mano y dónde está. Así es. «Esta es una pistola, y la usaré contigo si estás aquí con alguna intención rara»—. Mi nombre es Thomas Hill. Mis padres están adentro con el embajador Murphy. Somos sus invitados esta noche, y yo salí después de la cena y volví para encontrarlos. Mi padre es el senador Hill. Thomas Hill.

Parece algo nervioso, como debería estarlo.

Bien.

—Voy a necesitar ver alguna identificación, por favor. —Suelto el agarre de mi pistola. Él parece relajarse un poco y saca su billetera. Es bueno saber que le tenía miedo a mi arma porque debería. Me entrega su licencia de conducir, y la paso a uno de los oficiales en guardia en la entrada después de confirmar en breve una coincidencia en el nombre y la foto, memorizando el resto de su información lo mejor que puedo.

Un par de minutos después, el oficial le devuelve su identificación a Thomas y le concede acceso a la residencia. Me hace sentir que ha ganado esta batalla, y lo odio por ello. Me odio a mí mismo por preocuparme tanto.

Thomas se acerca a la ventana de Rojita y la toca. Ella la baja con una sonrisa. Después de un breve intercambio, él entra, y el conductor mete el coche en la residencia para el paseo más corto y patético que alguien haya dado a alguien en la historia de los paseos. Como si no pudiera caminar unos pasos a través del acceso peatonal hasta el área de estacionamiento.

Rojita está descalza, y puedo ver cómo hace una mueca de dolor, probablemente por lo que sus tacones le han causado, mientras intenta ponérselos de nuevo. Después de una protesta juguetona, Thomas la levanta del suelo y la lleva escaleras arriba hacia la puerta principal.

Que me jodan. La noche empeora por segundos.

Mi mente recorre los recuerdos de aquella vez que la cargué cuando se lesionó el tobillo en las Tullerías hace unos años y cómo ahora ya no soy el único hombre que la ha sostenido en sus brazos. Está haciendo nuevos recuerdos con nuevas personas que entran en su vida, y con el tiempo, me desvaneceré convirtiéndome en un recuerdo de su pasado. El agente de seguridad que una vez conoció en París.

Desaparecen dentro de la residencia y cierran la puerta detrás de ellos mientras yo me quedo aquí parado como el guardaespaldas encaprichado que debería empezar a reconocer que soy.

Una vez que se han ido, corro a mi habitación y me quito el traje, dejando caer las piezas desordenadamente al suelo. Estoy enfurecido. Con ese tal Thomas, con la situación en general, y conmigo mismo por darle tanta importancia.

Hay una razón por la que Rojita está actuando de esta manera. La conozco. Apuesto a que fue el beso que presenció entre Noelle y yo. Me pregunto si habría pedido que la llevaran de vuelta a casa después de la cena, en lugar de ir con sus amigas a ese bar, si no nos hubiera visto.

Me pongo unos shorts, una camiseta, una sudadera con capucha y una gorra hacia atrás y salgo a correr. Voy a darle un puñetazo a la pared si no lo hago. Pero Aaron todavía está afuera en el estacionamiento hablando con otros agentes de seguridad. Es una noche ocupada con el evento en la residencia, y todavía hay algunos invitados adentro, y sé que a él por lo general le gusta esperar antes de dar por terminada la noche. En un día cualquiera, me quedaría un poco más con él y luego iría a comer algo, pero no puedo hacer ninguna de esas cosas. No esta noche.

—¿A dónde vas? —me pregunta Aaron en hebreo mientras paso corriendo a su lado sin percatarme de su presencia—. ¿Caleb?

—A correr —contesto—. Nos vemos luego.

—¡Caleb!

Lo ignoro y aumento mi ritmo a un trote cómodo. Necesito calentar primero. Es una noche fría, y no quiero sufrir un tirón muscular cuando planeo estar afuera por un rato.

Por instinto y costumbre, tomo la ruta habitual que Rojita y yo hemos seguido los últimos años hacia las Tullerías.

Después de unos minutos, ya estoy corriendo. Y no creo haberme sentido así antes. Mis pensamientos están enredados con mis sentimientos, y es demasiado confuso tratar de entenderlo, así que sigo corriendo. Ahora no es el momento de analizar nada de esto, incluso si mi cerebro insiste. Incluso si mi mente piensa que puedo manejarlo.

No puedo.

O tal vez sí puedo, pero no quiero. Cuanto más trato de encontrar una explicación lógica para mi angustia actual, menos encuentro algo a lo que aferrarme que ayude a explicar el desorden dentro de mí. Así que lo único que hago es seguir adelante. Seguir corriendo sobre el suelo parisino que guarda tantos recuerdos que siempre atesoraré con ella. Recuerdos que sigo esquivando mientras me mantengo en la ruta por puro masoquismo.

Nuestra ruta.

Después de perderme corriendo por un tiempo indeterminado, me dirijo de regreso a la residencia. No llevo reloj, ni traje mi teléfono. Sabía que Aaron estaría llamándome sin parar si lo hacía, y no habría podido lidiar con él además de todo lo que ya está saturando mi mente. No quiero hablar, interactuar o respirar cerca de otro ser humano en este momento.

Todo lo que espero es que Thomas se haya ido cuando regrese.

Y al parecer, así ha sido. El estacionamiento está casi vacío cuando entro por la puerta peatonal. Pero no podré dormir hasta tener confirmación.

—¿El senador Hill y su familia se han ido? —le pregunto al agente Wilson, que está apostado en la entrada desde que trajimos a Rojita del bar. Él es quien validó la identificación de Thomas.

—Se han ido —contesta con un tono seco—. Todos se han ido.

—Gracias, amigo. —Le doy una palmada en el hombro—. Nos vemos mañana.

—Aaron te ha estado buscando —dice a mis espaldas. Me doy la vuelta—. Te fuiste por casi tres horas. Le pareció extraño que no hubieras regresado. Incluso sacó el coche y salió a buscarte.

«Tres horas».

Todavía está oscuro, así que es difícil tener un indicador preciso de la hora solo mirando el cielo. Y no pasé todo mi tiempo corriendo. Tomé algunos descansos aquí y allá. En la Fuente Octagonal, en el Louvre y en el *Pont des Arts*, que tanto le gusta a Rojita.

Pasando el dorso de la mano por mi frente para quitarme el sudor, asiento y agradezco a Wilson.

Estoy sediento.

Respirando profundamente y esperando que Aaron esté dormido, me dirijo a la sala común por un vaso de agua o dos. Pero debería saber que no debo esperar cosas buenas para mí esta noche porque Aaron está sentado en un sillón en la oscuridad, la luz de una lámpara tenue en la mesa lateral iluminando el área a su alrededor.

—Estaba preocupado. —Se pone de pie y camina hacia mí.

«Aquí vamos».

Está usando sus pantalones negros, pero se quitó el saco, y los botones superiores de su camisa blanca están desabrochados. Este es el estado más desaliñado en el que lo he visto desde que comencé a trabajar aquí. Siempre es tan meticuloso con su apariencia, sin importar la ocasión.

—Te dije que iba a salir a correr —le recuerdo, llenando mi vaso con agua—. Así que no entiendo por qué estarías preocupado.

Le doy un buen trago a mi vaso de agua y finjo que no está parado detrás de mí, esperando que interactúe con él en una conversación cara a cara, no, «discusión» cara a cara.

—¡Te fuiste por tres malditas horas, Caleb! —explota—. Y sé en qué estado te fuiste. Estabas cabreado más allá de la razón y a punto de arrancarle la cabeza a alguien.

Dejo el vaso vacío en la encimera con un suspiro y me sirvo otro. No puedo hacer esto ahora. De verdad que no.

—Ya estoy mejor —miento, levantando mi vaso para alejarme.

No estoy bien. Si acaso, regresé con mis sentimientos intensificados por haberlos ignorado durante las últimas tres horas.

Aaron me sigue hasta mi habitación en silencio. Un silencio denso y espeluznante. Incluso miro por encima del hombro unas cuantas veces para comprobar si aún me sigue, y es entonces cuando me doy cuenta de que no puedo oír sus pasos porque está descalzo. Algo que es muy poco habitual en él.

Debe haber estado genuinamente angustiado por mi ausencia.

Abro mi puerta, encontrando que la dejé sin seguro cuando hui antes, y él entra sin siquiera hacer un esfuerzo por preguntar si puede pasar. Hemos pasado el punto de pretender que mi comportamiento no es errático. Lo entiendo. Lo es, y todo lo que puedo hacer es tratar de escuchar lo que tenga que decir y morderme la lengua si siento la necesidad de responderle.

«Déjalo hablar, y se irá más rápido».

«Y podrás tomar una ducha y un trago de vodka».

Sé que me merezco ambos.

No estoy buscando emborracharme, sin embargo. No soy tan estúpido como para presentarme al trabajo con aliento alcohólico en unas pocas horas. Le prometí a Rojita que dejaría de beber, y cumpliré esa promesa lo mejor que pueda. Pero necesito desesperadamente relajarme de una manera que correr no pudo lograr, como solo el alcohol puede hacerlo.

El vodka es un plan de respaldo confiable.

Cuando recuerdo que Thomas se ha ido y que Rojita está durmiendo segura y tranquila en su cama, me invade una sensación momentánea y simulada de alivio. Aún tengo que averiguar si ese tipo seguirá cortejándola o no después de esta noche. Y ahora, no me queda más remedio que estar en constante comunicación con Aaron desde la distancia para recibir actualizaciones.

Sentado en el suelo con la espalda contra mi cama, me quito la gorra y los tenis y dejo caer la cabeza entre las rodillas, esperando el sermón de Aaron.

—Necesitas ponerte las pilas —dice, con un tono que deja entrever la amenaza—. Nos queda menos de un mes antes de irnos, y estoy seguro de que no querrás despedirte de la señorita Murphy antes de lo previsto. O, peor aún, no hacerlo en absoluto.

Suspiro y dejo caer la cabeza contra el borde de mi colchón.

—No confío en ese tipo, Aaron —digo, y es la verdad.

—Oh, estoy seguro de que no —su tono está cargado de burla, lo que no aprecio; solo aviva las brasas dentro de mí para seguir ardiendo.

—No me gusta la forma en que la mira. —Me levanto del suelo—. Ni cómo reaccionó cuando ese borracho chocó contra ellos en el bar. Tiene esa mirada de psicópata en los ojos que, lamentablemente, he visto más de unas cuantas veces mientras servía en el ejército. Estoy seguro de que sabes de lo que hablo.

—No me enfoqué en los ojos del tipo —dice Aaron con tono sarcástico.

Bueno, yo sí. Siempre estoy al pendiente cuando se trata de Rojita. Y puedo decir con orgullo que nunca me pierdo un detalle.

—Y no me digas que no habrías reaccionado de la misma manera si hubieras sido tú quien estaba a su lado cuando el borracho chocó contra ella.

—Yo… —Tomo una respiración profunda por la nariz para calmarme—. La conozco, y ella me conoce a mí. Y haría cualquier cosa para mantenerla a salvo. A cualquier costo. Incluso si mi vida dependiera de ello.

—Caleb, no deberías…

—El tipo apenas y la conoce —lo interrumpo—. ¿Por qué le importa lo suficiente como para alterarse tanto? Para mí está claro que a) Tiene algún problema de ira reprimida, o b) Sabía quién era ella de antemano y la estuvo cazando hasta que al fin vio la oportunidad de acercarse a ella y estaba tratando de impresionarla. Y ninguna de esas dos opciones me tranquiliza.

Aaron sacude la cabeza y se rasca la mandíbula como si estuviera desquiciado. Y tal vez lo esté. Seré un loco por ella si es necesario. Si su seguridad y felicidad dependen de ello, con gusto caminaré al borde y me lanzaré a la locura.

—De cualquier manera —digo entre dientes, tratando de ignorar la actitud de Aaron hacia la situación—, es hijo de un senador y muy probable que sea un chico mimado de la Ivy League como la mayoría de ellos. Así que estoy seguro de que es mejor tratar de mantener a ese tipo de chicos alejados de ella.

—Estás celoso. —Me mira a los ojos, desafiándome a decir lo contrario. Estoy listo para admitírmelo a mí mismo porque no solo es verdad, sino que no también significa que soy un hombre leal y protector que se preocupa lo suficiente por las personas como para sentir algo—. Y eso se está convirtiendo en un problema. Un problema del que te advertí antes de que la conocieras.

—Sí, estoy celoso —admito, derrotado, las palabras quemándome la lengua en el segundo que salen de mi boca—. Pero me iré pronto, así que, si me ves como un problema, debería resolverse en un mes.

Una sensación ardiente me golpea en el estómago al mencionar mi partida.

No puedo soportarlo más.

Molesto, me dirijo a mi cómoda, quitándome la sudadera y camiseta junto con ella y arrojándolas en la cama para encontrar mi primer cajón vacío. Bueno, aún está lleno de ropa, pero mi vodka se ha ido.

«No se atrevería».

Mirando por encima del hombro, fulmino a Aaron con la mirada. Él está cruzando los brazos sobre su pecho como admitiendo que en efecto se atrevió a meterse con mi botella que tenía escondida.

—Te estás destruyendo con esa porquería —dice—. Han sido años de fingir que estás bien cuando no lo estás. Y has estado mejor respecto a Yonathan. Admitiré eso. La señorita Murphy te ha ayudado a sanar tanto como tú la has ayudado a ella.

Lo ha hecho. Ella me salvó, y nunca lo sabrá. Arrastraré esa verdad conmigo a la tumba. No puedo abrirme con ella de esa manera. No cuando le hice prometer no mencionar a Yonathan nunca más. ¿Por qué lo haría? Sé que es una herida demasiado dolorosa para hurgar en ella. Tengo miedo de ver si los sentimientos siguen enterrados muy dentro de mí o si se han filtrado hacia afuera sin mi conocimiento en los últimos años. Pero no importa cuando gracias a ella, siento que mi vida tiene un propósito de nuevo. Es triste e irónico que mi propósito una vez más esté siendo arrancado de mí.

—No metas a Yon en esto —le advierto. No puedo caer en ese agujero. No ahora. No con él. Me volveré loco.

—No lo haré. Pero me temo que vas a recaer. Empezarás a beber como lo hiciste cuando llegaste aquí hace cuatro años.

Su mirada está llena de compasión, la genuinidad de esta me desconcierta. Sé que le importo a Aaron. Me duele darme cuenta de que notó lo roto que estaba y cuánto le dolió verme en esa condición.

—Nunca te había visto así, tan torturado por una chica.

El denso silencio se cierne entre nosotros mientras asimilo todo el peso de sus palabras.

—¿Estás enamorado de ella? —pregunta Aaron con una tono más tenue, calmado y cauteloso.

Un profundo sentido de pánico golpea mis huesos y me abruma.

No creo haber estado enamorado nunca, así que no sé qué señales debería buscar en mí mismo para confirmar esa afirmación monumental. Todo lo que sé es que hay un dolor que vive dentro de mi pecho, una constante y desgarradora añoranza por ella, y una tristeza abrumadora que me consume cada vez que recuerdo que nos estamos separando. Lo cual ha sido todo el tiempo desde que me enteré.

Agarro la carpeta manila con el contrato que firmé hace unos días del pequeño escritorio en mi habitación y la coloco contra el pecho de Aaron.

—No puedo hablar de mis sentimientos. —Río, pero suena triste—. O claro, lo haré si estás dispuesto a pagar la multa.

—No seas ridículo. —Agarra la carpeta y la arroja de nuevo sobre el escritorio—. Puedes hablar conmigo.

Suspiro.

—La amo, Aaron —admito el crimen—. Y tú también. La has conocido desde que era una niña. La has protegido y has estado allí para ella en sus momentos más oscuros. Y me gusta creer que yo también he estado allí para ella. La he ayudado a salir de esa oscuridad. Así que sí, la amo.

Abro el cajón de mi mesita de noche, agarro mi paquete de mentolados y enciendo uno.

—No puedes fumar aquí —dice, levantando una ceja con evidente desaprobación.

—Lo sé jodidamente bien, pero necesitas darme un puto respiro. —Camino alrededor de la cama hacia la ventana y la abro, tomando una larga calada y dejando que el humo salga hacia la brumosa madrugada—. Sobre todo, desde que confiscaste la versión líquida de mis cigarrillos.

Se acerca a mí.

—Sabes que yo también la quiero —dice—. Y estoy de acuerdo con todo lo que estás diciendo, pero no respondiste a mi pregunta.

—¿Qué importa? —Tomo otra rápida calada, dejando que el humo salga por mi nariz como un dragón demente—. Me voy y es probable que nunca la vuelva a ver. Así que no veo cómo eso sea relevante.

—Justo por eso —dice—. Me duele verte partir sabiendo que estás locamente enamorado de ella.

«Locamente enamorado de ella».

La frase resuena en lo más profundo de mi existencia de la manera más aterradora. Estoy loco, y la amo. Así que tal vez tenga razón, y al darme cuenta de eso, mi vida acaba de empeorar.

—A estas alturas, no sé si quedarme sería mejor que irme. —Sin duda sería una tortura verla alejarse más de mí en su nueva vida, con nuevos amigos y admiradores en Nueva York. Pero lo soportaría. Haría cualquier cosa por ella si significara que estaría feliz y segura.

Doy una larga calada a mi cigarrillo hasta el filtro y dejo salir el humo por la ventana, cerrándola después. La habitación se está enfriando. Luego, lo tiro a la basura después de apagar la brasa con agua del grifo del baño.

—Entonces, ¿estás enamorado de ella?

—¡No tengo ni puta idea! —le grito mientras salgo del baño—. Porque no importa.

Puedo sentir mi voz quebrándose porque sí importa. Debería importar cuando estoy al borde de un colapso mental. Debería ser capaz de saber esta pieza simple pero crucial de información.

«¿Estoy enamorado de ella?».

—Es que… veo cómo te mira y…

—¿Y qué? —digo con una risa y una mirada de interrogación en mi rostro—. ¿Crees que hay un escenario que podría terminar en un final feliz o alguna mierda así para nosotros? —le grito—. Soy su guardaespaldas. Somos la ayuda. Ella nunca querrá estar con alguien como yo, y esta noche es una prueba más de ese hecho innegable.

Thomas y hombres como él son su tipo.

Silencio.

—Lo que me mata es que no podrá distinguir a los imbéciles cuando llegue el momento de elegir entre la fila de hombres que sin duda lucharán por su afecto —continúo, escupiendo veneno con mis palabras—. Ella confía muy rápido en los demás. Es demasiado amable. Y no estaré allí para asegurarme de que esté a salvo en el proceso.

«Para asegurarme de que tenga a alguien en quien pueda confiar a su lado».

—Yo estaré allí —me recuerda—. La mantendré a salvo. Siempre lo he hecho. Es que… no puedo creer que no vengas. Ojalá hubiera algo que pudiéramos hacer para cambiar la opinión de su padre.

—Ya somos dos.

Me siento en el borde de la cama y lo miro, preguntándome si hay algo más que quiera decir. Parece haber cubierto todo. Y no, no creo que haya nada que podamos hacer para cambiar la opinión del embajador Murphy, sobre todo cuando hay documentos firmados y notariados donde acepto cumplir con sus deseos en medio de este enredo.

—Es hora de ir a la cama —Aaron suelta un suspiro mientras se dirige hacia la puerta—. Tómate el día libre mañana. Haré que alguien te cubra.

—¡De ninguna manera! No voy a…

—Es una orden directa —dice, interrumpiéndome antes de que pueda empezar a quejarme—. Así que vete a la cama, descansa y olvídate de comprar alcohol porque lo tiraré de nuevo.

Mi mandíbula cruje y asiento. Él asiente de vuelta. Está decidido.

Empieza a alejarse cuando digo:

—¿Aaron?

Mira por encima del hombro y pienso para mí mismo, «estoy enamorado de ella», pero soy incapaz de decir las palabras en voz alta.

—Lo sé —susurra de vuelta, alejándose.

Claro que lo sabe, y yo soy el idiota que acaba de darse cuenta.

CAPÍTULO 31

Alguien que no sea ella

6 de abril de 2009

HASTA AQUÍ LLEGUÉ: es mi última semana cuidando a Rojita, y ella ni siquiera lo sabe. Necesito empezar a reunir el valor para sentarme y decirle la verdad. Sé que estará decepcionada, pero no sé hasta qué punto. Una voz molesta en mi cabeza me atormenta con la idea de que tal vez no le afecte la noticia. Pero Aaron insiste en que sí. De hecho, parece preocupado. Y no es que quiera que esté devastada, pero si me deja saber que le importo, al menos una fracción de lo mucho que me importa ella a mí, mi trabajo aquí está hecho. Quiero creer que he tenido un impacto en su vida.

Lo complicado de revelar la noticia de que no voy a Nueva York es que el plazo que me dieron para hacerlo cae en el fin de semana de su cumpleaños. Así que puedo soltar la bomba antes de su cumpleaños y arriesgarme a arruinar su día, o puedo hacerlo una vez que termine su fiesta sorpresa. Estoy más inclinado hacia lo último, pero sería literalmente unas pocas horas antes de que tome un avión y se vaya. Sería demasiado impactante y dramático, creo. Incluso podría enojarse conmigo por no haberle dicho la verdad antes. Así que no sé qué hacer. Desearía no estar legalmente obligado a decir nada y poder subirme a ese avión con ella a Nueva York. Pero poco a poco he hecho las paces con eso.

—¿Caleb? —dice ella mientras sale del coche, su voz suave como el terciopelo. Lleva vaqueros ajustados y un suéter verde menta. Lleva suelto su largo cabello rojizo, y ahora más que nunca, desearía poder pasar mis dedos por él y acercar su rostro al mío. No puedo creer que nunca llegaré a besarla; a saber cómo se siente eso.

Acabamos de llegar de la escuela, y no hay nada en su agenda para el resto del día. Bien. Eso significa que puedo huir y esconderme de ella. Se está volviendo cada vez más difícil actuar como si todo estuviera bien cuando no lo está, cuando ella es perceptiva como el demonio. Y admito que no he dejado de pensar en ese imbécil que conoció. Thomas. Me pregunto si se ha comunicado con ella. Si están enviándose mensajes y ya han acordado verse en Nueva York. La curiosidad por preguntarle sobre él me está consumiendo. Pero no sé cómo hacerlo sin que los evidentes celos se filtren de mis palabras. Ella notaría mi incomodidad.

—¿Sí, señorita Murphy? —Sonrío, pero incluso yo puedo sentir que es forzado y falso. Ella también se da cuenta, por la forma en que me está mirando. Estoy emocionalmente drenado.

—¿Estás bien? —Sus ojos se entrecierran con sospecha—. Has estado actuando raro y distraído hoy.

—Estoy cansado. —Meto las manos en los bolsillos—. Creo que me excedí en el gimnasio esta mañana.

—Oh —dice, luciendo aliviada—. Estaba pensando en salir a correr, pero puedo usar la caminadora si estás cansado. Podríamos saltarnos…

—¡No, no, no! —Sacudo la cabeza dos veces y miro hacia otro lado por unos segundos—. Quiero decir, no, está bien. Puedo correr.

Esta es nuestra última semana aquí, y seguro que no quiero perder la oportunidad de salir a correr con ella. Eso es una de las cosas que más voy a extrañar.

—Caleb, acabas de decir que estás cansado —insiste—. Correré en la caminadora, y tú puedes descansar.

Empieza a subir las escaleras hacia la puerta principal como si sus palabras fueran definitivas.

—Vamos a correr. —La tomo del brazo con gentileza, apretándolo solo lo suficiente para que se detenga y me escuche—. No seas terca.

Me mira por encima del hombro, poniendo los ojos en blanco y levantando las cejas, fingiendo molestia. Esa es una de mis caras favoritas. La cara de «estoy-pretendiendo-que-no-te-soporto-cuando-en-realidad-estoy-disfrutando-esto-así-que-por-favor-sigue».

—¿O qué? —Se da la vuelta y cruza los brazos sobre su estómago, mirándome desde unos escalones más arriba.

«Pequeña diablilla». Entrecierro los ojos.

—O… enviaré a un agente para que te vigile en mi lugar. Me informará si usas la caminadora o no —le advierto—. No quieres saber qué pasa si lo haces.

Ella se sonroja. Muerde su labio inferior. Maldición. Necesito calmarme.

—Acosador. —Sonríe, tratando de mantener la vibra juguetona.

—Y orgulloso de serlo —digo con una leve sonrisa—. Así es como me gano el pan de cada día. Siguiéndote a todos lados. Y haciendo parecer que no estamos ahí cuando sí lo estamos.

—Tan discreto como crees que eres —dice con un resoplido—, es difícil que tu presencia pase desapercibida. Las chicas en la escuela me respaldarían en esto.

—No cambies de tema. —Doy un paso más para equilibrar nuestras alturas—. Ve a cambiarte y te esperaré aquí a la hora que te venga bien.

Ella parpadea con lentitud y extiende las manos, pidiéndome en silencio que le entregue su mochila y su bolsa de cámara. Sacudo la cabeza. Sabe que se las entrego una vez que llega a la puerta principal.

—¿Y yo soy la terca? —Se da la vuelta y suelta un suspiro que podría no ser tan artificial como sus gestos anteriores. Y no la culpo. Pero sigo firme en llevarla a correr. Ni siquiera estoy cansado. Es una excusa tonta que usé para desviar sus observaciones muy acertadas sobre que he estado «raro y distraído» todo el día, lo cual es cierto.

Subimos el resto de los escalones y llegamos a la puerta principal.

—Aquí tiene, señorita Murphy —digo triunfante con una sonrisa estúpida.

—Osh. —Toma sus cosas—. Lo veo en quince minutos, agente Cohen.

Por lo general sigo sus órdenes y la dejo ganar cada discusión. Pero se siente genial salirme con la mía, aunque sea solo por hoy.

Nuestra salida a correr fue genial. Divertida. Rojita parecía relajada, y eso me gusta. Pero saber que perturbaré su felicidad en unos días me hace estremecer. No creo haber odiado a nadie tanto antes de conocer a su padre. Odio cómo manipula la verdad con la estúpida excusa de que es lo mejor para su hija. Si en verdad se preocupara por ella, le diría todo sobre su madre, la verdadera razón por la que la deja vivir sola y por qué me está despidiendo. Estoy seguro de que hay una lista interminable de cosas que ha mantenido ocultas de ella a lo largo de los años. Pero la verdad siempre sale a la luz. Y ella no merece menos que toda la verdad.

Hemos terminado por hoy, así que planeo tomar una ducha y tal vez encontrar una excusa para enviarle un mensaje a Rojita. Nunca se sabe cómo tomará la noticia de que no voy a Nueva York. Podría querer dejar de hablarme por completo, así que es mejor aprovechar el poco tiempo que nos queda.

Justo cuando estoy saliendo de la ducha, alguien toca mi puerta. Es la manera en la que Annette lo hace. Así que rápido me envuelvo una toalla alrededor de la cintura y corro a abrir.

—Hola. —Deslizo la puerta y ella entra, cerrándola detrás de ella. La expresión en su rostro es casi paranoica.

Maldice en francés por lo bajo al verme.

—Ponte una camisa o algo. —Su acento es más marcado de lo usual. Eso pasa cuando está molesta, y se nota que lo está. Aparta la mirada y se dirige a la cama. Sus ojos están enrojecidos, y ya sé que algo debe haber salido mal—. Por favor —suplica. Annette se sienta en el borde de la cama y coloca sus manos temblorosas a su lado, dejando caer la cabeza con un suspiro.

Agarro algo de ropa y me dirijo al baño para cambiarme. Cuando salgo, veo a Annette, distraída, mirando la pared.

—¿Qué pasa? —me siento a su lado.

—Nunca veía a la misma mujer dos veces —dice, su mirada perdida mientras sigue mirando a la nada—. Nunca. —Su labio inferior tiembla—. Pero ha estado viendo a la misma mujer durante el último mes, así que me temo que se ha encariñado con esta.

Paso una mano por mi frente con exasperación. Siempre es la misma historia con este hombre. Es obvio que sus actividades extracurriculares no van a detenerse pronto. Presiento que empeorarán una vez que estén en Nueva York y ya no sea el centro de atención como lo es ahora. Pero no puedo decirle ninguna de esas cosas. He intentado hacer que entre en razón en el pasado y no he llegado a ninguna parte.

—Lo siento mucho —digo en su lugar—. Eso es una mierda.

—¿Para qué me pide que vaya a Nueva York entonces?

Espero que sea retórico porque no tengo la respuesta a esa pregunta

—Estoy segura de que es muy conveniente para él llevar a alguien en quien pueda confiar con sus asuntos personales y de negocios y follarla al mismo tiempo. Porque sé que acabaría haciendo algún tipo de trabajo para él. No sé cómo existir sin trabajar. Me volvería loca pensando en dónde está, qué está haciendo y con quién está.

—Espera —digo con una mueca—. No estás considerando seriamente ir a Nueva York después de esto, ¿verdad?

—¿Y si no es verdad? —musita, su rostro cayendo entre sus manos, buscando refugio detrás de ellas.

«Tienes que estar de joda».

Estoy seguro de que le da vergüenza admitir que todavía quiere ir a Nueva York. Y si lo hace, entonces no veo por qué estamos teniendo esta conversación. Ella sabe que sacar el tema conmigo significa criticar al embajador Murphy. No hay una línea de tiempo alterna o un universo paralelo en el que yo la apoyaría irse con él después de todo el daño emocional que le ha causado. Pero seré un buen amigo y la ayudaré a ordenar sus sentimientos y poner sus pensamientos en línea para que pueda tomar una decisión inteligente.

Esperemos.

—¿Quién te habló de esta mujer a la que supuestamente ha estado viendo?

—Scott —dice, nivelando su mirada con la mía. No puedo lidiar cuando está en modo robot. Duele ver que no hay fin a su sufrimiento cuando se trata de ese hombre—. Creo que está intentado acostarse conmigo. Y he entretenido esta tontería porque las cosas que me dice por lo general me ayudan a hacer mejor mi trabajo. No solo me cuenta cosas sobre James.

—Scott es un idiota —digo entre dientes, recordando las cosas que dijo sobre Rojita cuando salió de su habitación luciendo como una diosa.

No lo culpo, pero es un imbécil por pensar que permitiría que dijera esas cosas frente a mí. Y quién sabe, tal vez también ha estado alimentando información al embajador Murphy sobre mis interacciones con su hija.

—Bueno, me da la información que necesito y luego siente que ha salvado el día. Así que lo dejo pensar eso —dice—. Es una situación de 'ganar-ganar'.

—¿Información que te ayuda a hacer mejor tu trabajo? —Me levanto y busco mis cigarrillos en la mesita de noche—. ¿O información que te hace miserable? —Ella sabe que está usando a Scott para espiar al bastardo, y la está destruyendo. Necesita parar.

Necesita terminar con él de una vez por todas y no seguirlo a Nueva York.

Annette aprieta los labios y aparta la mirada por unos momentos. Sé que fue un golpe bajo, pero al mismo tiempo, es mi amiga y necesito recordarle la verdadera naturaleza del hombre con el que está tan empeñada en compartir su cama y su vida. El bastardo no va a cambiar. Y ella lo sabe.

—No deberías fumar aquí —ofrece como respuesta, levantándose y apoyándose contra la pared adyacente a la ventana junto a mí. Respiro hondo y cierro los ojos mientras abro la ventana y enciendo un cigarrillo.

«Lo sé».

—¿Entonces confías en que Scott te está diciendo la verdad?

—Todo lo que me ha dicho ha sido cierto en el pasado. —Traga saliva con fuerza—. Pero no hay manera de confirmar ninguna de las cosas que dice sobre James. No puedo ir a preguntarle porque estaría arriesgando el trabajo de Scott.

—Bueno, tal vez no merezca trabajar aquí si es un maldito soplón.

—¡No puedo echarle la culpa! —grita con exasperación—. Solo he podido confrontar a James unas cuantas veces, y eso porque le mentí sobre cómo me enteré.

—Bueno, miente otra vez —digo, irritado—. La gente miente todo el tiempo.

Estoy tan cansado de tener que lidiar con este tema una y otra vez, solo para seguir viéndola revolcarse en un gran charco de miseria.

—No puedo. —Annette me quita el cigarrillo de los dedos y da una calada. Expulsa una bocanada de humo por la ventana y me devuelve el cigarrillo—. James sabría que fue Scott o Lewis y podría despedirlos a ambos por eso. Ellos fueron los únicos presentes cuando se reunió por última vez con esta mujer. O eso dice Scott.

—Qué conveniente. —Doy una última calada a mi cigarrillo antes de arrojarlo por la ventana—. Y tú, ¿qué crees que pasó? —Me recargo contra la pared—. ¿Qué es lo que *tú* quieres?

Cruza los brazos sobre su pecho y sacude la cabeza.

—No sé… desearía que él dejara de verse con otras —admite, unas lágrimas comenzando a deslizarse por sus mejillas. Mierda—. Si prometiera parar, podría encontrar en mí la fuerza para perdonarlo.

Ha perdido la cabeza.

—Annette. —Acorto la distancia entre nosotros—. No va a cambiar. Tienes que aceptar eso.

Un sollozo escapa de su garganta, y de inmediato tomo sus manos entre las mías para consolarla. Ella apoya su mejilla contra mi pecho y envuelve sus brazos alrededor de mi cintura. La abrazo y apoyo mi barbilla en su cabeza.

Sabe en el fondo que él no va a cambiar.

—¿Te quedarías en París? —dice, todavía abrazándome.

—¿Qué quieres decir? —susurro de vuelta.

—Si terminara con James y te pidiera que te quedaras, ¿te quedarías?

—Annette… —Tomo un paso hacia atrás y coloco mis manos en sus hombros. Ella me interrumpe antes de que pueda decir otra palabra.

—Déjame decir lo que tengo que decir. —Se seca las lágrimas del rostro—. Con mis contactos, podría encontrar un trabajo para ti que no sea en la Embajada. No necesitarías volver a Israel. Y yo podría conseguir un trabajo en otro lugar también. Podríamos empezar de nuevo. Juntos. —Los ojos de Annette brillan con esperanza, como si hubiera estado pensando en este Plan B durante un tiempo.

Todo lo que puedo hacer es mirarla. Me ha tomado por sorpresa.

—Sabes que somos buenos juntos. —Coloca su mano en mi mejilla—. Quién sabe, tal vez podríamos ser geniales. —Vuelve a llorar, y no la culpo.

—Annette —murmuro, tomando su mano—, estás enamorada de

ese hombre. No sabes lo que estás diciendo. Y yo…

Dudando, me permito unos segundos para respirar profundamente. Necesito pensar en lo que voy a decir y cómo lo voy a decir. No quiero que se sienta rechazada cuando ya se encuentra en un estado vulnerable. Pero no puedo hacerlo. No puedo quedarme aquí y explorar la posibilidad de un romance con ella cuando sé que Rojita es todo en lo que estaré pensando. Cuando Annette está enamorada de otra persona. En verdad no tiene sentido.

—El hecho de que lo ame no significa que quiera hacerlo —admite—. Y he aprendido por las malas que a veces el amor no es suficiente. Y si no hay lealtad además de eso, ¿cómo puedo construir una base con él? Han pasado años y aún no me ha mostrado ni un ápice de ella. Pero tú, Caleb… eres una de las personas más leales que conozco. ¿Vas a negar que hay una conexión entre nosotros?

Este es el momento en que pierdo a Annette para siempre.

—Lo siento. —Tomo una de sus manos y la coloco entre las mías. Su expresión vuelve a ser apagada y sin vida—. Sabes cuánto te aprecio, y los momentos íntimos que compartimos fueron especiales para mí. Significaron algo, pero…

—Estás enamorado de ella, ¿verdad? —su tono está cargado de celos—. De Rojita.

Frunzo el ceño. «¿Cómo demonios se enteró del apodo?».

—Scott me lo dijo —dice como si leyera mi mente—. Te oyó llamarla así en el viaje de regreso de Deauville. El día que se enfermó. Pero no te preocupes. James no lo sabe. Pero insiste en que estás demasiado apegado a ella. No pude convencerlo de lo contrario. —Muerde su labio inferior y sacude la cabeza—. Supongo que tenía razón.

—Eso no es…

«Verdad».

Pero no puedo hacer que las palabras salgan de mi boca cuando sé que son mentiras. Tampoco quiero hablar de mis sentimientos hacia Rojita con Annette. Es demasiado peligroso. Ella está pasando por una situación emocional muy difícil e inestable. Más vale pecar de precavido.

«Además firmé un maldito contrato que dice que no puedo hablar de mis sentimientos».

—Sabes —dice, caminando hacia la puerta con una mueca—, pensé que estabas celoso cada vez que te contaba sobre mis peleas con James. Que yo era a la que querías en secreto. Pero no lo estabas, y yo no soy esa persona. —Apoya la frente contra la puerta—. Solo estabas siendo un buen amigo, lo que te hace aún más perfecto.

—Nunca estaré ni siquiera cerca de ser perfecto.

Ella se da la vuelta y se apoya contra la puerta, mordiéndose el labio inferior.

—No creo que eso sea algo que te corresponda decidir.

—Annette, lo siento…

—Por favor, para. —Levanta una mano frente a su rostro y cierra los ojos por unos segundos—. Me siento lo suficientemente humillada como para seguir hablando de esto.

—No vayas a Nueva York —me atrevo a decir—. Comienza de nuevo, como dijiste, aquí, en París.

—Por favor, no hagas las cosas más difíciles de lo que ya son —dice casi para sí misma, bajando la mirada al suelo.

—Al menos sabré que lo intenté.

—Yo también lo intenté. —Sonríe una triste sonrisa y coloca un suave beso en mis labios que se prolonga más de lo que debería. Pero se aparta antes de que yo tenga que hacerlo. Toma el picaporte y abre la puerta—. Adiós, *garçon*.

Y sé que lo dice para siempre. Pero no puedo hacerlo. No puedo quedarme en París. Todo me recordaría a Rojita. Annette me recordaría a ella también. Y sería demasiado doloroso. Sé que necesito empezar de nuevo, volver a Israel y solo… encontrar a alguien que no sea ella.

CAPÍTULO 32

El afortunado

11 de abril de 2009

HE ACEPTADO MI DESTINO como es probable que lo haga una persona condenada a muerte en algún momento antes de su ejecución. No hay nada más que pueda hacer, y he llegado a aceptar que este es el fin de una era. Me llevaré grandes recuerdos a Israel conmigo. Incluso si Annette ya no me habla. Incluso si todo lo que quiero hacer es seguir cuidando de Rojita.

Pero el trabajo me mantendrá ocupado. Aaron tiene algunas entrevistas programadas para mí la próxima semana. Dos en Tel Aviv y una en Jerusalén. Decir que estoy emocionado sería una exageración, pero agradezco su apoyo. Necesito conseguir uno de esos trabajos lo antes posible.

Me pongo mi ropa deportiva, me cepillo los dientes y me echo agua en la cara mientras contemplo mi reflejo en el espejo, reuniendo todo el valor posible para pasar el día. Para hacer lo que se debe hacer y decir lo que se debe decir.

Rojita y yo vamos a salir a correr por última vez, y ella ni siquiera lo sabe. He decidido hablar con ella después de que termine su fiesta sorpresa. Llámame cobarde, pero me gusta pensar que soy cauteloso. Y sé que algo se romperá y se arruinará cuando le dé la noticia, pero no podía arriesgarme a que fuera en su cumpleaños. Ella merece divertirse hoy.

Rojita acaba de enviarme un mensaje para hacerme saber que está en el jardín, así que me dirijo allí para encontrarme con ella. Está sentada en uno de los columpios con los ojos cerrados, disfrutando del sol de la mañana. No solo se ve hermosa, sino que se ve en paz. Una paz que perturbaré hoy más tarde, y no puedo evitar odiarme por ello.

Pero el espectáculo debe continuar.

Rojita abre los ojos como si percibiera mi presencia. Se pone de pie y corre hacia mí con una gran sonrisa en su rostro, una que replico con facilidad. Este simple gesto me derrite.

—¡Feliz cumpleaños, Rojita! —digo con entusiasmo. Seguro de mí mismo. Como si todo estuviera bien—. ¡Ven aquí! —La abrazo y alargo el apretón más de lo que debería, pero no me importa en absoluto en este momento. No hoy.

—Gracias.

El dulce aroma de ella invade mis sentidos.

—¿Lista para irnos, cumpleañera?

Ella asiente y me ofrece una sonrisa. Aaron está esperando junto al coche. Cuando nos acercamos a él, de inmediato abraza a Rojita y también le desea un feliz cumpleaños. Es divertido ver cómo Rojita tiene el poder de desarmar su dura fachada. Pero eso es lo que ella hace. Yo he estado desarmado desde hace un tiempo.

Pasamos la puerta y Aaron saca el coche. Empezamos con un trote cómodo y seguimos la ruta habitual hasta que nos encontramos corriendo en silencio.

Una vez que regresamos, Rojita nos desvía hacia las Tullerías de nuevo y nos lleva a la Fuente Octagonal, así que me aseguro de informar a Aaron sobre nuestra ubicación actual. Encontramos un par de sillas y tomamos asiento. Que ella me aparte para hablar en nuestro último día en París no podría ser más perfecto.

—¿Cómo se siente dejar de ser una adolescente? —pregunto para iniciar la conversación. No es que necesite hacerlo. Nunca hemos tenido problemas para encontrar algo de qué hablar, pero puedo decir que tiene mucho en mente.

Ella sonríe.

—Dímelo tú, viejo —dice, su comentario me impulsa a mojar mis dedos en la fuente y salpicar su cara. Ella intenta protegerse detrás de sus manos—. ¡Tregua! —Ambos nos reímos y yo paro—. ¿Listo para Nueva York?

«Mierda».

—Eh… nunca he estado en Nueva York antes, pero sí, estoy emocionado. —Estoy seguro de que mi respuesta no sonó emocionante porque es una mentira. Y odio mentirle. La verdad es que estoy cansado de fingir que todo está bien. Como si fuera a subirme a ese avión mañana con ella cuando no lo haré. Por mucho que haya temido que llegara este día, una parte de mí quiere que la agonía termine. Acabar con todo de una vez por todas.

—No te vas a acobardar, ¿verdad?

Ella es más perceptiva de lo que esperaba.

—No, claro que no. —Dirijo mi atención hacia el agua por un segundo rápido—. Es que… algo me dice que las cosas serán diferentes para ti en Nueva York.

—¿Qué quieres decir? —Sus ojos se abren y puedo decir que va a tomar cada palabra que diga en serio, así que será mejor que elija mis palabras con cuidado.

—Quiero decir que ya has crecido —digo—. Ya no eres una niña. Es hora de que dejes el pasado atrás. Te lo debes a ti misma. Y me alegra que podamos ir contigo y mantenerte a salvo, pero de seguro querrás hacernos a un lado como la molestia que somos.

Suelto un resoplido y hago mi mejor esfuerzo por sonreír. No debería estar diciéndole esto, pero es la única manera de calmar sus preocupaciones. Por ahora. Sé que hará que el golpe inminente sea más duro, pero me niego a sacar el tema hasta el final del día.

—Osh. Lo sé. No puedo esperar a echarlos. —Me empuja el hombro con su mano de manera juguetona. Me río, pero temo que suene un poco triste.

—Bromas aparte, creo que estás subestimando a mi padre. Sabes cómo es. A veces su sobreprotección me preocupa. Me hace preguntarme si hay algo sobre la investigación que no me están contando. Siento que no estoy siendo informada. Y merezco estarlo —dice con firmeza. Y no se equivoca. Merece ser informada sobre su madre, pero la red de mentiras es más profunda de lo que ella nunca sabrá—. ¿Hay algo más que sepas sobre lo que pasó ese día?

Ha pasado un tiempo desde que mencionó el tema de su madre, y sabe que no debe hacerlo. Nunca le hemos dado información aparte de respuestas evasivas. Pero entiendo por qué tiene curiosidad. Mudarse de regreso a Nueva York debería significar que ya no necesita seguridad porque ya no será la hija de un embajador. Podría encontrar extraño que su padre quiera mantener su equipo de seguridad.

Desearía que no quisiera hablar de esto hoy.

—Sabes que no hay mucho que pueda decir sobre ese tema —le recuerdo—. Solo debes saber que eres mi trabajo y estás muy bien cuidada. Así que no hay nada de qué preocuparse.

Por más que quiera tranquilizarla con mis indirectas, no puedo mirarla a los ojos y mentirle, así que regreso mi atención hacia la fuente.

—Desearía poder sentirme normal algún día, ¿sabes? —dice con un suspiro.

—¿Normal? ¿Qué es normal? ¿Quién hace las reglas, y por qué querrías vivir de acuerdo a ellas? Haz tus propias reglas —digo, frunciendo el ceño—. Nunca desees otra cosa.

Ella me mira y asiente en señal de comprensión.

—¿Cómo está Noelle? —Una risa escapa de su garganta. Por mucho que agradezca el cambio de tema, este no es un tema con el que me sienta cómodo hablando con ella.

—Seguro ha vuelto con su novio. —Nivelé mi mirada con la de ella. Noelle me dijo que había terminado con Lucas la última vez que la vi, pero son tan inestables que es una posibilidad que ya hayan vuelto.

De todos modos, responderé cualquier pregunta que Rojita quiera hacerme. Al menos sobre este tema, puedo decir la verdad. Y la verdad es que no he hablado con Noelle desde ese día porque nos despedimos para siempre.

—¿Oh? —Inclina la cabeza como tratando de hacerme expandir en el tema. ¿Quiere que me explaye? Bueno, allá vamos.

—¿Sabes? A veces es un trabajo solitario —admito—, y no siempre consigues lo que quieres.

Estoy seguro de que eso lo cubre. Su rostro mostrando una ligera sorpresa me complace. «Sí, saca tus propias conclusiones». Y si estamos haciendo preguntas, también podría obtener algunas respuestas para mí.

—¿Alguna noticia del alto, guapo de cabello oscuro? —Me

humedezco los labios y me rasco la mandíbula mientras espero que me diga si ha estado hablando con Thomas o no. Necesito saberlo, incluso si parece reacia a responder mi pregunta.

—¿Te parece guapo? —Me está tomando el pelo y tratando de esquivar mi pregunta, pero voy en serio con esto. Necesito saber si están en comunicación porque, si lo están, necesitaré hablar con Aaron al respecto.

—Se volvió… mudo —dice después de una pausa.

Bien.

—Bueno, supongo que eso lo convierte en un imbécil —replico. ¿Quién pide el número de una chica como Rojita para no contactarla? Debe ser un completo idiota. O tal vez tiene novia. Ojalá. O tal vez está esperando a que ella vuelva a Nueva York. Aun así, necesito decirle lo que pienso porque no tendré otra oportunidad de hacerlo.

—Pude notar que te gustó —comienzo—, y desearía poder decir lo mismo. Sin embargo, hay algo en él… yo preferiría que no te contactara de nuevo.

—¿Te molestó? —pregunta sin rodeos. Al fin está haciendo todas las preguntas difíciles, pero por desgracia, no puedo hablar con libertad sobre mis sentimientos. Ya he dicho suficiente. Pero intentaré sortearlo.

—Bueno, sabes cómo me preocupo —digo en su lugar—. Lo que me molestó fue que tuvieras que verme con Noelle, pero pensé que había sido suficiente castigo verte con Thomas más tarde esa noche.

Ella parece sorprendida por mi respuesta y baja la mirada a sus manos mientras retuerce los dedos en su regazo. Es posible que se haya dado cuenta de cuánto me importa. Cuánto la quiero.

Pero por si acaso aún no está claro…

—Tú sabes que no eres solo… trabajo, ¿verdad? —Me levanto y muevo mi silla para que quede frente a ella. Quiero que sepa que esta conversación es importante.

—Por supuesto, o sea, me gusta pensar que me consideras tu amiga —dice—. Tu amiga más aburrida, quiero decir.

Hago una mueca.

—Eres cualquier cosa menos aburrida, y eres una de las pocas personas con las que puedo hablar sobre cualquier cosa —explico—.

Y después de todo lo que has pasado, sí, creo que eres madura para tu edad, pero nunca aburrida. —Extiendo mi mano hacia la suya, y puedo ver cómo el gesto la pone nerviosa por la forma en que hace que respire un poco más rápido.

—Solo quiero que seas feliz. —Tomo una respiración profunda.

—Créeme. Yo también. —Ella aprieta mi mano.

—Cuidarte me hace feliz, y no me arriesgaría a perder la oportunidad de seguir haciéndolo.

Tal vez después de decir esto, sabrá por qué tuve que irme. Sabrá que perdí la oportunidad de seguir cuidándola y por qué. Pero es una chica inteligente. Estoy seguro de que puede sumar dos y dos.

Presionando mi auricular, le aviso a Aaron que volveremos a su ubicación. No puedo arriesgarme a decir más de lo que ya he dicho. Además, tenemos un horario que cumplir. El embajador Murphy llevará a Rojita a una visita improvisada al Louvre para que el personal pueda empezar a organizar todo para su fiesta sorpresa.

Más vale que nos empecemos a mover.

Me levanto y le ofrezco mi mano a Rojita para ayudarla a levantarse de su asiento.

—Vamos, Aaron está trayendo el auto. Debes tener muchas cosas que hacer.

—Sabes que siempre estaré ahí para ti. —Ella sonríe con calidez y esperanza, y me está matando saber que podría pensar diferente una vez que hable con ella esta noche.

—Esto llegó para usted, señorita Murphy —dice Annette en el momento en que Rojita abre la puerta para entrar a la residencia. Hay un enorme arreglo floral sobre la mesa del vestíbulo. Ella parece sorprendida. Y aquí es donde por lo común me doy la vuelta y me voy, pero tengo curiosidad por saber quién se lo envió.

—Son hermosas —dice Annette emocionada, entregándole un sobre a Rojita. «Traidora». Ella lo abre de inmediato para leer la nota en su interior—. Qué muchacho tan afortunado.

«¿Qué muchacho tan afortunado?».

¿Qué clase de juego cree Annette que está jugando cuando sabe lo que siento por Rojita? Y por mucho que esté tratando de llamar su atención, ella actúa como si yo fuera invisible.

Unos segundos después, se disculpa cuando alguien viene a buscarla.

—¿Quién es el afortunado, señorita Murphy?

Ella se estremece y se da la vuelta, todavía sosteniendo la nota. La asusté, y no era mi intención. Estoy seguro de que pensaba que me había ido.

—Thomas las envió.

«Mierda».

—¿Hay algo más que necesite, señorita Murphy? —Es mejor que me aleje de esta escena. Necesito calmarme antes de ir al Louvre. Su padre va a estar allí, y necesito actuar de forma natural, y en este momento, quiero golpear la pared. La provocación de Annette fue un golpe bajo que no vi venir.

—Vamos. —Levanta la nota y la agita una vez frente a ella—. Son solo flores. —Eso me hace sentir peor. Avergonzado. No hay necesidad de que ella me dé explicaciones. Soy yo quien no puede mantener la cordura.

—Necesito hablar con Aaron —digo como excusa para irme, forzando una sonrisa—. Te veo más tarde, Rojita.

Yo: Necesito hablar contigo cuando regresemos del Louvre.
Annette: No sé si tenga tiempo. Estoy ocupada con la fiesta sorpresa de la señorita Murphy.
Yo: Entonces encuentra el tiempo.
Annette: Mándame un mensaje cuando regreses. Veré qué puedo hacer.

No me molesto en responder. La arrastraré a mi habitación para hablar si es necesario. Saber lo que decía la nota que venía con las flores es importante para descubrir las intenciones de Thomas, no que él no las haya dejado claras con el tamaño del arreglo floral. Y sé que Annette leyó la nota de antemano como parte del protocolo.

Mientras camino a mi habitación para tomar una ducha rápida

y cambiarme a mi traje, contemplo mi cordura. ¿Por qué estoy tan obsesionado con este tipo Thomas entrando en la órbita de Rojita? Dios, no puedo explicar qué es. Todo lo que sé es que no puedo quitarme la sensación de que es un imbécil que no tiene las mejores intenciones. La forma en que la conoció y cómo sucedieron las cosas esa noche se sintieron demasiado orquestadas. Y el hecho de que no estaré cerca para asegurarme de que esté segura a su alrededor está alimentando aún más este sentimiento de incertidumbre.

Temo estar perdiendo la cabeza por esto.

CAPÍTULO 33

Úsame

ACABAMOS DE LLEGAR al Louvre, y Rojita está siendo guiada a los jardines donde todos están listos para sorprenderla. Aaron y yo mantenemos nuestra distancia, permitiéndoles tener su momento mientras el embajador Murphy le revela la sorpresa a su hija. Una vez que Rojita baja las escaleras para ser recibida y felicitada por sus invitados, nos acercamos y vigilamos desde arriba.

Sophie y Cecile la saludan emocionadas con un abrazo grupal. Me caen bien esas chicas. Estoy seguro de que Rojita las va a extrañar cuando se vaya. Espero que no le tome mucho tiempo hacer nuevos amigos en Nueva York. Saber que no estaré allí para apoyarla en esa transición me hace sentir incómodo.

Cecile me mira y le susurra algo a Rojita. Frunzo el ceño y miro hacia otro lado en el momento en que Rojita se vuelve para verme. Sabrá Dios lo que le ha dicho. Quizás se estén preguntando por qué sigo mirándola, pero ese es mi trabajo… o lo era, en realidad. Solo me quedan unas pocas horas en el reloj de «mirando a Rojita para ganarme la vida», y puedo escuchar con claridad el tic-tac de los segundos en mi cabeza. Burlándose de mí.

Pero si no puedo ir con ella, al menos puedo dejar todo lo más listo posible para ella. Aaron ha accedido a mantenerme informado sobre ese tipo, Thomas, para darme tranquilidad. Insiste en que tiene todo cubierto y que no debería preocuparme por nada cuando me haya ido.

Y debería estar agradecido y en paz porque confío en Aaron, pero no estoy ni un poco cerca de sentirme bien.

Mirando alrededor del jardín, noto que Annette no está por ningún lado. Bien. Eso hará más fácil apartarla para hablar.

—Vuelvo enseguida —le digo a Aaron. Él asiente y vuelve a su conversación con otros dos agentes que están a su lado.

Yo: ¿Puedo verte en mi habitación en 5 minutos?
Annette: Está bien.

Paso por el salón para tomar un vaso de agua antes de dirigirme a mi habitación. Por suerte, Annette llama a mi puerta un par de minutos después.

—Pasa. —Cierro la puerta detrás de ella. Se quita los zapatos, un hábito suyo. No queremos que sus tacones hagan ruido dentro de mi habitación mientras hablamos. No es que me importe mantener las apariencias ya. Al diablo con todo.

—¿Qué pasa? —dice con un aire despreocupado, sentándose en el borde de mi cama y cruzando las piernas de esa manera elegante que sabe hacer tan bien.

—¿Qué pasa? —me burlo—. ¿Por qué no empiezas por decirme qué decía la nota del 'hombre afortunado' que venía con las flores?

—Oh, *garçon* —dice, riéndose—. ¿No me digas que estás molesto por eso?

La miro y dejo que mi silencio hable por sí mismo.

—Pensé que tenías la piel más gruesa.

—Annette —digo, mi voz una clara advertencia.

No estoy jugando. Y no voy a dejarme provocar por ella. No solo es innecesario, sino que hemos sido amigos durante años. Y sé que nuestra última interacción no terminó como ella imaginaba, pero actuar de esta manera es mezquino e inmaduro, y estoy seguro de que es consciente de ello. Ella es todo menos estúpida

—Dime.

Ella suspira.

—Se disculpó por no haberse comunicado con ella antes y quiere compensarlo invitándola a cenar la próxima semana cuando ella esté de vuelta en Nueva York.

«Mierda».

—¿Qué más?

—Eso fue todo. —Se coloca un mechón de su cabello rubio detrás de la oreja—. Le deseó un feliz cumpleaños y esas cosas, pero eso fue todo.

Mis celos se están saliendo de control. Imaginar a Rojita saliendo de nuevo con ese tipo hace que mi presión arterial se dispare. Una parte de mí está agradecida de no estar allí para verlo, pero mis instintos protectores están demasiado encendidos para importarme. Preferiría verla salir con él todos los días que estar de vuelta en Israel esperando a ciegas a que Aaron me informe de lo que está pasando.

—Lo siento —dice Annette por lo bajo. Al sonido de su voz me doy cuenta de que he estado paseando por mi habitación como un león enjaulado—. Realmente la amas, ¿verdad?

Me detengo y la miro. Pensé que eso había quedado claro en nuestra última conversación. Pero los ojos de Annette están llenos de culpa y tristeza. Eso me calma un poco.

—Eso fue inmaduro de mi parte. —Sacude la cabeza—. No debería haber dicho lo que dije antes. Lo siento mucho.

—Está bien.

—No, no lo está. —Se pone de pie y camina hacia mí—. Siempre has estado ahí para mí, y yo… lo siento. Es que… —Baja la mirada como si estuviera avergonzada de completar la frase mientras sigue mirándome—. Sentí celos.

Frunzo el ceño, y ella respira hondo.

—Estaba tan celosa cuando descubrí que la llamabas Rojita. Darme cuenta de que tus sentimientos por ella van más allá de la amistad especial que tienes con ella. Y cuando confirmaste esos sentimientos la última vez que hablamos… No sé. Dolió, y no lo esperaba. Pero dolió.

Dejándome caer en la cama, apoyo los codos en mis muslos y pasó las manos por mi cabello, dejándolas descansar en la parte trasera de mi cuello. Toda esta situación apesta.

—Lo siento mucho, Caleb —dice de nuevo, sentándose a mi lado y colocando su mano en mi hombro. Se lo permito.

—Está bien. —Me siento derecho y pongo mi mano sobre la suya—. Siendo honesto, estoy molesto y preocupado por tener que hablar con ella una vez que termine la fiesta en unas pocas horas para decirle que no iré a Nueva York. —Sacudo la cabeza—. Aún estoy en negación de tener que hacer eso.

Ella asiente en señal de comprensión, sus ojos cálidos y llenos de compasión. Pero no dice nada. En cambio, nos quedamos en un cómodo silencio por un momento.

—Entonces úsame —dice Annette, rompiendo el silencio, ofreciéndome una sonrisa apagada de labios cerrados que no se refleja en sus ojos.

Confundido, frunzo el ceño porque ¿qué demonios significa eso?

—No entiendo.

—No voy a ir a Nueva York. Y aún no se lo he dicho a James, pero tienes razón. Siempre has tenido razón. No puedo seguir degradándome por él. Así que úsame. —Abre el cajón de mi mesita de noche y saca mis cigarrillos. Enciende uno con los dedos temblorosos y le da una larga calada.

—No puedes fumar aquí —digo con una risa triste, quitándole el cigarrillo para darle una calada.

—Oh, que se jodan todos. —Se ríe, el sonido es similar al mío, triste y un tanto cínico. Unas lágrimas comienzan a rodar por sus mejillas—. Siempre has estado ahí para mí, Caleb. Esto es lo mínimo que puedo hacer.

—¿Estás cien por ciento segura de tu decisión?

Estoy orgulloso de ella por ponerse a sí misma en primer lugar. Y sé que debe ser lo más difícil de hacer, por obvio que parezca desde afuera. Sé cuán arraigado está ese hombre en su alma. Y me alegra saber que está lista para arrancarlo de una vez por todas, pero su relación con él siempre ha sido de empujones y tirones.

Y no puedo evitar preguntarme si esto es otro empujón.

—Lo estoy. —Se seca las lágrimas con el dorso de la mano—. No puedo seguir viviendo así. —Toma el cigarrillo de mis dedos y le da una calada temblorosa.

—¿Entonces qué propones? —Me levanto y abro la ventana para permitir que el humo salga de la habitación—. ¿Qué tienes en mente?

—Te voy a contar sobre el agente Mark —dice con un suspiro—. Y ese va a ser tu boleto de ida a Nueva York.

CAPÍTULO 34

Agente Mark

—**¿QUIÉN ES EL AGENTE MARK?** —Estoy confundido. Nunca he oído hablar de un agente Mark desde que empecé a trabajar aquí, así que no sé a quién se refiere ni por qué esta persona es relevante para mi situación.

—Déjame empezar desde el principio —dice, cruzando una pierna sobre la otra, con los dedos entrelazados descansando en su regazo.

—Está bien. —Asiento con firmeza, preguntándome hacia a dónde se dirige esta historia.

—Sabes que James es un adicto al trabajo —continúa—. Siempre lo ha sido. Y la señora Murphy, María, siempre estaba a su lado, asistiendo a cada función a la que se le requería asistir y haciendo lo que se necesitara de ella. Pero tras bambalinas, uno podía darse cuenta con facilidad de que no estaba feliz con el rol de esposa del embajador.

No me sorprende saber que la madre de Rojita no estaba feliz con el bastardo. Es triste, sin embargo, saber que es probable que haya descuidado a su esposa. Esperaba que enterrarse en el trabajo hubiera sido algún tipo de mecanismo de afrontamiento después de la muerte de su esposa, pero no. Así es él y siempre lo ha sido.

—María sonreía, hacía y decía lo que James le pedía —continúa Annette, su voz un poco más baja ahora—. Hasta que un día… dejó de hacerlo.

—¿Qué quieres decir? ¿Qué pasó? —La forma en que estoy invertido en esta historia roza lo insalubre. Pero nunca sentí la necesidad de llegar al fondo de algo como lo hago ahora. Y más aún si este es mi boleto de ida a Nueva York, como Annette dice que lo es.

—James con frecuencia se perdía eventos importantes de su hija, y quería a María a su lado en cada función. Pero ella quería estar más presente en la vida de su hija. Tampoco quería dejarla con la niñera todo el tiempo. La señorita Murphy ya no era un bebé. Necesitaba estabilidad y a su madre. Así que supongo que fue la excusa perfecta para dar un paso atrás y centrarse en su hija en lugar de perseguir a su marido por las cenas formales y los compromisos sociales consecutivos cuando ni siquiera quería hacer nada de eso en primer lugar. Todo eso le generaba mucha ansiedad.

—¿Cómo sabes todos estos detalles? —Todo se siente demasiado íntimo. Sé que ha estado en una relación con el embajador Murphy durante años, pero no creo que él fuera quien le transmitiera toda esta información.

—La mayor parte de la información provino de primera mano de la señora Murphy. —Su mirada cae al suelo mientras se muerde el labio inferior. Puedo ver el dolor en los ojos de Annette. Dolor y… algo más. Pero no puedo descifrar qué es. En algún momento, debieron haber sido cercanas, y la señora Murphy confió en ella, por lo que parece—. Y el resto, ya sea de James o de los chismes del personal de la embajada.

Suspira y sacude la cabeza como si tratara de alejar los pensamientos que no está compartiendo conmigo y traer su conciencia de vuelta al momento presente. Permanezco en silencio para permitirle seguir expandiendo en el tema porque puedo decir que hay mucho más detrás de esta historia.

—Los viajes constantes continuaron. Y James me pedía que lo acompañara. Por lo general eran viajes de uno o dos días por Suiza o países vecinos para asistir a eventos clave o reuniones. Y más personas del staff se unían. No era solo yo. Pero la distancia entre James y su esposa no ayudó a la tensión por la cual ya estaba siendo sometida la relación. Sentía que ella se le escapaba entre los dedos, y la preocupación de dejarla sola lo invadía en todo momento. A María le gustaba salir a caminar y hacer cosas por su cuenta. Pero James se sentía incómodo con eso, lo cual es ridículo porque ella tenía seguridad, y no necesito decirte lo molesto que él puede ser cuando se trata de esos asuntos.

—Lo que hizo para aliviar parte de esa paranoia fue reubicar al agente Mark, su agente de seguridad personal más leal y de confianza, para cuidar de su esposa. Pensó que la única manera en que se sentiría tranquilo mientras estaba fuera sin ella era si el agente Mark se encargaba personalmente de su seguridad. Pero a María no le gustó 'el gesto'. Pensaba que era otra forma de su esposo de controlar y mantener un registro meticuloso de cada uno de sus movimientos, y todo lo que quería era poder hacer una cosa o dos por su cuenta sin sentirse asfixiada. Pero James seguía apretando más y más.

Es estresante verlo hacer lo mismo con su hija. La está asfixiando. La única diferencia es que Rojita no conoce el concepto de libertad, pero su madre sí que lo conocía. Por eso debe haber sido aún más difícil para ella sentir que se la estaban arrebatando a medida que pasaba el tiempo.

—Y bueno —dice Annette, rodando los hombros hacia atrás—, fue alrededor de esa época cuando empecé a acostarme con James. —Se aclara la garganta—. Y no era solo sexo, al menos para mí. Me enamoré de él. Caí rendida. Lo admiraba, y siempre terminábamos trabajando hasta tarde, y luego la conversación se volvía más relajada, y él me ofrecía algo de beber, lo cual por lo general aceptaba. Pero siempre me iba después de eso. Hasta que un día… sucedió. Era un experto en hacerme sentir como si yo fuera la única persona en el planeta en quien podía confiar. Como si yo fuera la única que entendía las presiones y demandas de su trabajo, y me encantaba poder ser lo que él necesitaba que fuera para él, ¿sabes?

Sus ojos se están volviendo vidriosos, y puedo escuchar la agitación en su respiración.

—Siempre viajábamos juntos, y ella ya no estaba —dice como si tratara de justificar sus acciones, su voz impotente contra el control que había podido mantener hasta este punto—. Es solo que… ¡*Merde*! —Su mano se cierra en un puño apretado, llevándola a su frente.

Annette sacude la cabeza, y ahora sé que el otro sentimiento que estaba tratando de ocultarme antes era culpa. Estoy seguro de que se siente culpable por el amorío y cómo comenzaron las cosas. En especial si, en algún momento, solía ser cercana a la señora Murphy.

—Me enamoré de él —confiesa, mirándome mientras una lágrima se desliza por su mejilla—. Y pensé que él también. Pero estaba equivocada. —Se limpia las lágrimas de su rostro y toma una respiración profunda.

—Un par de meses después de que comenzó lo nuestro, empezaron a circular algunos rumores sobre que la señora Murphy se estaba volviendo muy cercana al agente Mark, pero los descarté como chismes del personal. Fue cuando esos rumores lograron llegar a los oídos de James, que todo se fue a la mierda. Estaba furioso conmigo porque no le dije cuando los escuché por primera vez, y me castigó por ello. Me apartó como si no le importara. Como si lo nuestro no le hubiera importado.

Annette lucha contra un sollozo ahogado y pierde miserablemente. Comienza a llorar con descontrol, y cuando trato de consolarla, levanta una mano y sacude la cabeza. Necesita espacio, así que se lo doy.

Le toma un rato calmarse, pero lo logra después de unos minutos.

—Lo siento —dice entre jadeos.

—No hay nada de qué disculparse —respondo—. ¿Te sientes mejor?

—Sí, es que nunca había compartido esto con nadie antes, y han sido años aguantando el dolor de esos recuerdos —admite—. Pero se siente bien poder sacarlo.

—Has pasado por mucho.

Ella sonríe y apoya su frente contra mi brazo por unos segundos, toma una respiración profunda y se sienta derecha de nuevo.

Parece lista para continuar.

—¿Entonces estaban teniendo una aventura? —me atrevo a preguntar—. ¿El agente Mark y la señora Murphy?

—Ambos lo negaron, pero James se volvió loco de todas maneras y lo despidió en el acto. Estábamos a unos meses de irnos a la Ciudad de México. Estábamos en Berna en ese entonces.

—Entiendo.

—Durante años, debatí si habían estado involucrados románticamente o no, y siempre me inclinaba a pensar que todo era un malentendido. Pero esa mirada en el rostro del agente Mark cuando se fue… —Annette sacude la cabeza y me mira a los ojos—. Es la misma mirada que veo en la tuya. Enojo. Tristeza. Impotencia. Resignación, incluso. —Ella agarra mi lóbulo y lo tira con suavidad antes de dejar caer su mano sobre su regazo de nuevo—. Y ahora sé que así es como se ve un hombre enamorado que está sufriendo.

Presiono mis labios y dejo que la información que Annette me está arrojando se asimile. Todavía no tengo idea de cómo saber todo esto me pondrá en un avión a Nueva York. Si acaso, me está desanimando aún más, sabiendo que acercarme a su hija podría detonar la ira del embajador, debido a lo que sucedió entre el agente Mark y su esposa. Pero al menos ahora lo entiendo. Entiendo de dónde viene su incomodidad conmigo, y nunca tuve una oportunidad. Hay una cierta paz que viene con darse cuenta de eso. Que no se trata solo de mí, sino de lo que represento y lo que le recuerdo. Lo único que olvida es que Rojita no es su difunta esposa.

—El hecho de que James terminara conmigo después de todo el drama no le impidió pedirme que mantuviera mi trabajo y fuera a México —continúa—. Al principio me negué porque pensé que iba a ser insoportable verlo intentar reparar su matrimonio mientras yo lo miraba desde la distancia. Pero me ofreció un aumento. Uno grande. Y lo hizo imposible para mí decir que no. Otra parte estúpida de mí estaba convencida de que me necesitaba. Que no podía dejarlo cuando yo era la única que en realidad lo entendía.

—Eso debe haber sido muy difícil para ti. —No creo que Annette haya visto un día de paz estando con ese hombre.

Ella saca otro cigarrillo, pero se levanta y se dirige a la ventana para fumarlo. La sigo.

—Perder al agente Mark fue un gran golpe para la tranquilidad de James en más de un sentido —dice—. Y sus planes para centrarse en su esposa y su matrimonio le salieron mal. —Le da una calada lenta y constante al cigarrillo—. Porque María se distanció más después de que el agente Mark se fue. Y no solo eso, sino que James se culpa a sí mismo y se pregunta qué hubiera pasado si el agente Mark hubiera venido con nosotros a la Ciudad de México. Si él hubiera estado a cargo de la seguridad de su esposa cuando la mataron.

Annette se toma unos segundos antes de reanudar la historia, y yo espero en silencio.

—James se arrepintió de haberlo despedido e insistió en que el agente Mark, que siempre estaba diez pasos por delante de todos y de todo, quizás habría sido capaz de detectar la amenaza antes de permitir que llegara tan lejos. Que tal vez podría haber salvado a su esposa, y su hija no se habría quedado sin su madre. —Las palabras de Annette salieron ahogadas. La situación era más problemática de lo que pensé—. Pero no hay manera de saber eso, por supuesto. Se convirtió en otro pensamiento obsesivo que, hasta la fecha, no creo que James haya podido sacarse de la cabeza.

—No puedo creer que Aaron nunca me haya dicho nada sobre esto. —Tomo el cigarrillo de Annette y le doy una calada rápida.

—Hizo que todos firmaran acuerdos de confidencialidad, por supuesto —dice ella, abrazando sus hombros para protegerse del frío que se desliza por la ventana—. Todos menos yo —canta, levantando las cejas—. O confiaba en mí lo suficiente para no pedírmelo o lo olvidó. Pero ya sabes lo que eso significa.

—¿Qué?

—Que eres libre de usar esta información en su contra para persuadirlo de que reconsidere tu puesto como parte del equipo de seguridad de la señorita Murphy —dice con la más leve insinuación de una sonrisa—. Esto es a lo que me refería cuando te dije que me usaras. Y la oferta sigue en pie.

—No puedes estar hablando en serio. —Me niego a emocionarme por esto porque necesito asegurarme de que Annette esté 100% a bordo con esto—. Sabes que no hay vuelta atrás después de esto, ¿verdad?

Ella asiente y deja salir un suspiro lento por la nariz.

—Después de que María murió, James nunca fue el mismo —dice, mordiendo su labio inferior—. Fingía preocuparse por mí cuando le convenía, y yo siempre estuve ahí para él en cualquier capacidad que me necesitara. Pero James nunca me amó. Y nunca lo hará. Y no debería haber permitido que las cosas llegaran tan lejos. Al fin puedo entenderlo.

Una pausa.

—¿Estás segura? —pregunto de nuevo—. Necesito que estés segura.

Annette asiente varias veces con los párpados cerrados. —Sí, estoy segura. —Es mi turno de suspirar. El hecho de que vaya a intentar esta loca idea se siente como una misión kamikaze. Pero estoy dispuesto a hacerlo. Estoy dispuesto a intentar cualquier cosa.

—Annette, sé que te deberé una de por vida, pero ¿puedo pedirte una última cosa?

—Claro —dice ella—. ¿Qué necesitas?

—¿Podrías dejar esto en su habitación? —Camino hacia mi otra mesita de noche y saco una pequeña caja y un sobre—. Por si acaso.

—¿Qué es? —Annette toma el pequeño regalo y lo observa en su mano.

—Digamos que todo depende de cómo vaya con el embajador Murphy —digo encogiéndome de hombros—. Será un regalo de cumpleaños o un presente de despedida.

Le compré un llavero de la Torre Eiffel a Rojita después de que Annette me dijera que viviría sola. Pensé en cómo ahora llevaría su propio juego de llaves y lo genial que sería para ella recordar París y a mí de pasada cada vez que las usara.

—Lo dejaré en su mesita de noche antes de irme —asiente varias veces—. Esperemos que siga siendo un regalo de cumpleaños.

—Gracias. Entonces… ¿te vas esta noche?

Ella asiente.

—He estado despidiéndome poco a poco del personal y enviando mis cosas al apartamento de una amiga aquí en París —explica mientras la acompaño hacia la puerta—. Me quedaré con ella por un tiempo hasta que consiga mi propio lugar.

—¿Y qué vas a hacer?

—Voy a empezar de nuevo aquí, en París —dice con una sonrisa esperanzada, poniéndose los tacones—. Como sugeriste que lo hiciera.

—Estoy tan jodidamente orgulloso de ti. —La atraigo contra mi pecho para abrazarla. Ella me devuelve el abrazo.

—Créeme cuando digo que todo es gracias a ti —susurra—. Me guiaste hasta aquí. Y ahora es tu turno de recuperar lo que es tuyo. —Ella besa mi mejilla y me sostiene los hombros—. Ella te va a necesitar en Nueva York. Así que, ve y recupera tu trabajo, *garçon*.

—Gracias. —Beso la parte superior de su cabeza antes de que ella abra la puerta para irse.

—¡Oh! —Annette me mira por encima del hombro, todavía

sosteniendo el pomo de la puerta—. ¿Serías tan amable de informarle a James que renuncio y que no iré a Nueva York? —Levanta la comisura de sus labios formando una sonrisa traviesa.

—Oh, será un placer.

CAPÍTULO 35

Dos veces

DESPUÉS DE CEPILLARME los dientes y echarme un poco de agua en la cara, regreso a la fiesta, y por suerte, no me han echado de menos. Es como si me hubiera ido por cinco minutos en lugar de casi dos horas. Todos parecen estar divirtiéndose, aunque no hay tanta gente como antes. Pero solo algunos se han ido. Sé que al personal de la embajada por lo general le gustan estas oportunidades para pasar el rato, comer bien y tomar unas copas. Así que todavía quedan algunas horas antes de que la fiesta termine.

—¿Dónde estabas? —me pregunta Aaron cuando me paro a su lado, entrecerrando los ojos—. Desapareciste por un rato.

—Sí, estaba hablando con Annette.

Aaron hace un sonido con la garganta y asiente, sin decir nada más mientras miro a mi alrededor, tratando de localizar al embajador Murphy. Está sentado fumando un puro con otros dos hombres. Parece contento, y no puedo esperar para borrar la sonrisa de satisfacción de su cara. O intentarlo, al menos. Sé que ese hombre ha ganado todas las batallas en el pasado, pero estoy listo para ganar la próxima.

—Aaron, voy a acercarme al embajador Murphy y pedirle si podemos hablar en privado —le informo—. Por favor, no me hagas preguntas ahora. Te prometo que todo está bien, pero te lo explicaré todo más tarde.

—¡Caleb! —grita, pero ya estoy bajando las escaleras hacia el jardín. Veo a Rojita riendo con sus amigos y bebiendo vino, y me hace sonreír verla feliz. Con suerte, la noche terminará de la mejor manera posible, y ella permanecerá ajena a todo el drama tras bambalinas que ha sucedido en las últimas semanas.

Me acerco al embajador, y él hace contacto visual conmigo de inmediato. Me dirige la palabra cuando se da cuenta de que estoy aquí para hablar con él.

—¿Sí, Caleb?

—Lamento molestarlo, señor embajador. ¿Puedo hablar con usted?

—Por supuesto. —Apaga su puro en el cenicero frente a él y se disculpa para apartarse y hablar conmigo—. ¿Es algo rápido o necesitamos pasarnos a mi oficina?

—Si no le importa, señor, agradecería algo de privacidad.

—Sígueme.

Se aleja y yo lo sigo en un silencio cargado de tensión hacia su oficina.

—Tendrás que disculparme —dice, indicándome que entre—. Es un desastre aquí.

Este espacio es un poco más pequeño que el de la embajada a la vuelta de la esquina, y a diferencia de la pulcritud de esa oficina, esta huele a tabaco, libros viejos, madera y ambientador almizclado.

Casi todo está empacado en cajas de cartón que han sido etiquetadas como se debe para quien esté a cargo de llevarlas mañana, pero está lejos de ser un desastre. La oficina es impresionante, como cada rincón de la residencia.

El embajador Murphy se sienta en la silla de cuero marrón detrás del escritorio antiguo y me hace un gesto desganado, animándome a hacer lo mismo.

—Supongo que no has hablado con ella —dice, rompiendo el hielo con un mazo—. Ya que no ha venido a quejarse.

—No lo he hecho, señor.

—Asegúrate de hacerlo tan pronto como termine la fiesta —resopla y se sirve un whisky—. Estás muy cerca del límite.

Trago saliva y asiento. Debo admitir que sentarme frente a él me hace dudar, pero necesito ir directo a la yugular o no intentar esto en absoluto. Si detecta incluso el más mínimo indicio de vacilación en mi plan, estoy jodido.

—¿Qué puedo hacer por ti, Caleb? —Apoya los codos en los reposabrazos, entrelazando los dedos sobre su estómago.

—El señor Thomas Hill contactó a su hija hoy, como estoy seguro de que ya sabe, mostrando interés en verla una vez que esté de regreso en Nueva York. Pero tengo mis dudas sobre él. Hubo varias cosas que noté en su comportamiento el día que se conocieron que no me agradaron, y quería transmitirle esta información como precaución.

El embajador Murphy me lanza una mirada de desaprobación.

—Thomas es el hijo del senador Hill. Conozco a su familia desde hace años, así que no creo que haya nada de qué preocuparse. Pero aprecio la preocupación. —Toma un sorbo de su whisky y chasquea la lengua.

—Insistiría en al menos una verificación de antecedentes simple —digo—. Sé que, si fuera a Nueva York, vigilaría a ese chico. El comportamiento agresivo que mostró en el bar esa noche me preocupó. Y el hecho de que conociera a su hija esa noche por coincidencia… Me pareció demasiado conveniente. Sospechoso, si me pregunta.

—¿Qué comportamiento agresivo? —Eso despierta su interés. Se inclina y se acerca más al escritorio con los ojos entrecerrados—. ¿Por qué no se me informó sobre esto?

—Creo que estaba en el informe que entregamos a la mañana siguiente, señor —le digo—. Un hombre borracho se topó con la señorita Murphy en el bar, casi la derriba, y el señor Hill se enojó bastante hasta el punto de que su hija tuvo que calmarlo. Estábamos a unos pasos de ellos, asegurando su seguridad, por supuesto.

—Calmarlo, ¿cómo? —Inclina la cabeza, sus ojos verdes oscureciéndose con cada segundo que pasa.

—La vi colocar una mano en su pecho y tratar de que la mirara mientras le hablaba, tratando de que lo dejara pasar, supongo. Y lo hizo, pero me pareció extraño y pensé que estaba reaccionando de forma exagerada, más que nada porque acababan de conocerse minutos antes de que eso ocurriera —explico—. No podemos ser demasiado cuidadosos. Aconsejaría una verificación de antecedentes y una estrecha vigilancia en caso de que la contacte en Nueva York.

—Hablaré con Aaron sobre una verificación de antecedentes. —Le da un último trago su whisky—. Y espero que no estés exagerando, Caleb. No puedes negar que parte de esta conversación surge de celos.

Suelto una risa sarcástica.

—Esto va más allá de cualquier sentimiento que pueda o no tener —digo con sinceridad—. Todo lo que me importa es la seguridad y el bienestar de su hija. Por eso estoy aquí, para pedirle que reconsidere darme la oportunidad de ir a Nueva York y mantenerla a salvo de situaciones como estas o cualquier otra que pueda surgir.

Él exhala y se frota la nuca.

—Eso no está abierto a negociación. Hicimos un trato y espero que lo cumplas al pie de la letra.

—Lo entiendo. No le caigo bien. Podemos dejar eso claro, pero no permita que ella sufra por eso. Sí, su hija y yo somos amigos, pero no hay nada más. Y si alguien sabe cómo cuidarla, soy yo. Y usted lo sabe. Ella se beneficiaría rodeándose de personas en las que pueda confiar. Más aún durante la transición de mudarse a Nueva York, tener que hacer nuevos amigos y lidiar con jóvenes como el señor Hill.

—Lo siento, Caleb. Mi decisión ya está tomada. —Levanta la muñeca y mira la hora en su reloj, su manera poco sutil de hacerme saber que me estoy quedando sin tiempo antes de pedirme «amablemente» que me retire—. Además, he visto cómo la miras, y no puedes negar que la ves como más que una amiga.

—¿Es de la misma manera en que usted mira a Annette? —Mi corazón late tan fuerte contra mi pecho que temo que me haga caer de rodillas. Pero necesito dejar claras mis intenciones, necesito decirlo alto y claro para que él entienda que esta no será una conversación amigable. No si puedo evitarlo.

—¿Perdón? —Casi se ahoga con sus palabras. Hemos dejado atrás las cortesías, la formalidad, la cordialidad, y siendo honesto, esto es más grande que yo y más grande que él. Esto es sobre Rojita, así que me revolcaré en el lodo con él por unas cuantas rondas si es necesario. Si eso me permite recuperar mi trabajo.

—¿Qué le parece si hacemos esto a su manera? — Cruzo los brazos y apoyo los antebrazos en el escritorio para que nuestros rostros estén más cerca—. Voy a Nueva York, y usted puede redactar uno de sus contratos en el que me comprometo a no decirle a su hija cómo su padre engañó a su madre. Y la verdadera razón por la que está viviendo sola.

Que no se trata de confiar en ella, sino de querer el apartamento para usted y sus actividades extracurriculares.

Se ríe como si nuestro intercambio le resultara divertido y se reclina en su asiento.

—Tengo que reconocértelo, Caleb. Tienes agallas —dice, aliviándose de la risa—. Te respeto por luchar por lo que quieres. Y tu plan parece bien pensado y todo, pero ya estaba planeando hablar con mi hija sobre Annette. Y estoy seguro de que se alegrará de saber que su padre es feliz. Y no hay forma de confirmar la aventura. Así que será tu palabra contra la mía, y estarás tan lejos para entonces que no podrás convencerla de lo contrario.

Inclino la cabeza hacia un lado.

—Me pregunto si estará igual de feliz al enterarse sobre el agente Mark.

Él golpea la mesa con la palma de la mano y se levanta de su asiento de un salto.

«Eso es, hijo de puta. Mi plan no parece bien pensado… realmente lo está». Pero admito que su éxito depende de cuántos más secretos y ases bajo la manga tenga para contrarrestarme.

—¡No te atrevas a meter al agente Mark en esto! —Me señala con un dedo tembloroso y lleno de furia. La vena que corre por su frente se marca de manera insalubre contra su piel, y su cuello está rojo por el estallido de emoción que está mostrando. Quién diría que la mención del agente Mark sería la causa principal de tirar años de diplomacia por la ventana sin pensarlo dos veces.

—No quiero hacerlo, señor embajador —digo en un tono calmado y sereno.

Sus gritos y señalamientos no hacen nada para moverme de mi centro. El embajador no tiene nada en comparación con los oficiales al mando en Israel. Se puede notar con facilidad que ha pasado la mayor parte de su tiempo detrás de un escritorio. Pero yo no. Puede lanzarme una rabieta completa y ni siquiera parpadearé

—Pero debe entender que si no puedo mantener mi trabajo, me aseguraré de que ella descubra todo. Si algo me llegara a pasar, ella obtiene toda la información.

—No soy un maldito mafioso —dice con más calma, como si intentara convocar de nuevo la diplomacia. Pero fracasa miserablemente mientras retoma su asiento y se sirve otro whisky. Sus manos tiemblan con evidente agitación—. Nunca te haría daño.

Entrecierro los ojos hacia él porque si no es un mafioso, entonces no debería comportarse como uno.

—Pero puedes olvidarte de tu trabajo con el embajador Bailey. —La piel de su cuello sigue moteada, y por primera vez en años, veo unas gotas de sudor corriendo por sus sienes. Si amenazarme con la posibilidad de que ese trabajo no suceda para mí es su gran contraataque, ya está jodido. No tengo nada que perder.

—No se preocupe —le digo—. No planeaba aceptar ese trabajo de todos modos. Pero lo que sí me gustaría hacer es mantener sus secretos. Sabe que soy leal. No he sido más que devoto a usted y a su hija estos últimos cuatro años. No puede negarlo. Y odio mentir por usted, pero lo haré. Seguiré mintiendo, omitiendo y escondiendo cosas de ella si eso significa que puedo estar ahí para ella. Apuesto a que se sentiría devastada al descubrir las verdades que él ha estado ocultando durante años por conveniencia propia.

El embajador se bebe lo que queda de su whisky, asienta el vaso sobre el escritorio con un golpe y pasa un dedo por el borde. No está acostumbrado a perder, y puedo decir por la mirada en su oscuro y homicida rostro que no es una experiencia agradable para él.

—Billie no es su difunta esposa y yo no soy el agente Mark —digo en un intento de empujarlo más al borde—. No cometa el mismo error de alejarme cuando sabe que daría mi vida por su hija si alguna vez llegara a eso.

Estoy jugando con fuego, pero no hay vuelta atrás en esto. O me lanzo al abismo o arriesgo perderla para siempre.

El pecho del embajador se agita y su silencio es aterrador, pero no puedo dejar que me afecte. No puedo dejar que me quiebre. Necesito superar esta locura porque sabe que ya ha perdido esta batalla. Solo hay que darle unos minutos para que lo asimile por completo.

Todo lo que puedo hacer es mantenerme firme con tanta confianza como pueda.

—Firmaré lo que quiera por mi silencio, pero necesito que me garantice que no me despedirá. Si ella alguna vez quiere que me vaya, me iré. Por voluntad propia. Pero mientras su hija tenga un equipo de seguridad, yo formaré parte de él.

Pasan unos segundos de miradas intensas, ambos sin querer romper el contacto, como un retorcido juego de gallina.

—Está bien —dice sin más mientras toma aire—. Pero… añadiré una cláusula que diga que nunca la cortejarás. Si lo haces, te irás. ¿Estás enamorado de ella? No podría importarme un carajo. Pero si alguna vez intentas expresarle tus sentimientos o invitarla a una cita secreta, tendremos un problema. Si ella alguna vez inicia algo por su cuenta, la alejas. Tan lejos como puedas.

Me muerdo el interior de la mejilla. Siempre hay algo con este hombre. Es como intentar hacer un pacto con el diablo y esperar salir ileso. Es imposible. Pero lo aceptaré, siempre y cuando pueda estar ahí para ella. Haré cualquier cosa. Sacrificaré todo, incluso la posibilidad de nosotros, por muy improbable que sea.

Extendiendo mi mano, digo:

—Trato hecho.

Él me estrecha la mano.

—Haré que mis abogados redacten ese documento lo antes posible. Tendrás que firmarlo antes de abordar el avión mañana. Y créeme cuando te digo que desearás no haber hecho esto. De verdad espero, por tu bien, que hayas sido sincero cuando dijiste que tus sentimientos por mi hija no son más que amistosos. Porque, de lo contrario, te espera un mundo de sufrimiento. Y tú elegiste esto.

—Lo único que me importa es la seguridad y la felicidad de su hija.

—Entonces está decidido —dice, golpeando el escritorio. Me hace un gesto para que me retire—. Cierra la puerta al salir.

Asiento una vez y me dirijo hacia la puerta, abriéndola un poco.

—Oh, y antes de que se me olvide —digo, frunciendo el ceño—. Annette me pidió que le extendiera su renuncia. Así que, por desgracia, no nos acompañará a Nueva York. —Presiono mis labios y hago una cara triste—. No sabe cuánto disfruté consolándola cada vez que ustedes discutían. Siempre venía a buscarme.

Me mira como si supiera con exactitud lo que quiero decir, así que sonrío con modestia, disfrutando del triunfo de estas victorias consecutivas e indiscutibles, y cierro la puerta detrás de mí. Y mientras me alejo, me quedo tranquilo sabiendo que, aunque no pueda tener a su hija, al menos me acosté con su novia.

Dos veces.

CAPÍTULO 36

Siempre nos quedará Paris

SALGO DE LA OFICINA del Embajador Murphy con una sonrisa. «¡Necesito llamar a mi familia!». Me estaban esperando en Tel Aviv en dos días. Y necesito hablar con Aaron y contarle todo. Oh, Dios mío. Todavía no puedo creer que voy a Nueva York. ¡Nunca he estado allí! Hay algunas cosas que necesito hacer y algunas llamadas que debo hacer, como agradecer a Annette, antes de poder abordar ese avión mañana, y eso incluye firmar el nuevo contrato, que en pocas palabras es una sentencia de muerte. Pero puedo seguir cuidando de Rojita. Y eso es lo único que me importa. Eso es todo lo que quería. Y lo hice realidad.

El Embajador Murphy se quedó en su oficina. No salió después de que yo lo hiciera. Y ahora estoy de vuelta afuera en los jardines, y Rojita no está por ningún lado. Solo quedan algunos miembros del personal, comiendo paella y bebiendo vino.

—Se fue hace treinta segundos —dice Aaron cuando me acerco a él—. Sus amigas también se acaban de ir.

—Muy bien —digo con una sonrisa.

—¿Qué acaba de pasar? —Aaron entrecierra los ojos—. ¿Dónde está el Embajador?

—En su oficina —digo, levantando una ceja—. Necesitamos cancelar esas entrevistas que habías programado para mí en Israel.

—No… ¿qué quieres decir? —La frente de Aaron se arruga.

—¡Voy a Nueva York! —Suelto una risa triunfal.

—¿Qué? ¿Cómo? —Me abraza con fuerza. Luego se aparta y dice—. Cuéntamelo todo. ¿Has comido?

—No, no he comido —sacudo la cabeza y meto las manos en los

bolsillos de mis pantalones—. Muero de hambre.

—Hay un montón de paella —sonríe y me pone una mano en el hombro—. Vamos. Comamos mientras me cuentas todo.

Cada uno tomamos un plato de paella y pan y nos sentamos a comer. Después de probarla, sé que necesito enviarle un mensaje a Rojita de inmediato.

Yo: Esta paella es mejor que la del año pasado. El chef Bellin al fin lo logró.
Rojita: Lo sé, ¿verdad? Pero ninguna como la de mi mamá.
Yo: Ojalá hubiera podido probar su paella.
Rojita: Te habría encantado.
Yo: Estoy seguro de que sí. Feliz cumpleaños, Rojita.

—¡Deja ese maldito teléfono y cuéntamelo todo! —dice Aaron riéndose, arrojando un trozo de pan en su boca. Sacude la cabeza y sonríe mientras guardo el teléfono.

—Ni siquiera sé por dónde empezar.

—Empieza por el principio.

Abril 12, 2009

El Embajador Murphy me pidió que me reuniera con su abogado en su oficina en el décimo séptimo *arrondissement* para firmar los documentos propuestos antes de dirigirme al aeropuerto. El contrato era tan rígido como era de esperarse, y lo dejé así porque de esa manera él piensa que ganó. Y en cierto modo lo hizo, pero obtuve lo que quería. Así que supongo que debería estar satisfecho con que sea una situación de ganar-ganar en lugar de una aniquilación total. Necesito recordar que las posibilidades de haber sido yo el aniquilado eran altas. Además, sigue siendo mi jefe, así que tendremos que poder coexistir después de esto. Pero él es un hombre de negocios en general, y para él, estoy seguro de que esto no fue más que otra transacción comercial.

Yo: Ya está hecho.

Aaron: Me alegra. Ya llamé a Gus para que te lleve directo al aeropuerto. No es necesario que vuelvas a la residencia. Ya estamos a punto de irnos. Nos encontraremos allí. Todas tus cosas están empacadas en la camioneta. Me encargué de ello.
Yo: Gracias, amigo. Nos vemos allí.

Guardo mi teléfono y me subo al asiento del copiloto con Gus.

—¿Todo listo? —pregunta Gus, poniendo el coche en marcha.

—Sí, gracias —digo—. Todo listo.

—Aeropuerto, ¿verdad?

—Sí, por favor.

Gus y yo pasamos el corto trayecto de treinta minutos hasta el aeropuerto de Le Bourget hablando sobre UFC y fútbol europeo. Conozco a Gus desde hace dos años, pero nunca había hablado tanto con él. Me cae bien. Esta es una de esas situaciones en las que te das cuenta de algo, pero es demasiado tarde para que importe. Estoy seguro de que habríamos sido buenos amigos.

Se detiene junto a la acera, agarro mi mochila y le estrecho la mano.
—Gracias por el aventón.

—Por supuesto —dice con una sonrisa—. Buena suerte, Caleb.

—Gracias, amigo. Lo aprecio.

Salgo del coche, cierro la puerta detrás de mí y me dirijo hacia la entrada de la terminal. Aaron me envió la información que necesitaba para encontrarlos una vez que llegara. Como estamos volando en un avión privado, no estoy seguro de a dónde debo ir, así que pido ayuda.

Una amable mujer de unos cincuenta años me guía por el aeropuerto y me informa que mi grupo llegó hace veinte minutos y deben estar abordando ahora. Me deja con otro empleado del aeropuerto, que me invita a subirme a su carrito de golf para acercarme más al avión.

Veo a Aaron de pie junto a las escaleras de la aeronave, esperándome. Asiente cuando me ve y aprieta los labios con una sonrisa forzada. Me bajo del carrito y me dirijo hacia donde está.

—¿Listo? —Me da una palmada en la espalda y sonríe. Asiento—. Vamos, entonces.

Se da la vuelta y agarra la barandilla para subir las escaleras, pero lo detengo.

—¿Aaron? —Se da la vuelta y espera en silencio a que hable—. Gracias por todo. Por darme una oportunidad hace cuatro años. Este trabajo cambió mi vida. No sé qué estaría haciendo ahora si no hubieras llamado ese día. Dónde estaría o… En verdad no puedo imaginarme la idea de que esta no sea mi vida. Así que gracias.

—Sabía que eras la persona adecuada para este trabajo, y me alegra que mis instintos no me fallaran. Pero las cosas se van a poner serias en Nueva York, así que prepárate. —Levanta una ceja, y sé muy bien a qué se refiere. Rojita ya no es una niña, y no tendré más remedio que respirar profundamente la mayoría de las veces para mantener la calma. Pero no lo haría de otra manera. Me da paz saber que estaré allí, a su lado, para asegurarme no solo de su seguridad, sino también de su felicidad, si me permite seguir estando allí para ella—. Pero tú elegiste esto, ¿verdad? —Aaron se da la vuelta y reanuda su camino por las escaleras.

—Sí, supongo que sí.

Dentro del avión, el Embajador Murphy se ha acomodado convirtiendo su espacio en una oficina móvil. Su laptop está abierta y hay un montón de papeles en la mesa frente a él mientras teclea en su teléfono. Me saluda con la barbilla y me lanza una mirada conspiradora que está teñida de una sutil advertencia, «no olvides que tenemos un acuerdo». Como si pudiera olvidar tal cosa.

Asiento en silencio, y con ese simple gesto, sé que estamos de regreso a la rutina de siempre. Detrás de él, puedo ver el cabello rojizo de Rojita mientras está sentada en un asiento orientado hacia atrás. Aaron toma un asiento orientado hacia adelante junto al Embajador, al otro lado del pasillo.

—Hola —digo por lo bajo, tratando de no asustarla. Ella deja su libro antes de que sus ojos verdes, sin parpadear, se encuentren con los míos.

—¡Viniste! —Sus ojos están muy abiertos y llenos de expectativa.

—Claro que vine —digo, tratando de sonar casual. Como si no hubiera peleado con su padre hasta la muerte para ganarme mi lugar de regreso en este avión—. ¿Por qué no habría de hacerlo? —Frunzo el ceño como si estuviera loca por pensar lo contrario.

—No sé —dice en apenas un susurro—. Tenía una sensación extraña. Llámalo intuición.

Coloco mi mano en su frente.

—Mmm, pareces estar bien —bromeo—. Pero tal vez necesitemos revisar esa intuición una vez que aterricemos en Nueva York.

Ella se ríe.

El teléfono del Embajador suena y él toma la llamada cerca de la puerta del avión. Parece que tiene problemas con la recepción. Rojita mira a su padre y luego dice:

—Te guardé un asiento. —Hace un gesto con la barbilla hacia el asiento vacío frente a ella, y yo lo tomo—. Hablo demasiado durante los vuelos. Me ayuda con la ansiedad de volar. Así que, si en algún momento te molesto, es una pena porque vas a tener que hablar conmigo.

—Oh, no te preocupes. Fingiré estar dormido —me río.

Ella agarra una servilleta, la hace bolita y me la lanza. Me quedo boquiabierto mientras ella se ríe, y yo la agarro y se la devuelvo, pero falla su cabeza, que era mi objetivo, y aterriza en el escritorio del embajador Murphy. Hago una mueca y Rojita se ríe más fuerte.

Por suerte, su padre es un adicto al trabajo y todavía está al teléfono, así que no presta atención a las bolitas de servilleta que vuelan dentro del avión.

Rojita deja de reírse y dice:

—Recibí tu regalo. —Sonríe y saca el llavero de la Torre Eiffel—. Me encantó. Muchas gracias. Lo llevaré siempre conmigo.

—Me alegra que te haya gustado. —Me recuesto en mi asiento y coloco mi tobillo derecho sobre mi muslo izquierdo.

—Quería preguntarte, sin embargo, sobre la inscripción en hebreo.

—Significa feliz cumpleaños —digo, sonriendo.

—Claro —resopla y sacude la cabeza—. Creo que me gustó más la nota que el llavero. —Me sonríe con dulzura, una de esas sonrisas que tienen la capacidad de derretirme.

—Siempre nos quedará París —dice, sacudiendo la cabeza como si fuera un hecho. Como si fuera nuestro derecho de nacimiento. Como si fuera lo más brillante que alguien le haya dicho. Y en el fondo, siento que no hay nada más cierto que esa afirmación. Esta ciudad siempre será nuestra, y nosotros siempre perteneceremos a ella también.

—Siempre.

—Pero no sé —dice, sus ojos entrecerrándose y su nariz arrugándose—. Tengo la sensación de que Nueva York tampoco va a estar nada mal.

Las palabras de Aaron resuenan con fuerza en este momento. Hacen clic. Tienen perfecto sentido, porque, en definitiva, elegí esto y no lo habría hecho de otra manera.

EPÍLOGO

ACABAMOS DE REGRESAR del estreno de Tobias. Y puedo decir que toda la experiencia fue una pesadilla para Rojita. Tuvo que soportar a los fotógrafos gritándole preguntas. ¿Y que William la agarrara así? Seguro que implicará un drama con Nathan. Pero ¿no estamos todos acostumbrados a las tonterías de William a estas alturas? Al menos yo sí lo estoy. Era obvio que intentaría algo así con Nathan estando fuera de la ciudad. Era la oportunidad perfecta para hacerlo. Y por mucho que Rojita odie cuando cosas así suceden, sé que le encanta tener la atención de William. Pero se pasó de la raya y la estresó de manera innecesaria en el estreno. El único problema es que ella sigue luchando con sus sentimientos.

Y no la culpo.

Toda esta experiencia en Nueva York ha sido agotadora. El drama parece interminable, al igual que los egos masculinos. Y sé que he jugado mi papel, pero al menos estoy satisfecho con el lugar en el que estamos ahora. Al fin hemos llegado a un punto en nuestra relación donde me he convencido de que está bien vivir con estos sentimientos dentro de mí y que no me matarán. Mientras pueda ser parte de su vida, y ella pueda ser parte de la mía, estoy bien.

—¿Estás bien? —pregunta Rojita. Me ofrecí a acompañarla hasta su apartamento como siempre lo hago.

—Sí, no debería haber dicho nada. —Sonrío y aprieto el botón del ascensor. Tuve que abrir la boca antes y decir esa tontería sobre cómo se veían felices en las fotos de la alfombra roja y cómo se ilumina cuando lo mira. Porque es verdad. La forma en que mira a William… «Dios, ayúdame».

—Quiero que estemos bien —dice por lo bajo.

—Siempre estaremos bien —sonrío—. Pase lo que pase. —La

agarro de los hombros y la guío dentro del ascensor.

—Entonces, ¿por qué sigo sintiendo una vibra extraña entre nosotros? —Presiona el botón de su piso.

«¡Porque te amo! Pero te amo demasiado como para hacer esto más difícil para ti. Además, he firmado un contrato que me ata a estos sentimientos y me obliga a tragármelos, así que está eso».

Tomando una respiración profunda, suspiro, derrotado.

—Lo miras a él como me mirabas a mí cuando vivíamos en París. —Hago una pausa y doy unos segundos para que mis palabras penetren—. Multiplicado por diez —agrego.

Ella se queda boquiabierta.

—Caleb, ¿de qué estás hablando? —Intenta mantener su mirada fija en la mía, y no pasa mucho tiempo antes de que yo ceda. Y lo hago. La miro a los ojos y lidio con ello—. ¿Por qué sigues mencionando a William? ¿Y por qué él te molesta tanto y no Nathan? Estoy con Nathan.

—Sí, estás con Nathan. Y sé que lo amas, pero la forma en que miras a William…

Las puertas se abren en el noveno piso y salimos, pero nos quedamos cerca del ascensor en lugar de caminar hacia su puerta.

—Y cuando te conocí… —Suelto la risa más triste del mundo—. Mierda… te gusté de inmediato, ¿verdad? —Sus ojos se agrandan, y es difícil para mí porque significa que tengo razón, que quizás alguna vez fui yo con quien soñaba o fantaseaba. Siempre he podido ver a través de ella. Puedo leerla como un libro. Ella abre los labios para hablar o intenta hacerlo, pero levanto mi mano y digo—: No respondas eso.

—Caleb…

—Está bien, lo juro. Solo intento hacer un punto.

—¿Y cuál es?

—Sientes algo por William. Algo fuerte. —Cruzo los brazos sobre mi pecho y la miro. Esperaré a que lo niegue—. Y no creo que sea unilateral.

Ella sacude la cabeza como si se preguntara por qué le está pasando esto. Como si fuera injusto que yo llame a las cosas por su nombre. Y no quiero jugar con su cabeza, pero es lo que es. Y me duele que siga pretendiendo que no puede verlo cuando sé que en el fondo lo sabe.

—Yo… yo… no.

Ella está en una profunda negación.

—Por eso siempre tuve un problema con William, y me percaté de inmediato después de que decidimos darnos una oportunidad de que nunca funcionaría —digo. Eso y el hecho de que era legalmente imposible—. Pero no querías verlo. Aún no quieres. Tu mente estaba en otro lugar, y de nuevo, estaba escrito en tu cara. Todavía lo está.

—Vi el dolor en tus ojos cuando la ex de William apareció en la azotea ese día. Cuando te diste cuenta de que había vuelto con ella y viste a William sosteniendo su mano, negándose a voltearte a ver. Y yo… yo te besé con todo lo que tenía, deseando poder quitarte ese dolor, pero sabía que no podía. Te apartaste del beso por él.

—Y estoy seguro de esto porque conozco tu cara mejor que la mía. La he estado estudiando durante años. Los ligeros cambios entre tus cejas, ese imperceptible movimiento en tu boca, cómo abres los ojos por un segundo, cómo inhalas, exhalas, y cómo dependiendo de la velocidad y la amplitud significa una cosa u otra… lo veo todo. Podría hacer un lenguaje con tu cara.

—Y tampoco quería aceptarlo entonces. No quería ser quien te lo dijera, pero veo lo desgarrada que estás ahora. Es como si casi pudiera sentirlo por ti. Y estoy aprendiendo a vivir con ello porque no puedo —me río por lo bajo—, no me alejaré de ti. Así que preferiría hacerte ver esta realidad con la esperanza de ayudarte a ganar algo de claridad.

Ella lo entiende. Creo. O al menos me está mirando como si lo que acabo de decir tuviera perfecto sentido, así que me aferro a eso.

—Además, hice una promesa, ¿no es así? —continúo—. No puedo irme hasta que me eches a la calle. —Me río por lo bajo, porque, a estas alturas, ¿qué más se puede hacer que reír?—. Pero eso no significa que no duela ver la verdad a veces. Así como sé que no estarías saltando de alegría si los roles se invirtieran de alguna manera.

Oh, Dios. Puede ser que la esté sacudiendo demasiado con esto, pero estoy siendo sincero. Y he aprendido a apreciar las verdades que puedo compartir con ella porque hay tantas que desearía poder decir, pero no puedo. Nunca.

—Lo siento, Rojita. Siempre estoy tratando de dar lo mejor de mí, y estoy bien. Lo juro. Eres mi mejor amiga, y eso es suficiente para mí porque eso significa que puedo tenerte para siempre.

Su cara se parece a la de una persona que acaba de ver un cachorro. Y me dan ganas de frotarme la cara porque no quiero ser «lindo», pero bueno.

—Por supuesto —dice, con los ojos aún muy abiertos—. Eres mi mejor amigo, Caleb. —Es como si acabara de darse cuenta de ese hecho obvio. Después de todos estos años, recién lo comprende.

Ella es la linda.

—Ven acá. —Abro mis brazos y le hago un gesto para que se acerque. Ella me abraza, y la levanto del suelo.

—Feliz cumpleaños —susurra en mi oído—. Quiero que seas feliz… siempre.

—Soy el más feliz. —Y lo soy. Poder abrazarla así en mi cumpleaños y saber que estaré aquí para ella, siempre, es todo lo que necesito para ser feliz.

—¿Estamos bien?

—Mejor que nunca. —La pongo de nuevo en el suelo, y ella suspira aliviada, lo que me hace reír. Lo entiendo. Estar bien entre nosotros también es una parte fundamental de mi bienestar y estado mental.

—Deberías salir y celebrar o algo —dice—. Yo me quedaré en casa el resto de la noche.

—No sé. Tal vez me esté haciendo viejo, pero… estoy cansado. Tampoco me importaría quedarme en casa y descansar un poco —respondo, frotándome la frente—. Hoy fue estresante, si soy honesto. Tu padre insistió en que todo tenía que ser perfecto esta noche. Sin sorpresas.

—Lo sé. También fue estresante para mí. Pero aquí estoy, a salvo y en una sola pieza —canta, mostrándose a sí misma con un movimiento de mano—. Gracias a ustedes.

Una puerta se cierra a lo lejos. Es William, y está caminando hacia la puerta de Rojita. Se apoya en ella y le lanza un saludo con dos dedos. Estoy seguro de que quiere hablar. Así que eso significa que es hora de que me vaya.

Levanto una ceja y digo:

—Hazme saber si necesitas algo. —Miro a William como una manera de hacerle saber que estaré cerca, solo unos pisos más abajo—. Nosotros estaremos…

—Abajo —termina la frase con una risa. Eso me hace reír también mientras me doy la vuelta para irme—. ¡Caleb!

Miro por encima del hombro.

—Y para que conste… estás equivocado.

Sé a qué se refiere. Ella piensa que estoy equivocado sobre sus sentimientos por William, pero nunca he estado más seguro de algo en toda mi vida. Así que le lanzo una sonrisa triunfante y le digo:

—Rojita, siempre tengo la razón.

Mi teléfono vibra en mi pecho cuando entro en mi apartamento, así que lo saco del bolsillo de mi saco. La identificación de la llamada dice que es mi mamá. Sonrío a la pantalla y contesto.

—Hola, Ma.

—¡Feliz cumpleaños, hijo! Sé que ya no es oficialmente tu cumpleaños, pero no contestaste el teléfono en todo el día.

—Lo siento, Ma. Ha sido un día largo en el trabajo.

Me quito los zapatos y los llevo a mi habitación. Aaron está sentado en el salón leyendo un libro. Aún lleva puestos sus pantalones negros, pero se quitó el saco y la corbata y desabrochó unos cuantos botones de su camisa.

—Trabajas demasiado. ¿No estás celebrando?

—No. Me voy a dormir. Voy a comer algo e irme a la cama.

—¿Cómo vas a conocer a una chica agradable si tú…

—Ma… Basta con eso. ¿Cómo está papá?

Riéndome, me quito el saco y me aflojo la corbata. Amo a mi madre, pero su obsesión con que conozca a alguien y me case me molesta cada vez que saca el tema. Es lo último que tengo en mente ahora.

—Está bien. Tuvo que salir temprano a hacer unos mandados, pero me dijo que te deseara un feliz cumpleaños. Te llamará más tarde, estoy segura. ¿Cuándo vienes a visitarnos?

—Prometo que intentaré ir en verano por unos días. —Suspira, y me siento en el borde de mi cama—. ¿Qué pasa, Ma?

—¿Eres feliz?

Suelto una risita.

—Soy el más feliz.

Sonriendo, recuerdo cómo acabo de decirle esas mismas palabras a Rojita en nuestra conversación. Y es la verdad. Me siento feliz y estoy en paz. No hay ningún otro lugar en el que preferiría estar.

—Está bien. Te quiero, Caleb.

—Yo también te quiero, Ma. Dile a papá que lo quiero, ¿vale?

—Lo haré.

—¿Cómo está Yael? Me llamó antes, pero no pude contestar. La llamaré mañana.

—¡Está embarazada! Pero no le digas que te lo conté.

—¿Qué? Oh, Dios mío. ¡Es una noticia maravillosa!

—Estoy segura de que te lo dirá cuando hables con ella.

—No te preocupes. Esperaré a que ella me lo diga.

Aaron llama a mi puerta, pero ya está un poco abierta. Asoma la cabeza, y levanto un dedo, pidiéndole que me dé un segundo.

—Ma, tengo que irme. Hablamos pronto.

—Te quiero, hijo.

—Yo también te quiero.

Tiro mi teléfono en la cama.

—Pedí una pizza hace un rato, y acaba de llegar —dice Aaron—. ¿Tienes hambre?

—Muero de hambre.

Sigo a Aaron a la cocina y me siento en un taburete junto a él.

—¡Ah! Champiñones. —Me inclino para olerla. Es mi favorita.

—Te ves… raro —dice Aaron—. No sé qué es. Pero estás sonriendo demasiado. Me da escalofríos.

Nos reímos.

—¿Y por qué te preocupa eso?

—No, no estoy preocupado. —Toma un gran bocado de su pizza—. Mmm… es solo que llevas un rato sintiéndote miserable. Ya sabes, desde que llegamos a Nueva York y hasta querías renunciar hace unos meses. Pero ahora te ves diferente.

—Sí, no lo sé. —Miro mi pizza—. Algo hizo clic. No sé qué es, pero acabo de tener una gran conversación con Rojita, y siento que al fin hemos llegado a un lugar donde puedo sentir que todo está bien, ¿sabes?

Se trata de disfrutar el cómo ella me hace sentir sin que ella siquiera lo sepa.

—Lo entiendo —dice, limpiando la esquina de su boca con una servilleta—. Y me alegro.

Seguimos la conversación de la manera habitual y cómoda. Después de contarle a Aaron que mi hermana Yael está embarazada, alcanzo otra rebanada de pizza cuando su teléfono empieza a sonar en la encimera.

—Es la alarma del vestíbulo —dice, dejando caer su rebanada de pizza en el plato y guardando su teléfono—. Zapatos. Pistola. ¡Ahora!

Confundido, corro a mi habitación, me pongo los zapatos y agarro mi pistola. No entiendo por qué Rojita activaría la alarma. La acabo de ver hace unos minutos, y no creo que haya pasado nada con William. Tal vez está bromeando. Eso debe ser. O tal vez la presionó por error. No puedo entender que esto sea una advertencia legítima.

Cuando llego a la puerta, Aaron ya está esperando que llegue el ascensor.

—Cuando me fui antes, William estaba afuera de su puerta queriendo hablar con ella —digo, entrando en el ascensor—. Estoy seguro de que es un error.

El silencio de Aaron es inquietante.

Cuando las puertas del ascensor se abren en el noveno piso, Aaron me mira y se lleva un dedo a los labios, pidiéndome que guarde silencio.

—¡William! —grita Rojita entre sollozos. La puerta de su apartamento está abierta de par en par. William está tirado en el suelo y un charco de sangre fluye debajo de él. Y mi peor pesadilla se hace realidad cuando me doy cuenta de que Thomas está parado detrás de ella y tiene una maldita pistola apuntando a su cabeza.

Aaron me mira y hace unas señales con la mano, indicándome cómo quiere abordar esto. Ambos tenemos nuestras armas desenfundadas y ya estamos avanzando a un ritmo lento y constante hacia ellos. Los sollozos de Rojita inundan el apartamento. Parece que tiene problemas para respirar. Está en pánico total, pero debo imaginar que no es ella. Debo abordar esta escena como si fuera solo una situación que necesita resolverse, o no podré manejar esto con la cabeza fría.

—¡Thomas, por favor! —suplica entre jadeos—. ¡Él necesita ayuda! Morirá si…

—¡Retrocedan! —grita Thomas—. ¡Ambos!

La pistola tiembla contra la sien de Rojita, y ella cierra los ojos y aprieta los dientes, como si esperara que una bala le atravesara el cráneo. Nunca debería haber tenido que experimentar esa sensación. Nunca, maldita sea.

—Baje su arma, señor Hill, y nadie saldrá herido —advierte Aaron con una voz firme y grave—. Más agentes están en camino. Esto terminará mal para usted si no obedece.

—¿Que obedezca? —grita Thomas y presiona más fuerte la pistola contra su sien, haciéndola soltar un gemido desgarrador—. ¡Me echaron del equipo de remo, me suspendieron dos veces de Princeton, y ustedes la envenenaron en mi contra! ¡Ni siquiera puede mirarme! ¡He perdido todo!

—Lo siento —dice Rojita varias veces entre jadeos. Quiero decirle que guarde silencio, pero no puedo. Cada palabra emitida debe ser pensada con cautela. Debe ser precisa. Pero desearía que dejara de hablar. No hay nada que pueda decir en este momento para calmar a Thomas.

Al menos Aaron y yo estamos logrando mantenernos enfocados en la tarea en cuestión. Avanzamos hacia ellos, dando otro paso cuidadoso, flanqueándolos.

Rojita vuelve a cerrar los ojos. Me parece que está intentando calmarse y mantener la compostura tanto como pueda. Pero no lo está logrando. No puede respirar. Pero la tendré a salvo en mis brazos en cualquier momento. Necesito separarla de ese bastardo enfermo.

—Respira —le digo. Tal vez escuchar mi voz, saber que estoy aquí y que me encargaré de esto, la calme. Necesito que sepa que haré todo lo necesario para asegurarme de su seguridad. Para asegurarme de que salga de esto sin ningún daño físico.

—¡No le hables! —dice Thomas entre dientes.

—William va a estar bien —digo. Sé que está entrando en pánico por William. La conozco. No está preocupada por ella misma. Está entrando en una crisis mental porque le dispararon al hombre que ama y yace en un charco de su propia sangre justo frente a ella. Y no hay nada que podamos hacer aún para conseguir la ayuda que necesita—. Todo va a estar bien, Rojita. Te tengo.

Por fin me mira y asiento con cautela.

«Eso es. Te tengo. Siempre te he tenido».

—Acordemos estar en desacuerdo —dice Thomas, apartando la pistola de la cabeza de Rojita y empujándola ligeramente hacia un lado. Sin hacerse consciente de ello, abre un espacio para que tenga un tiro claro sin arriesgar a Rojita. Y antes de que alguno de nosotros pueda parpadear, se escuchan tres tiros.

Estoy de rodillas y se siente como si alguien me hubiera golpeado el hombro izquierdo. ¿Me dispararon? No siento nada más que... espera. Mi mano está empapada en sangre después de tocar mi hombro. Maldita sea. Me dispararon. Levanto la vista y Thomas está tirado en el suelo con una bala entre las cejas y otra en el pecho.

Rojita está bien. Está a salvo. Está viva. Está llorando por William. No me queda más que rezar que él salga con vida. La mataría perderlo. Y yo sé que voy a estar bien. En realidad no siento nada. O tal vez es la descarga de adrenalina que mantiene el dolor a raya. Estoy bastante seguro de que la incomodidad llegará mañana. Al menos eso es lo que mis amigos en el ejército que han sido disparados antes me han contado en el pasado.

Pero se acabó. Todo ha terminado. Thomas está muerto. Rojita está viva. Podemos seguir adelante con esto. Su padre va a estar furioso y más. Pero lidiaremos con él. La mantuvimos a salvo.

—¡Caleb! —Rojita está arrodillada frente a mí, sosteniendo mi mejilla. Su toque es cálido, y no puedo evitar rozar mi rostro contra su mano.

—Oye, está bien —digo, dándome cuenta de que hablar resultó ser un esfuerzo laborioso—. Voy a estar bien. Es solo mi hombro. —Le sonrío, o al menos creo que le estoy sonriendo. ¿Por qué se siente tan pesado incluso intentar eso?

Una ligera sensación de pánico amenaza con hundir sus garras en mí, pero respiro hondo para calmarme. La adrenalina debe estar bajando. Pero duele respirar. Mi pecho se siente apretado, pero es solo mi hombro. ¿Por qué no puedo respirar? Es ansiedad.

«Voy a estar bien».

—Está vivo, pero su pulso es débil —dice Aaron, comprobando los signos vitales de William. Gracias a Dios. Necesitamos que lo logre; Rojita no se recuperará si él no sobrevive a esto—. La ambulancia está en camino. —Por suerte, Aaron está entero. Y está haciendo un gran trabajo tranquilizando a Rojita cuando yo no puedo. Haré una nota mental para agradecérselo por esto—. Ambos van a estar bien, señorita Murphy.

David llega con refuerzos. Y ahora nos están llevando a William y a mí al vestíbulo. Debería poder caminar por mi cuenta. Es un poco desconcertante que estos agentes me estén cargando en lugar de caminar por mi cuenta. Nada tiene sentido. Todo es un borrón y el tiempo se deforma frente a mí. Es como si no pudiera identificar cuánto tiempo está tomando que las cosas sucedan. No puedo entenderlo.

Los agentes me sientan en la acera contra el edificio de apartamentos. Llegó una ambulancia, pero están llevando a William, y me alegra ver eso. Cierro los ojos y no hago más que esperar mi turno. Puedo escuchar a Rojita gritando cómo quiere ir en la ambulancia con él, pero ya puedo escuchar las sirenas desvaneciéndose. No la dejaron. Me molesta que no la hayan dejado.

—¿Dónde está la otra ambulancia? —grita a continuación. Su voz suena tan perturbada, y desearía poder decirle algo que la calmara, pero ni siquiera puedo abrir los ojos ahora mismo—. ¡Caleb necesita una ambulancia también!

Resoplo. Cuando abro los ojos, encuentro a David aplicando presión en mi herida.

—Para detener la hemorragia —dice. Es médico. Recordar esta simple pieza de información me genera una inesperada sensación de esperanza.

Para cuando soy consciente de una segunda sirena, ya estoy inmovilizado en una camilla y llevado a una ambulancia. De nuevo, el tiempo es extraño porque de alguna manera, ahora tengo una máscara de oxígeno, y Rojita está sosteniendo mi mano dentro de la ambulancia. Al menos esta vez la dejaron subir.

Estoy intentando enfocarme en el rostro de Rojita, pero se me está haciendo más difícil hacerlo. Debe ser el movimiento del vehículo. Me siento tan somnoliento. Mis ojos se sienten pesados. Tal vez debería permitirme quedarme dormido, y con el tiempo comportándose de manera extraña, podría abrir los ojos más tarde y todo habrá terminado.

—Rojita —respiro su nombre. Y puedo sentir cómo ella me mira, aunque no pueda verla con claridad. Quiero decirle que voy a estar bien. Que me alegra que esté bien. Que la amo. Que siempre la he amado y siempre la amaré, pero no puedo decir eso. ¿Todavía estoy respirando? Ya no puedo decirlo.

—Caleb, quédate conmigo —la escucho decir—. ¿Qué está pasando?

La voz de Rojita está llena de preocupación, y me duele verla preocupada por mí.

—Caleb. —Aprieta mi mano, que se siente tan caliente contra la mía—. Caleb, escúchame. Vas a estar bien.

Una profunda tristeza me invade. Le he fallado.

—Yo… lo siento, Rojita.

—No, no hay nada de qué disculparse —dice. Lo único que me mantiene de dejarme llevar y cerrar los ojos para poder descansar y recuperarme es el sonido de su voz. Me aferro a eso—. Necesito que te quedes conmigo, ¿de acuerdo? Me lo prometiste, ¿recuerdas?

Mis ojos se sienten tan pesados. Y no creo que sigan abiertos, pero la presión detrás de ellos es demasiado fuerte para luchar contra esa sensación.

Una mezcla de voces, tanto masculinas como femeninas, flota a mi alrededor bajo un rayo brillante de luz blanca. Pero ninguna de esas voces es la de Rojita. Tengo mucho frío. Entro en pánico. No creo poder moverme más. No puedo sentir mi cuerpo, es como si hubiera perdido el control sobre él, pero estoy aquí. Puedo escucharme pensando, así que eso es bueno. Creo.

—¿Yon? —digo. O al menos creo que dije su nombre. ¿Por qué está Yonathan aquí? Está parado a mi lado y está sonriendo. Y mientras lucho por mantenerme, por jalar oxígeno con respiraciones entrecortadas, su presencia invade mi conciencia que se desvanece.

—Suéltate —dice, su sonrisa no se desvanece.

—¿Por qué? —pregunto, entrando en pánico. No, pero Rojita… no puedo. Lo prometí.

—Suéltate.

Cuanto más lo dice, menos puedo respirar, pensar o escuchar los sonidos a mi alrededor, y más quiero hacer lo que me pide. Es como si hubiera traído un cono de silencio consigo, y me hubiera succionado dentro para que pudiera escuchar con claridad lo que tiene que decir.

—Recuerda —susurra—. Una vida por una vida.

Su semblante tranquilo es contagioso. Me hace sentir que todo está bien, incluso cuando mi mente me dice lo contrario. Lo único que veo es el rostro de Rojita. Su cabello, su sonrisa, sus ojos, la pequeña peca en su labio inferior. Sí. Una realización. Ella está bien. Va a estar bien; mi vida por la suya.

Siempre.

Así es como se supone que debe ser.

Una sensación eufórica de libertad me envuelve, seguida de una liberación magnífica que me golpea en el momento en que dejo que Yon tome mi mano. La sostengo con la certeza absoluta de que todo ha caído en su lugar. Con la belleza de esa inevitable verdad tomando fuerza, llevo la mano de Yon más cerca de mi pecho y me dejo ir.

NOTA DE LA AUTOR

Todos sabíamos cómo iba a terminar la historia, pero aun así duele mucho, ¿verdad? Solo quiero que sepas que estoy contigo. Espero que su historia haya arrojado un poco más de luz sobre la situación. Sé que fue útil para mí darme cuenta de lo incondicional que era el amor de Caleb por Billie. Y descubrir que su amor era imposible, legalmente hablando, fue también «un alivio» de una manera triste. Eso me ayudó a entender muchas de las acciones, motivaciones y decisiones de Caleb en Desconsuelo al Amanecer. Él lo intentó. Realmente intentó explorar cosas con ella, pero sabía que habría sido un caos. Tenía mucho miedo de ser separado de ella, sobre todo con todas las cosas que estaban sucediendo con Thomas tras bambalinas.

De nuevo, si has llegado hasta aquí con la serie, sabrás que te dije en mi última nota que esta es la historia de William y Billie. Nunca se trató de Billie y Caleb, pero el amor que compartieron fue puro e incondicional. Se ayudaron mutuamente a sanar y crecer. A veces, las personas que conocemos llegan a nuestras vidas con un propósito específico y se van una vez que se ha logrado, ya sea que lo aceptemos o no. Y debemos aprender a identificarlo para poder seguir adelante en paz. Esa es la belleza de la vida y de las conexiones que hacemos en el camino.

Enamorada al Atardecer será el quinto y último libro de la serie Moonstruck. Estoy muy emocionada por explorar la relación entre Billie y William. Tengo mucha curiosidad por saber cómo reaccionará el embajador Murphy ante el hecho de que su hija haga su relación oficial con una celebridad en lugar de arreglar las cosas con su perfecto exnovio abogado, al que había pasado tanto tiempo preparando. ¡Ja! Sabes que habrá drama y lágrimas, pero también muchos momentos románticos.

Espero que hayas disfrutado de la historia de Caleb. Sé que lo extrañé mucho, y ahora siento que finalmente estoy lista para despedirme de él.

Con todo mi amor,

xx

SOBRE LA AUTORA

Alejandra vive en Mérida, Yucatán, México con su esposo y su hijo. Es amante de la música, geek de corazón, y fan de todo lo relacionado con el romance, Christopher Nolan, Star Wars, El Señor de los Anillos, Game of Thrones, etcétera. Puedes encontrarla en redes sociales en Facebook e Instagram, siempre y cuando no haya agotado su límite de 30 minutos en las apps de redes sociales.

Síguela en Instagram:
@alejandra__author

www.ingramcontent.com/pod-product-compliance
Lightning Source LLC
LaVergne TN
LVHW041456170726
843492LV00005B/1256